暖夏

人氣作家

穹風 著

在你所帶來的暖夏中，
沒有不能痊癒的情傷。

01

努力推著老舊的機車，走沒幾條街，可美已經滿身大汗，身處車水馬龍的街道上，離家已經有段距離，幾度想要放棄，隨便找家車行處理就好，但放眼周遭，林立的商圈裡又哪有機車行？已經走了大半段路，正是進退維谷間。莫可奈何地等待號誌變綠，跟著斑馬線上的行人一起動作，別人西裝革履或裝扮時尚地踏過馬路，但她握著機車把手，腳步沉緩，只能盡可能地快速向前移動，還好一路走來都是平緩的路面，沒有遇到坡道，否則如此沉重的一輛機車，自己怎麼可能推得動？只是推著推著，可美忍不住懷疑，這樣做真的有意義嗎？修這輛超級破車的花費會不會比買輛二手機車更貴？同時她也忍不住埋怨，似乎不該聽信王漢威的鬼話，說什麼只要他略施巧手，包管什麼都修得好，而且修車、更換機油都還能累積點數來兌換商品。早知道別貪這種小便宜了，她心想。

「這台車問題很多喔，不知道能不能修得好。」費了偌大工夫，汗流浹背地推著機車來到車行，可美已經雙手無力，兩腿痠麻。沒捲起薄外套的袖子，只是從包包裡取出一張面紙來擦擦汗，但可美一往車行裡望去，倒是看到王漢威躺在涼椅上，悠哉地露出肚子正在睡午覺。沒好氣地叫醒他，這胖子還一臉埋怨，說什麼中午吃過飯，本來就該休息片刻，否則下午哪有力氣工作。百般不情願中，他穿好衣服，叼著一根沒點的香菸，蹲下來檢視這輛可美千辛萬苦才推過來的車。

「你不是說什麼都修得好嗎？」可美瞪他。

「那也得是『車』才修得好呀，妳這個不能算是車子了吧？」他一屁股坐在地上。

「不然這是什麼？」

「在我看來，叫作廢鐵還差不多。」王漢威哭笑不得。

車齡是老了點，但如果把灰塵、鏽蝕都處理乾淨，將零件好好整理更換，也許看起來不會太糟，搞不好就真的能騎上路了也說不定。今天一早，可美走到自家後院，親眼鑑定一下這台舊車時，她憑著自己極其薄弱的車輛知識，左右看了看，心下如此以為，也正因此，她才願意伸展伸展筋骨，將車子給推到前院來，而在猶豫著該上哪裡找機車行時，她想起了這個國中老同學。電話中，家裡開機車行的王漢威豪情萬丈，誇下海口直說沒問題，只要是機車，無分廠牌、不管車齡或車況，凡是在還看得出來是機車的範圍內，他肯定都能修好，但前提是可美得自己把車運過來，王漢威說他家的機車行原本有部載運機車的小貨卡，但上個月底就撞爛了。

「怎麼會把這種車拿來修嘛，拜託，這修得好才有鬼，都鏽成這樣，搞不好裡面的結構都爛光了，隨便搖兩下也許還會解體……」一邊嘮叨著，王漢威正想轉個頭，叫可美乾脆放棄算了，但一轉頭，只見這個女孩臉上已經浮現殺氣，當下只好乖乖閉嘴，趕緊又蹲下來，繼續研究車子，只是一邊看著車子，一邊依舊嘮叨：「這種車怎麼修嘛！我看最後這三個月乾脆哪裡也別想去了，光是搞這些就夠了嘛！」

「最後三個月？」可美愣了一下。

「是呀。」一邊抱怨可美不夠關心老朋友，王漢威說自己年初時通過了研究所考試，再過幾個月便要開學，屆時他就得收拾行囊，離開台北，大老遠到高雄去念書了。

怎麼自己對外界的聯繫已經薄弱到這等地步了？本來朋友就已經不多，再加上長期以來的疏離，能跟她親近的人變得更少，大學的同班同學裡，除了前男友，她想不起任何一個人的名字；高中同學就更遠了，畢業後從來也不曾聯絡過；至於國中的老朋友當中，也沒剩幾個還有聯繫的。

「不管你哪時候要離開台北，反正這輛車非得給我處理好不可，你需要多久時間修好它？兩天夠不夠？」用眼光逼得王漢威屈服後，可美不想沉浸在自己無邊的感慨中，她從包包裡拿出一本厚厚的隨身手冊，攤開行事曆，順便也取出筆，又問：「你先預估一下，大概要多少錢？我幾點可以過來牽車？能不能順便幫我把那些什麼廢氣檢驗、強制險之類的都一併辦好？需要我提供什麼證件？行照還是駕照？」

「等等，等等……」王漢威連忙搖手，苦笑著，「夏小姐，妳可不可以別這麼急？先聽我把話說完吧。哎唷，妳這種不管做什麼都非得有計畫表的個性，沒把自己累死，也先把別人給逼瘋了。我說呀，做人別老是這麼急急忙忙的，雖然現代人追求效率是天經地義的事，但也不需要每件事都這樣吧？妳現在不像以前那樣是在社團當什麼幹部，也不是在哪家公司擔任祕書職位，輕鬆點，好嗎？」

「少囉唆，你早一天把車修好，我就可以早一天離開這個鬼地方。」可美瞪眼。

「什麼鬼地方？」王漢威愣了一下。但可美不想講太多，她把話題轉了開去，又問：「總而言之，你現在快點檢查車子，然後給我一個確切的時間點就對了。」

無奈，花費了近半個小時，王漢威最後總算勉強給了一個日期，同時也跟她解釋了各種檢驗所需要的證件與步驟，又說：「雖然我知道妳不會看在眼裡，但還是得提醒一下，這輛車真的有夠破了，修起來肯定不便宜喔。」

「沒問題。」而她點頭。一邊回答的同時，她已經在盤算著，剛剛王漢威說了，機車檢驗需要用到行照，而這輛車是父親多年前從朋友那兒買來的，行照大概從來沒換過，搞不好已經過期，再加上什麼責任險之類的也從沒處理過，現在還有點時間，搭乘計程車跑一趟監理站大概還算充裕，可以先去處理處理。

「不過我挺納悶的，怎麼妳牽過來的會是這輛車。」討論完機車修繕事宜後，也不再囉唆，可美準備離開。王漢威陪她走出車行，但路上沒有計程車經過，兩人站在路邊。王漢威說：「接到妳的電話時，我還以為會是另外一輛野狼機車。」

「什麼？」她臉色忽然一變。

「沒有，沒有，當我沒說。」有些尷尬，王漢威趕緊又搖頭。認識太多年，他非常了解夏可美的大小姐脾氣，在她面前最最不能犯的就是不經思考地亂說話，要是惹得大小姐一個不高興，那可大事不妙。

「我從來也只有這一輛機車，而且它不是野狼機車。從以前是這樣，到以後也還會是這樣，你要記得這一點。」終於有計程車路過，可美伸手攔車，同時也對王漢威說：「記得了嗎？」

「已經很用力刻在我頭蓋骨上了。」王漢威苦笑著。

她打算把這一天的時間用來專心處理諸般瑣事，有些延宕了好一陣子的事是該料理料理了。早上去過銀行，結清兩個存戶，跟著在家等貨運行來取件，把兩大箱東西寄走，然後牽車去修，現在又從監理站出來，準備再搭車回家。看看時間，下午三點二十八分，手機裡沒有任何人傳來的簡訊，更沒有任何來電，再也不像以前，會有人每日捎來幾封訊息，溫馨提醒是該吃飯的時間，或者因應天氣的變化噓寒問暖一番，她夏可美現在是一個人，就這麼孤單單的一個人，連坐在計程車上，都只剩下司機可以聊天，但她不願如此，隨便應答幾句後，別過頭去看看車窗外的風景，結束了無趣的聊天話題時，也感覺到肚子裡一陣飢餓。

「小姐，妳看要不要繞個路？前面塞車了。」那個司機又回頭，說剛剛看到救護車從外側車道趕過去，前面可能有車禍。本來是不想擠在捷運裡摩肩擦踵，才選擇搭計程車的，沒想到反而遇上這種突發狀況，她沉吟了一下，看看計費表，付了兩百元車資，叫那司機也不必找錢了，就在這動彈不得的車陣中，她選擇打開門，乾脆用走的算了。

沒有特別想去的地方，行事曆上屬於今天的事項也已經如數完成，她只是無處可去才打算回家的。站在台北街頭，一陣空虛油然而生，在路邊愣了半晌，一時還有點沒弄清楚自己所在的位置，後來索性也不去細想了，轉身，順著騎樓邊走去，帶點茫然，膠底鞋踩著各種地坪，有些是磨石子，有些是磁磚，沒去細聽各種摩擦發出的聲音，也渾然不聞街道上的種種嘈雜，邁開腳步就走，在各種不同的店家騎樓與招牌的轉換過程中，沒有任何值得她駐足或回頭多看一眼的東西。那些或許不看也好，她必須保持這樣一貫的前進動作，才能避免一停下腳步就墮入什麼樣的思緒深淵裡。對大多數人而言，漫步是愜意的，但對此刻的可美而言，能這樣走出門來就已經是種冒險，在自己所清醒的狀態中，這是一次難得的、沒有時間性的走路，沒有特殊的目的或理由，更沒有具體的目的地，她只是漫無目的地在高樓林立的台北街頭隨處亂走，經過的不管是辦公大廈也好，銀行建築也罷，或者經過比較低矮的街區，有些賣的是各類雜貨，有些則是餐飲小舖，甚至偶爾經過幾家裝潢亮麗的服飾店，可美完全沒有走進去逛上一逛的興致。她忽然想起大學時看過的小說，有個不曉得是失婚或失戀的女主角，就這樣在颱風過後的台北城裡四處亂走，遇到紅燈就轉彎，直到走進故事主場景的咖啡店為止。其實可美以前是非常討厭走路的，她對這種單調的肢體動作毫無興趣，即使是購物，她也寧可選擇上網瀏覽頁面，根本不想在街上走逛。

但現在卻不同，她必須保持不間斷的移動才行，在沒了修車、跑銀行或監理站之類的任務後，她便感覺自己似乎再無法集中意識，那種精神上的聚焦力一旦喪失，剩下的就是無邊無際的飄浮，一個不小心，也許自己就會像個斷線的懸絲木偶，在車水馬龍的台北街邊摔得粉碎。

其實一點也不覺得倦，這兩條以前動不動就走得痠疼的腿似乎也毫無疲憊感，她沒看時間，不知道走了多久，更不曉得是基於什麼理由，就在一個巷道的轉彎處，像是踩著了地上一灘污水而勾引起什麼點子靈光乍現一般，腳還踏在那水窪裡，可美忽然停了下來，又看看周遭，才知道這裡大概是西門町附近，旁邊是一家小小的咖啡店，走進去後，沒坐下，可美只是想給自己買杯飲料，但抬頭看看吧台上方的品項價目表，卻又不曉得該怎麼點東西才好，那些飲料都取了很抽象的名稱，有「回憶」、「夢」、「寂寞」之類的好多好多。想了想，她對老闆開口，要了一杯「愛情」。

等待時，原本拿出手機，但轉念又想，反正也不會有人打來，她的手指在電源開關上猶豫了片刻後，放棄開機念頭，轉而拿出包包裡的筆記本翻閱著。半晌後，外帶裝的飲料送上，她沒問老闆什麼，掀開杯蓋，先輕輕啜了一口，才發現原來是杯加鹽加奶的咖啡。

那個老闆一副很想問問可美心得的樣子，但可美選擇視而不見，她的視線還停留在筆記本的其中一頁，那是一份好幾筆都寫了又畫線槓去，槓去後又再寫下的物品清單，有睡袋、手電筒、小型電池、急救藥品等等若干細碎項目。檢視了一下，原本想要趁著這當下再確認一次，看看是否有所遺漏的，然而望著筆記本上潦草凌亂的字跡，腦海中卻不禁浮現出別的畫面。

那大半年裡，她過著行屍走肉般的日子，對什麼都沒感覺似的。一邊喝著咖啡的同時，可美這樣想著，自己這半年內是不是也喝過類似的東西？好像有，但似乎又沒有，是了，就是這種情形，她沒辦法具體而微地記憶自己在那段時間裡的種種行為或想法，不記得一天裡吃過幾頓飯，也不記得在什麼時間洗過澡或睡過覺，她在晌午時分坐在窗前看著院子裡的草木藤蔓滋長，也在夜闌人靜之際坐在餐桌旁的地上看著偶爾有蟑螂鑽過，或者就在浴缸裡，泡呀泡的，直到全身的皮膚都白皺了，這才驚覺原來自己正在沐浴。那些日子裡多虧了鳳姨，她是受了老媽的特別囑咐，每隔幾天就過來關切一下的遠房親戚，也是爸媽們在台灣唯一能託付的對象。但儘管如此，鳳姨總不是傭人，她有自己的事要忙，若隔得稍微久了點，這屋子就又會陷入一片凌亂中，尤其是滿地的垃圾，那是可美在無意識中撕碎的任何東西——只要那些是撕得碎的。後來鳳姨把家裡所有的紙張都藏了起來，甚至把衛生紙都換成了濕紙巾。這位臉上已經滿是皺紋，講起話來帶點廣東腔的婦人並不喜歡抱怨或責備，她往往嘆口氣，什麼也不說，只是露出悲傷的眼光。

那是一種間歇性的失智狀態吧？現在回想起來，可美這麼猜測著，那陣子，鳳姨一定滿心猶豫掙扎，面對著這個不時就失魂落魄，神智陷入黑洞的女孩，不曉得該不該將她直接送醫才好。恍惚的現象大多發生在白天，可美在房子裡走動時，有時是因為看見房裡某樣熟悉的東西而觸發，有時是因為忽然想到了點什麼，才將思緒引導進了深淵中，於是她在那錯亂與清醒之間害怕惶恐，巴不得快點天黑，夜幕一低垂，可美換上衣服便急著出門，離家也不算遠的市區巷道中就有幾家小酒吧，她寧可在幽暗卻嘈雜的吧台前流連，一杯杯喝著不與他人交談的寂寞酒飲，直到腳步踉蹌了才結帳離開，在醺然之際可以取得一個穩定與失控間的平衡點，那樣的平衡下，她才能在自己的床上睡著。

鳳姨沒有把這樣的現象告訴可美的父母，歷經自己漫長的人生後，一樣有著遠在他國的小孩，終日總懸著一份對孩子的牽掛的鳳姨其實很清楚，倘若可美的父母知道女兒獨自留在台灣竟是過著這種生活，肯定會連生意都做不下去，急忙忙就跑回來。但跑回來又怎樣呢？鳳姨常跟可美這麼說，勸她要找到自己的藥方，她說心病只能靠心藥來醫，如果缺了那道方子，那麼就算遠渡重洋，逃個大老遠去到任何國家，這種病症還是不會痊癒的。

但那是病嗎？她自己並不覺得，不管是那段晝伏夜出像隻流理台下水管中攀匐著的小蟲子在過的日子，或是已經能夠換上正常的外出服，大白天地在台北街頭到處穿梭的此刻，她都不認為那算得上是「生病」，勉強要給個解釋的話，她會將之定義為「休息」。

「這是妳期望中的愛情嗎？」那位咖啡店老闆最後還是開口了，他客氣探詢。可美被迫暫時中斷了她腦海裡的思緒，抬起頭來看了那老闆一眼，捧起杯子又喝了一口尚且溫熱的咖啡，在唇邊咂了咂，像是稍微品味了一下，客氣地說：「似乎比理想中的苦澀了點，但又比現實中的甜了點。」

「妳理想中的愛情是甜的？」

「誰理想中的不是呢？」而她微笑。

「但現實裡的愛情卻讓妳感到很苦澀嗎？」老闆興味盎然地又問。

「誰現實中的不是呢？」她又還以一個微笑，於是那老闆點點頭，轉身走了開去。

誰理想與現實中的愛情不是這樣的呢？

02

半年前，也在這幢房子裡，她的世界徹底崩潰，從此，裝潢華美的房子變成極具諷刺性的華麗地獄，困住了再也走脫不了的她。那是好不容易才拿到畢業證書後不久所發生的事。

可美的雙親曾因為她拿到畢業證書的時間點大發脾氣，幾次從大陸打越洋電話回台灣，每每都能罵上半個多小時，但可美根本心不在焉，那時她將手機調整為擴音模式，又將電腦螢幕上正在播放的影片改為靜音，就這樣一邊看電影，一邊聽著父親的嘮叨。

對於那位向來充滿權威，但也一直在家庭生活中缺席的父親，可美腦海中所存的印象其實很微薄，從小到大，她記不得父親哪次曾參加過她的畢業典禮或為她慶生，這個男人很忙，而且一直在忙，他忙碌的理由與其說是為了家人，倒不如說是為了自己的夢想，因為夢想，所以他必須東奔西走，去每一個可能實現夢想的地方奮鬥，這種人根本不應該結婚生子吧？慢慢懂事後，可美就經常如此想著，一個為了自己的事業可以拋家棄子的男人，怎麼會有成家的資格呢？尤其當她國中畢業後，被父親一聲令下喚到大陸，在蘇州念了三年高中的那段日子裡，她更堅定了這樣的想法。而可美的母親雖不那麼嚴厲，卻讓可美更為排斥，她善於觀察，審時度勢，知道如何掌握適當的良機，為丈夫的公司賺進一筆又一筆財富。很多時候，人們稱呼她為總經理，而不是叫她夏太太。在蘇州台商學校讀高中的那三年，可美常常遠遠也靜靜地看著母親坐在自家客廳裡，她攤開桌上滿滿的文件與分析報告，似乎足不出戶，卻能掌握拿捏公司的每一步動向，那種眉宇間的冷峻神色讓可美不寒而慄，而且陌生。

在父母親的努力經營下，那家公司經營得有聲有色，台商學校裡有很多人都聽過可美父親的響亮名號，甚至同校同學裡就有不少自家公司的員工子弟。說起來似乎風光，然而那也更意味著自己必須加倍小心言行舉止，否則眼線到處都是，任誰都可能把她的事傳了出去。曾有一回，她跟班上幾個男同學稍微走得近了點，父親立刻就得知消息，還遠從上海的廠區打電話回來臭罵她一頓。那時她被罵得莫名其妙，但也在心裡暗下決定，高中一畢業，非得爭取回台灣的機會不可。

只是回了台灣又如何？可美那個年紀大她好幾歲的哥哥也在父親的公司上班，雖然得到他的支持，幫著跟父母求情，讓她如願在高中畢業後回到台灣，但可美沒有父親任勞任怨的精神，也缺乏母親經營擘畫的眼光，更不像哥哥那樣既有聰明才智，又懂得做人處事，平常在同儕間就不屬於標竿型人物，回來後更沒考上像樣的大學，在一家三流學校裡讀一個沒有競爭力的科系，不但成績沒有特別傑出，人緣也不是非常好，而且還比別人晚了半年才拿到畢業證書。這件事不但讓父親覺得顏面無光，還連累當初極力贊成她回台灣的哥哥被臭罵一頓。

但可美沒有埋怨任何人，因為那都是她自願的。多留半年，對成績還過得去的她來說是一件極輕易便能操作的事，她讓自己原本應該在大四下學期修完的通識課程被當掉，一切順理成章就搞定了。那半年是她認為自己一生中最幸福的日子，就在這幢房子裡，這個屬於她的房間內，這張舒適寬敞的雙人大床上，她幾乎每天都在溫暖的懷抱中醒來，不像其他那些在外賃屋的女同學們，偶爾還得擔心家人忽然跑來探望，或者被生活條件低劣的學生套房所影響。這房子夠大了，兩層樓的空間，一樓是大客廳跟廚房，還有父母的臥室，二樓除了擺放家庭劇院組的休閒空間外，只有一個空著的客房，還有哥哥與自己的房間，這間約十坪大的房間裡有她豐富而圓滿的一切。為了那個第一次來到這房子時詫異得差點沒暈倒的男友，可美將這裡的空間清出一半來，自己只用了衣櫃的二分之一，床鋪也只睡二分之一，那幾隻從小陪伴她的布娃娃還淪落到只能睡地板的命運，一張自己以前可以橫臥的手工牛皮沙發也讓了一半。裝潢華麗的屋子讓初次到訪的男孩瞠目結舌、訝異不已，但可美自己何嘗不是，離開三年，再度回到這個家時，她也難以置信，父母親的生活重心都在大陸，可是他們竟從未放棄台灣這房子的維修保養與更新，甚至還添購了不少生活設備。

可美與她的男友在這裡生活了四年，四年來從無人打擾，爸媽一次也沒回來過，當然那時也沒有鳳姨的造訪，每一通越洋電話裡，可美總是平淡地告訴爸媽說這裡很好，一切無事，社區外面有保全，社區裡面有管理員，什麼都很穩定，請他們不用擔心，而電話費用很貴，自己也正在讀書，所以別講太久比較好。當她這樣對父母說話時，其實可能正躺臥在床上，枕在男友的懷抱中，或者他們正一起賴在沙發上看漫畫，甚至有幾回，兩人纏綿到一半，正在激情之際，手機響了起來，為了怕父母起疑或擔心，可美只好接起電話，而男友還促狹地一直吻著她身上每一處敏感部位。

她本來以為這一切都會保持美好，就這樣順順利利地直到世界盡頭的，但後來所發生的一切卻沒那麼簡單，首先是男友因為忙於打工與社團，竟然落得學分不足必須延畢的下場，而父親四年間從沒過問女兒的未來，但就在她本該畢業的那個夏天，竟親自打電話來徵詢她到大陸上班的意願，也叫祕書安排機票，希望女兒能夠畢業後立刻趕赴對岸任職。她在萬般不情願中，很努力地尋找各種理由或藉口拖延搪塞，同時也在男友溫柔的呵護中，許下願意陪他一起延畢的承諾。這件事鬧得如火如荼的那陣子，她每天都提心吊膽，生怕父親會親自飛回台灣興師問罪，三天兩頭就猛打電話到蘇州給她哥哥，託他幫忙穩住狀況。好不容易挨到風波平息，自己也度過了延畢那半年的浪漫日子。領到畢業證書後沒幾天的一個下午，可美從電腦補習班下課。學點額外的技能本來是她用以對父親交代與敷衍的補償做法，但幾個月下來，倒也學出了一點興趣，幾個文書處理的軟體都很能上手，她甚至認為也許考到證照後，就能在台灣找個像樣的工作，跟男友繼續過著太平日子。

正常的課程要從下午一點到五點，但原本要授課的老師臨時請了病假，改由另一位講師代課，那講師的口齒清晰度與說話速度都讓可美按耐不住，心裡滿是抱怨，還不過三點左右，她便藉故溜了出來。一個很晴朗的午後，待在補習班裡敲打冰冷的鍵盤或面對枯燥的軟體內容未免浪費，興之所致，她逛到男友打工的簡餐店，結果卻撲了個空，那邊的人告訴她，原來男友今天調了班。心裡納悶著，撥了幾通電話，但男友竟也沒有接聽。

當時可美並未多想，只以為男友大概在家，在他們那個愛的小窩裡，這個老是長不大的大男孩最近有點沉迷於線上遊戲，一天到晚坐在電腦前，忙著跟那些虛構的怪物廝殺，幾乎到了茶飯不思的地步，連他平常最愛的社團都很少去，當然現在如果忙著打什麼副本的話，會不接手機也是正常的事。

想到這裡，她決定暫時不急著回家，走出捷運站後，先在附近的超市裡小逛片刻，買了他最愛的可樂跟零食，也給自己買了果汁，走到生鮮區時，她甚至還挑了幾樣食材，小情侶偶爾一起下廚是何等甜蜜的樂趣，她已經計畫好今晚的菜色，並在心裡想像著那幅畫面。逛完超市後，手上的東西有些沉重，本來打算搭計程車回家的，然而稍一轉念，可美又踏進超市隔壁的藥妝店，這回她買了男友慣用的牙膏品牌，以及一袋家裡已經告罄的衛生紙，正打算去結帳時，看到櫃檯邊有衛生棉正在做特價促銷，她躊躇了一下，沒有去拿那些特價品，卻反而走到貨架另一端，微微猶豫過後，伸出手來，拿了一支驗孕棒。月經最近都沒來，而男友有幾次都沒戴上保險套，心中有些不安，或許驗一下比較好？

初夏的台北十分炎熱，她在騎樓邊等了片刻，看到遠方有計程車接近時才趕快走出來舉手攔車，因為路程不遠，那個司機還打趣地問她是不是怕曬黑，讓可美有些不好意思。回到位在台北市近郊的小社區，警衛看過可美出示的社區驗證卡後便即放行，順著山坡前進了一小段路後，來到這幢宅子前。

屋子的一樓與往常一樣寂靜，只有空氣裡瀰漫著芳香劑的味道，她拎著一堆好重的東西回來，也沒忙著處理，就先全往地上一擱，拔腿急忙往二樓衝去，因為就在剛剛進屋時，她看到玄關不但擺了男友的球鞋，另外還有一雙不屬於她，但肯定是女人才會穿的短筒雪靴。那雙靴子可美並不陌生，因為男友打工的地方有個新來的女同事，個子很瘦小，長相清甜可愛，可美見過她幾次，彼此相談甚歡，三個人還一起去看過幾回電影，對活動雖多，但交遊圈卻非常貧乏的可美來說，那似乎是個可以深交的同性對象。

快步跑到二樓，可美還來不及推開房門，就已經聽到了一些聲音，這一回不是她常聽到的男友的線上遊戲透過喇叭傳出來的兵刃撞擊聲。房門沒鎖也沒關，裡面的人大概完全沒料想到可美會忽然回家，錯愕之餘，竟連拉起衣服遮蓋裸露的身體都給忘了，四肢交纏在一起正享受著歡愉的一對男女只瞪大了眼，盯著突然闖入的可美。然後，是讓可美自己也嚇了一跳的，從她自己喉嚨裡力竭聲嘶，好長好尖銳的尖叫。

03

王漢威很準時地在三天後打電話來，告知可美機車修復完成的消息。這回他不敢再多問，反正事情的內容已經大致從別的朋友那兒輾轉得知，這個愛講八卦的朋友有個有趣的綽號，叫作狗骨頭。

一群人都是國中時代的老同學，但說起來也不是真的那麼常見面，只是偶爾會通個電話，問候彼此的近況罷了，而且通常都由王漢威主動聯繫，可美一次也沒自發性地找過別人，在最低潮的那段日子，她幾乎斷絕了所有對外的聯繫，根本不跟任何人見面。那件事發生後不久，狗骨頭剛辭去畢業後的第一份工作，趁著有空，循著國中畢業紀念冊的資料，想來拜訪這位電話怎麼也打不通，線上更一直找不到人的老朋友，然而就在門外，她遇見了剛從可美家走出來的鳳姨，在略顯為難的語氣中，鳳姨稍微透露了一點事情的始末，並希望狗骨頭就別進去了，過多的安慰，只怕會造成反面的效果。

會負擔起照顧可美的責任，對鳳姨而言也只是個意外，在那件事發生後，可美恍恍惚惚，哪裡也不去，什麼都不做，她只能失神地整天在屋子裡如鬼魅般遊盪，甚至也忘了要吃要喝。可美的媽媽打過幾次電話回來，起初只是想詢問女兒畢業後的打算，接連兩天聯絡不上，心裡掛記，才找上了鳳姨，請她過來瞧瞧。本來走訪走訪，稍微照看一下，確認親戚的這個女兒平安無事也就夠了，但鳳姨來到這裡，看到可美形容憔悴，幾天沒上床闔眼，披頭散髮，身上發出難聞的酸臭味道，獨自一人坐在玄關前時，她就再也丟不開了。

半年後的此刻，王漢威在著手修車之前，按耐不住滿腹的疑問，已經先打了一通電話給狗骨頭，得知事情的概略始末。現在他回頭再看看那輛重新整理過的機車，雖然以國產的打檔車而言，這品牌的聲望一直不高，後輪肥大得有點突兀，引擎系統也比不上其他的老廠牌，但它高扭力跟低轉速的特性在山路上卻有著絕對優勢，缺點就是騎不快又耗油。王漢威雙手叉腰，心想這對可美而言應該不是問題，一來那小姑娘騎車技術大概平平，總不會騎到哪座山上去，二來夏家最不缺的就是錢，一點耗油的小問題人家也未必看在眼裡，後輪寬大所帶來的優質抓地力正好削減可美騎車時可能偏滑的危險性。修到這地步後，他有絕對的自信，除了沒辦法在天上飛或下水當船開之外，台灣這座小島上應該沒什麼騎不到的地方了。不過看呀看的，他心裡也難免有點可惜，他知道可美的前男友有一部野狼機車，那輛車的性能才真是好得沒話說，以前這對小情侶還來這兒修過幾次車，當時王漢威就對那部車稱讚不已。不過他對自己的手藝還是有自信的，就算這部老車比不上那部好車，但總也差不到哪裡去。

只是他不懂，小情侶分手的事發生在大半年前，分手之後，可美的前男友騎著野狼機車滾蛋了，那半年後，可美修這輛老舊的哈特佛做什麼？難道這半年的神隱消失，可美又領悟了些什麼道理？或者她計畫做出什麼出人意表的事來？回想國中時代，可美在校園中雖不是什麼風雲人物，成績也不算頂尖，但她還算是個精明的人，也很有自己的想法，雖然大老遠跑到大陸去讀高中，有長達三年時間沒見過面，但這位老同學的個性，他也算是略知一二了。

「我還是有點好奇，妳修這車要幹嘛？台北到處都有捷運跟公車，而且妳搞不好根本不會在台灣待太久，修這輛車做什麼？況且，在台北騎這種打檔車，妳不是找自己麻煩嗎？」可美來取車時，王漢威壓抑不住三天來糾纏於心的疑惑，還是開口問了她。

「我又沒說要在台北騎。」蹲下身來，輕輕撫摸幾處重新補強後的焊接痕跡，可美連頭都沒抬地回答。這話讓王漢威更是一頭霧水，又問她難不成打算把車子運到大陸去？「我只是想騎出去走走。」於是可美告訴他。

「比如哪裡？」

「去一個有愛的地方吧。」聳聳肩，可美說。

修車的費用並不便宜，不但引擎、化油器與整個汽缸都要整理維修，甚至連排氣管也換了新的，再加上那些除鏽、焊接的水磨工夫，讓王漢威因此損失了很多更好賺的生意，而且對象既然是自己老同學，當然也不能獅子大開口，他斟酌了一下後，嘆了一口氣，隨隨便便地只收了一千元，就算意思意思。看著可美把小包包斜肩揹上，豪邁地跨坐上車，當引擎發動，發出低沉的運轉聲時，王漢威忍不住問她：「妳現在還好嗎？」可美沒有立即回答，她試著轉動幾下油門，讓車子熱一熱，聽聽引擎運轉的聲音，這才回答：「我不得不佩服，你修車的技術真的很好，可惜你只能幫我修車，對不對？」

「因為我這裡只是機車行呀。」他有點無奈。

「所以有些還沒修好的東西，也許我得自己想想辦法，到其他地方去修一修。」可美點頭。

「還有哪裡有問題嗎？」以為是車子整理得不夠好，王漢威愣了愣，正想蹲下來再檢查檢查的，但可美指指自己腦袋說：「這裡。」說著，又指指心口，說：「還有這裡。」

從車行離開後，她騎著機車在台北市的街頭穿梭，起初還有點戰戰兢兢，別說是這種打檔車了，她幾乎已經有好長一段時間沒自己操縱過任何一種交通工具。當年，那男孩讓可美喜歡上的第一個原因，就是他騎在野狼機車上的自在模樣，後來央著求著，男孩也教會了可美怎麼騎，雖然很少有騎上馬路的機會，但就在學校停車場轉轉的時候，可美也覺得自己彷彿生出了一對翅膀。但那記憶畢竟有點久遠，尤其每輛車的手感都不同，駕馭起這輛在王漢威手中重生的哈特佛機車，可美顯得很不靈便，車子在第一個路口等紅燈時，一個起步不順利，立刻就發生了熄火狀況，還引來旁邊機車騎士的側目。努力不去回想當年前男友教她騎車的畫面，也不去想那些跟男友一起騎車兜風的回憶，很專注的，她再度發動機車，小心翼翼地沿著路面上的車道線騎乘。第一個要去的地方是登山休閒用品店，她給自己買了個小睡袋，跟著又到五金超市裡，翻開筆記本，將上面記載的東西一一買齊，最後在經過一家軍警用品店時，心念一動地停下機車，走了進去，問問老闆有沒有適合女孩子的防身武器。她原本想買的只是防狼噴霧器之類的東西，不料那老闆打開櫃子，一一擺上來的卻盡是些精緻的小刀，可美只覺得哭笑不得，聽著那老闆舌燦蓮花，卻怎麼都看不上眼。

「哎呀，防狼噴霧器或哨子之類的東西都沒什麼用啦，人家要偷襲妳，當然也會預料到妳可能有這種東西，對不對？真的想要出其不意地打倒色狼，還是需要一點真傢伙的。」那老闆對一般防狼器具根本嗤之以鼻，最後甚至大方地說：「這樣吧，妳挑一把適合的小刀當防身武器，至於噴霧器跟哨子，我免費送妳啦！」

在那短暫的猶豫中，可美其實也有另一個衝動，就是什麼也不買，管他老闆三寸不爛之舌有多麼能言善道，不過轉念又想，其實人家說的也不無道理，多幾樣防身的武器，總是多幾分安全，誰能料想到一個女孩子身上會帶有這種武器，真遇上壞人時，一定可以嚇對方一大跳。再看了看桌上那些整齊排列的刀子，最後她挑中的是一柄刀刃長約二十公分、塑膠刀柄、握起來非常輕盈的匕首。那位老闆盛讚可美的眼光，還說這可是輕量化的金屬，非常適合帶在身上防身，有些常登山或打獵的客人也都很喜歡這種刀刃。

「對了，雖然這刀子很漂亮，但妳可不要沒事就拿在手上，隨便亮出來嚇人喔，太招搖的話，警察還是會找妳麻煩的。」收下兩千元鈔票時，那個老闆說。

把刀子藏在包包裡，走出用品店時，可美心裡在想，如果只是要殺一個人的話，用這種刀未免太小題大作了。坐在機車上，她下意識地捋起左手的衣袖，手腕內側有一條清楚可見的刀痕，再更仔細點瞧的話，還能細數出急診室醫生縫針的痕跡。那是一個酒吧公休的夜晚，她一個人失魂落魄地從自家一樓逛到二樓，又從二樓逛回一樓，來回不斷走動間，手上緊握著顯示為未懷孕的驗孕棒，那是連最後一點機會都失去了的無比沮喪，她一度天真地以為，倘若自己真的懷孕了，或許還能把這塊肚皮拿來當作籌碼以換回愛情，但天曉得老天爺並不幫忙，月經只是遲到而已。如果自己能夠懷上孩子，是不是就能以此為契機，再跟他重新洗牌？可以嗎？可美搞不清楚自己所想，她一方面痛恨自己目睹的畫面，恨不得與對方同歸於盡，但奇怪的是她又發現自己彷彿有另一個依舊愛著對方的靈魂，不斷挑起她再與對方重新開始的念頭。

兩種想法的拉扯在驗孕棒被拆封使用的那天晚上達到頂點，最後又一次摧毀了她的理智，她不記得自己當時是在怎樣的情緒下做這種事，但那時劃在手上的也不過就只是一把廚房裡隨手拿來的水果刀而已。如果不是鳳姨剛好發現，她這當下應該已經是個死人了吧？而且是個一手拿水果刀，一手拿著驗孕棒死去的女性死者，真是何其諷刺的畫面。

如果當時真的死了，會不會比較好呢？烈日當空，曬得她滿臉通紅，肩頸被汗濡濕，這種不舒服的感覺就是活著的滋味嗎？如果活得這麼難受，那為什麼不乾脆死了就好？她想起自己在急診室裡，被鳳姨輕輕拍著臉頰與額頭時，鳳姨所說的一些話，她說雖然不清楚事情詳細的始末，但這種男女之間的問題也沒什麼好細究的，一個人要不要專心愛另一個人，或者兩個有愛情的人要怎麼經營愛情，都不是說得清楚或輕易能夠計算的事，今天的海誓山盟會不會一轉眼就變成明天的背叛與分離，根本誰也難以保證，既然這樣，人就應該花更多時間來疼惜自己，別為了這種愛或不愛的小事情想不開。

那時可美非常虛弱，她只能睜著眼睛，看看臉上已經有不少皺紋的鳳姨。而鳳姨溫和地笑了笑，她說：「醫生說妳這一刀還好割得不深，點滴打完就可以回家。我們交換一個條件好不好？妳答應我，以後不可以再這樣做，那我就答應妳，不把這件事告訴妳爸媽。」

於是她活了下來，只是思緒像是掉入一個永無出口的迷宮般，不停地問著自己，究竟是任由沒有意義的生命繼續存在比較好，或者乾脆將這樣的人生徹底終結，以期待下次輪迴轉世比較乾脆？這問題沒有答案，她也沒有可以問的人，因為一旦開口了，別人就會反過來問她究竟發生了什麼事，而那些正是她最最不想再回憶的。

收拾好衣服，全都裝進一個從衣櫃深處翻找出來的，已經帶點霉味，好久沒用過的大背包裡，再把剛剛買的雜物比如手電筒之類也依序放好，本來考慮是否要帶本書的，但轉念作罷，甚至連一度打開抽屜，拿出來放在桌上的音樂播放器也不帶了，這些東西能有什麼意義？在那些文字或旋律中能找到什麼？什麼都沒有，既然沒有，那帶了又怎樣？本來以為包包會滿得裝不下，結果太多東西就因為這種考量而被捨棄，最後只裝進了幾件換洗衣褲與物品，連以前對自己而言最重要的化妝盒與小首飾也不帶了，可美進出一趟浴室，拿出來的只有口腔衛生用品、洗面乳，還有一包衛生棉而已。

「要出去呀？」揹起包包下樓時，鳳姨剛好拎著一袋從生鮮市場裡買回來的食材進門，乍見可美這模樣，她有些錯愕。

「嗯，想去走走。」不知怎的，這當下她看到鳳姨，心裡忽然有些從來沒有過的激動，這位父親的遠房親戚退休後，大多在醫院或安養機構擔任志工，即使受託來這兒照顧這位姪女也從無支薪，但她所帶給可美的照顧，卻絕對不亞於任何一個領薪水的看護。

「晚上……」看到可美的大背包，鳳姨本來要問她晚上回不回來吃飯，但隨即改口，「晚上應該不回來吧？」

「我想出去幾天。」於是可美告訴她，同時也指指門外，「我要騎車出去，但是會很小心，妳不要擔心，好嗎？」

鳳姨點點頭，遲疑了一下後，把手上的食材放在餐桌上，說：「我相信妳一定會很小心，休息那麼久了，出去走走也好，老是悶在家裡，一定會悶出病來的。看妳現在這樣，我就算要走，也可以放心點了。」

「走？」聽著鳳姨說話，可美走到門口，正坐在鞋櫃上穿鞋時，她忽然一愣。

「我兒子打了幾通電話來，催我去一趟新加坡。」鳳姨臉上有為難的神色。中年喪夫後，若干年來，她幾乎全心投入在教職中，只有一個兒子，但也遠赴新加坡工作，後來就在那邊娶妻生子。鳳姨說：「我媳婦懷孕幾個月了，現在離預產期也不遠，所以他們打了幾通電話來，就說如果我在台灣沒事的話，不如過去幫忙坐月子……」

那當下可美一笑，她說：「不要放心不下我，真的，我已經沒事了。」

「可是……」

「鳳姨，這段日子多虧了妳，如果不是妳，也許我早就撐不下去了。」站起身來，握著鳳姨的手，這個即使衣食無缺，已經年近花甲的婦人身上沒有半點華麗花樣，她用這細瘦的膀子所承載的，是很多人口中的一輩子，從小到大，雖然以前對鳳姨的認識並不多，但如此漫長歲月的印象中，鳳姨從來也沒有對生命有所怨懟，她永遠都是這麼溫和與善良地對待別人，好像一生都只為了服務或照顧別人而活著似的。「我很感謝妳，真的。如果妳接下來有任何安排，或者有什麼想去做的事情，都儘管去做沒關係，我一定不會再讓妳擔心的，好嗎？」勉強擠出一點笑容，可美說：「妳一定也很想趕快去看看即將出生的孫子，對不對？替我多拍幾張小寶貝的照片，好嗎？」

那瞬間鳳姨沒有說話，只是眼裡忽然有滿滿的淚光。可美並不能知道鳳姨那淚光所代表的意思，或許是因為這女孩終於走出低潮所以才感到開心，或者她對自己能在這段日子裡適時地幫可美一把而欣慰，總之，鳳姨只是點點頭，沒過問目的地，卻要她多注意安全，而可美心裡想的，除了感激之外，則是打算傳一封手機簡訊到蘇州給母親，如果可以的話，至少應該匯一筆錢給鳳姨，一來預祝她兒媳婦生產順利，二來人家這麼無條件地幫忙照顧女兒，也該補貼一點生活開支才對。

傳完簡訊後，又回到現實世界中，到底自己現在要去哪裡呢？當可美發動機車，騎到離家最近的便利商店先買了一瓶水時，心裡都還沒有半點規畫，她只知道必須離開，離開那個隨時可能讓她又掉進迷宮裡的房子。喝水時，想起鳳姨剛剛的神情，她知道自己從來也不覺得有什麼頓悟之類的奇蹟發生過，事實上，那只是一個很寧靜的午後，可美坐在廚房的地板上，癡癡呆呆了好半天，她分不清楚那是因為昨晚在酒吧裡喝了太多長島冰茶後的宿醉，或是自己還在怎樣的神昏聵亂中迂迴曲折而不得出，那時有幾滴眼淚不知不覺地滴了下來，而她伸手想扯起衣服下襬去擦拭時，忽然聞到一陣尿騷味，這才驚覺自己竟然恍惚到出現了尿失禁的狀況。這已經是撞見那不堪場面的半年後了，在這段有鳳姨照顧著的日子裡，可美覺得自己好像慢慢恢復了許多，但沒想到偶一不留神就又被那種令人難以抵擋的低潮情緒所吞噬，甚至還出現了這種荒謬的失禁現象。

怎麼會這樣呢？掙扎著起身，就在廚房裡把衣服都脫光了，走進浴室中，扭開蓮蓬頭想沖洗自己身體時，可美看著因為熱氣蒸騰而慢慢變得模糊的鏡子，她的腦中像是靈光一現，閃過了個念頭。

如果像鳳姨說的，愛情的發生與結束都那麼不可預知，那人們為何還要苦苦追求？到底這麼多人不分性別與年齡，用各種方式在爭取的愛情長得什麼樣子？那將近四年半的日子裡，她原本以為牢牢在握的愛情原來破碎得如此之快，難道那還不夠堅固嗎？難道那不算真正的愛嗎？如果那個不能算是，那麼，真正的愛是什麼？愛在哪裡？自己還能不能找得到它？或者更奢望一點，自己能不能也擁有它？因為這樣的念頭，可美覺得自己應該出門一趟，因為不管真愛在哪裡、長什麼樣子，反正一定不會出現在這屋子裡才對，她非得往前走不可，在還沒真正發瘋之前，離開這屋子，往一個不管是哪裡都好的前方去。

想著想著，可美走到便利商店放置各縣市地圖的書報架前，看了又看，看了又看，卻沒有彎腰伸手拿起任何一份。有個店員本來在一旁補貨，納悶地問她是否需要買份地圖，如果有需要，他們可以幫忙找。

「我不知道我要找什麼地方的地圖。」可美搖搖頭。

「就看妳想去哪裡呀。」穿著員工制服的女店員綻開笑靨。

「我想去找找看，看這世界上的真愛在哪裡，你們這裡有賣那樣的地圖嗎？」而可美轉過頭，很認真地問她。只是她沒打算等那店員吐出這問題的答案，說完，走出店門口，外面的陽光依舊刺眼，可美從隨身的小包包裡拿出平常用來書寫記事的筆記本，這當中記載了好幾年來的故事，那些都是可美曾經存在於這世上的證據，有些是某年某月某日的某些繳費紀錄，有些是她一時一地裡的念頭與想法，她原想在那當中找到一點線索，好提供自己一個去向的，但封面才剛翻開，忽然又是一個念頭閃了過去，可美忍不住發出一聲輕輕的笑，把那本筆記本闔上，塞進擺在便利商店門口的資源回收桶，然後發動機車，很順利地起步、換檔，鬆開離合器並催轉油門後，朝著陽光的方向騎了去，頭也不回。

沒有一份地圖能指向真愛的所在位置，
但心可以是自由的，心自由了，或許愛就在了。

04

從小到大，她從沒體驗過這種自由的感覺，那是一種無拘無束、沒有限制，但同時也意味著茫然的心情。當她騎著機車沿承德路過來，轉上大度路，跟著車流跨過關渡橋，再在一個接一個的密集紅綠燈前停車，忍受狹窄車道上擠滿了大小車輛所排出的廢氣，與所有人對騎打檔機車的女孩投注的好奇眼光時，可美心裡還猶豫著，她不是很肯定這方向是否正確，也不知道究竟要去的是什麼地方，換句話說，這是沒有終點的一趟旅程，甚至也無法定義起點的所在。下意識地低頭，看看機車上的儀表板，油量顯示是滿的。「只要油箱還有油，那就沒有去不了的地方，對吧？」她問自己，卻沒聽到回答。

耳邊不斷傳來空氣鑽入安全帽縫隙時所發出的呼嘯聲，經過八里碼頭渡口時，可美心念一動，臨時決定停車，她將那些粗重物事都留在車上，只揹著身上的背包，跟著川流旅客往碼頭邊過去。不是假日，但淡水往返八里的交通船上依舊有絡繹不絕的觀光客，在那河邊，在人來人往的角落，可美悄然站立了許久，她以為會遇上些什麼人，或者發現什麼販賣著新鮮玩意的小販，也許透過與人群、攤販的對話，可以有所心得收穫，進而搞不好就得到怎樣的領悟，然而站了很久，不但沒有一個旅客朝她多看兩眼，甚至連攤販也沒注意到她。

「你每天都在這裡幫人畫圖嗎？」最後她走到碼頭邊一個畫家的身旁，那畫家看來年紀大約二十來歲，戴著菱格紋帽，一身輕便，也沒什麼生財工具，只有兩張小板凳、一塊畫板，還有簡單的幾盒彩色筆而已。年輕的男畫家點點頭，說自己是個還在就讀美術研究所的學生，趁著課餘出來畫圖，一方面賺取生活所需，一方面也可以練習速寫技巧，畫出來的作品並不很大篇幅，他背後立著的一塊小招牌上就貼滿了作品，都是一幀幀的人物大頭像。

坐在小板凳上，可美掏出一百元遞給畫家，也沒怎麼整理儀容，她想知道畫家眼裡的她此刻是什麼模樣。那年輕畫家也不囉唆，確定可美不再變換表情與臉部角度後，隨即開始作畫。他先用黑色筆描繪出簡單的臉部輪廓，跟著目光專注，像在可美臉上搜索什麼似的，認真看了看後，畫下她的彎眉與眼型，甚至連鼻尖左側一顆細微的小痣都不放過。

「妳的嘴受過傷嗎？」畫家問。

「小時候跌倒，縫過幾針。」可美點頭的同時也在心裡佩服對方的觀察力，那傷口癒合後還在嘴角邊留下一點非常不明顯的疤痕，平常根本沒人會發現，連她前男友也從沒注意到，沒想到這個畫家竟然留意到了。

作畫時間遠比可美以為的要短暫許多，那畫家描繪出輪廓後，跟著打開筆盒，只見一枝枝彩色筆在他手上輪來換去，要不多時就宣告完成。他突顯了可美原本的尖下巴，也畫出一雙與本人相符合的明亮大眼，活脫脫就是個可愛的卡通版人物，唯獨整個神情看來略微蹇然，似乎少了一點活潑的朝氣，連眼神都有點空洞。

「我看起來心情有這麼不好嗎？」沒有不滿，只是表達出一點疑惑，可美問他。

「心情好壞我不知道，然而在妳臉上，我確實沒看到什麼開心的感覺。」那畫家也挺誠實地聳肩回答。

「一個稱職的畫家，是不是應該要能畫出模特兒的心裡所想？」

「也許有的厲害畫家可以，但我想我還辦不到，」那畫家輕鬆地說：「有些形而上的東西，那屬於模特兒私人所擁有，就算是描繪外在形象再拿手的畫家，也不該輕易去觸碰。我們畫神韻，卻不管神韻為何而來，那只有被畫的模特兒自己清楚，不過，我在畫圖的時候，覺得妳跟別的客人有那麼一點不太一樣。」

「哪裡不一樣？」可美好奇。

「妳眼裡沒有期待感。一般人會對畫家可能畫出的內容有所期待，眼裡也會不自覺透露出這種心情，但妳卻沒有，坐在那張板凳上，好像就只是在等一件可有可無的事情被完成似的。」聽他這麼說，可美微笑了一下，並沒有多解釋，但心想的是這當然無須期待，她根本不知道自己接下來的人生裡還有什麼是值得期待的。

再說，這世上能夠很清楚地掌握自己每個當下思緒的人大概也屈指可數吧？離開八里渡船碼頭後，她心裡不斷想著這問題，如果每個人都能很清楚地知道自己在幹什麼，人活著就不會有那麼多的迷思與迷惘了。不久之前，當她終於下定決心，拋棄另一個始終不停拔河的靈魂，把前男友的東西打包，一股腦都搬到門外去，讓貨運行給收走時，那個可美再也不想看見的男人還傳了幾封簡訊來道歉，他說自己絕非故意，只是一時不知道自己在幹什麼而已，但現在已經非常清醒，也跟那個打工時認識的女孩分手，希望可美能再給一次機會云云。看吧，怎麼可能每個人都清楚知道自己腦袋在想些什麼呢？有些人連自己愛誰或不愛誰都搞不懂，對吧？又或者像現在，可美已經錯過了要轉彎的路口，她沒有目的也沒有方向，問問自己，我真的知道要去哪裡嗎？其實也沒有答案。風有點涼，機車還在行進中，吹得她安全帽沒罩住的髮絲不斷飛揚，可美忽然又有些無奈，怎麼離開了那房子後，依舊看不見什麼「光」的存在？她原以為只要一騎上路，或許就會發現什麼光明的出口，也不曉得是否因為距離還不夠遠，還沒出這台北盆地，所以才依舊這般茫然。

向南而行後，那一路的風景都是可美從沒看過的，微帶點陰霾的天空，將左側低矮的山巒遮掩得墨黑，海風吹拂中，她幾乎維持在高速檔，很順利地一路南行，就這樣騎了過去，時速最高時達到每小時八十公里，機車引擎沒發出什麼異聲，看來王漢威的手藝確實不差。風大得有點超乎想像，有時候她只能微微瞇眼，一邊感受著機車把手上所傳來的微微痲震，一邊享受這種朝著前方不斷推進的感覺，是了，這就是她要的，往一個前方去，不回頭。

大約一個小時之後，在過了桃園縣境不久，因為長時間緊握機車把手而兩臂痠痲。這段車程當中，可美什麼也不想，她偶爾看看風景，偶爾看看機車時速表，偶爾甚至還哼上幾句歌，在哼歌時，她覺得有些詫異，沒想到自己竟然還有唱歌的興致。她曾在許多偶像劇裡看過碧海藍天的畫面，那湛藍的天空裡會有幾絲白雲點綴，呼應著蔚藍海面上的白色浪花，在那個一望無際的藍色世界裡，幾乎沒有煩惱，也沒有哀傷，彷彿沒有一個地方是陽光無法透入的。這樣的景致在她心裡根深柢固，總認為海邊就應該是那幅模樣。大學時曾跟男友一起到北海岸遊蕩過幾次，印象中就有過那樣的畫面。

那麼，是不是因為人的心境改變了，所以眼中看到的樣子也就跟著迥異了？經過林口發電廠後，順著濱海公路前進時，她不斷朝右側看去，海平面的遠方是一層層陰雲，天空灰濛濛，連海水都呈現灰黑色，根本沒有晴朗或蔚藍的景色。有點無奈，一路騎到永安漁港，她知道那是個近年來相當熱門的觀光景點，只是這時間遊客並不多，觀景台上稀稀落落。停好車後，她遠眺著橫亙漁港半空的拱形大橋，半點也沒有上去走走的興致，今天不是個看夕陽的好日子，下午五點左右，非但天空陰雲密佈，搞不好更晚些還可能下雨。美嗎？可美心裡想著。應該算得上是不錯的風景吧？倘若天氣再更好一點，或者呼朋引伴來大啖海鮮、在海邊的行動咖啡車邊喝點咖啡，都是不錯的選擇。不過這不適合現在的她。本來已經拿出相機，但看來看去，實在不曉得能拍什麼，就算再美，那也都是別人的風景，那些三三兩兩的遊客跟她一點關係都沒有，拍了又如何？就算看著別人在照片裡愉悅開心的樣子，自己也不會變得跟他們一樣吧？最後她將相機又收了起來。有點失望，沒想到第一次來到永安漁港，竟絲毫沒感受到快樂的氣息。正打算離開時，手機忽然響起，電話一接通，王漢威就急著問她人在哪裡。

「永安漁港。」一邊說著話，可美將機車鑰匙轉了轉，準備發動車子。

「我的老天，妳已經跑到桃園去了？該不會真的想去環島什麼的吧？小姐，妳只有自己一個人耶，那太危險了啦！」王漢威氣急敗壞地說：「妳不要以為其他外縣市都跟台北一樣好嗎？要是機車壞在哪個荒山野嶺裡，別說不會有捷運站了，妳會連公車或計程車都坐不到的！」

「你不是說機車修好了嗎？」低頭，可美看看這輛車，她輕拍著機車的油桶，又伸手抹去沾在後照鏡上的灰塵。

「就算修好了，妳也不能保證路上會不會有什麼意外呀！車子要是爆胎了怎麼辦？妳知道多少里程數要換一次機油嗎？拜託，妳不要以為一切真有那麼簡單好嗎？而且，我……」電話那邊還叨叨碎碎個沒完，但可美不想等王漢威的句點，她直接掛了電話。

或許這世界真的沒有她想像中的那麼簡單，但如果自己不去嘗試一次，又怎會知道到底有多難？二十年來，她都在別人的呵護與安排中長大，不管念什麼書、在哪裡念書、念什麼科系，或者學些什麼才藝，這些都是別人所安排的。而她談過一次戀愛，交過一個男朋友，那是她這輩子唯一一次瞞著父母所做的選擇，雖然下場非常悽慘，但至少也心甘情願。現在她要做第二次的嘗試，嘗試著依靠自己的力量，去尋找她心目中真正的愛，而且，那份愛是不會再有離別的。這樣的念頭在別人看來或許天真或荒誕，但可美知道自己非得再魯莽一次不可。

這世上總有一份愛是不需要離別的，我這麼相信著。

05

「不需要離別的愛？」狗骨頭睜大了雙眼，有些懷疑自己耳朵裡聽到的話，她搔搔腦袋，想了又想，問：「會有這種愛嗎？」

「我不知道，但我想知道。」可美說話時，心裡實在頗沒好氣，機車騎了兩三個小時後，她以為自己已經離台北夠遠了，但也不知為什麼，可能是台灣真的很小，或者命運之神老愛開人玩笑，從永安漁港離開後，天色愈來愈晚，海風漸冷，雖然騎在路燈照明很差的濱海公路上，心裡有點毛，但一想到自己正漸漸遠離背後那個世界，她就咬著牙地勇氣倍增，距離台北已經百餘公里，就在她抵達新竹市區，剛越過頭前溪橋，正在考慮是否要往右轉，去夜探聽說海鮮非常有名的南寮漁港，或往左進入新竹市區瞧瞧時，手機又再度響起，這一回是狗骨頭打來的。

剛上國中時，可美一個朋友也沒有，獨自坐在座位上，眼看著同學們開始交頭接耳去認識彼此，從小就在父母的保護與監控中長大，可美幾乎沒有需要自己去認識環境的機會，這種時候更不曉得該怎麼跟人搭訕才好。課上到中午，老師要班上同學們互相熟悉，叫大家圍圈而坐，一起吃飯，可美愣在原地，根本沒人可找，正徬徨無措時，是王漢威先主動開口，邀請她同桌吃飯，而當時坐在王漢威隔壁的就是狗骨頭。從那時候起，可美認定的朋友就只有他們，後來不管是在大陸念高中，或者回台灣再讀大學，除了前男友之外，儘管可美也參加了社團活動，認識了不少人，卻再沒有能跟他們二人一樣交心的朋友。

在那通電話中，狗骨頭說她被王漢威整整騷擾了一個下午，把她原本欣賞著滿山景致的好心情都打散了，結果匆匆忙忙地喝完下午茶，立刻趕下山來。滿臉憂心的表情，狗骨頭說起話來有些顛三倒四，拼湊了好半天也沒個完整輪廓，最後是陪在她身邊的男人開口解釋，這才讓可美恍然大悟。這對一起出遊的小情侶本來已經到了新竹山區的一處什麼農場去玩耍了，看些漂亮的植物，欣賞山野風光，就在一頓豐盛的土雞大餐剛端上來時，王漢威非常雞婆地打了電話來，叫這根狗骨頭無論如何要找到可美，最好是能把人也給勸回去。「幸好我們在新竹就攔截到妳了，否則妳要是繼續往南騎下去，那可真是天高皇帝遠，誰也鞭長莫及了。」那個男人一臉斯文，他是狗骨頭的情人。手一攤，交代完畢，很乖地就躲到旁邊去了，只留下兩個女人在便利商店的用餐區裡。

「這種細節有必要交代得這麼清楚嗎？浪費時間嘛，真的是。」瞪了男朋友一眼，狗骨頭說：「雖然我也不知道這世界上到底有沒有什麼不需要離別的愛，但我覺得就算真的有，也絕對不是妳騎車在路上跑來跑去就能遇得到的，對吧？」

「不然難道我要在自家客廳裡等它從天花板上掉下來？」可美苦笑。

「妳騎車環島一圈，只怕撞到阿貓阿狗的機率會比較高。」狗骨頭跟她男友一樣，都很喜歡那個攤手的動作，她說：「而且妳瞧瞧自己這德行，包得密不透風，哪個男人會願意給妳愛？」

這話讓可美一愣，有點褪色的粉紅色風衣，加上安全帽、口罩，還有一雙髒髒舊舊的手套，下半身只有牛仔褲跟球鞋，確實不像什麼淑女該有的模樣，自己只求旅行方便，並不曾考慮過美觀問題，這當下忍不住也笑了出來，但她對狗骨頭說，這一份不知道遠在何方的愛，其實並不見得非得是愛情不可，她想要的只是一種或可名之為愛的感覺。

「妳這樣一說，我就更搞不懂了。」於是狗骨頭又疑惑了，想了又想，她說：「不然這樣吧，今晚我們已經預訂了飯店，就在新竹市區，那裡人來人往的，非常熱鬧，妳要不要跟我們一起去？我們好多年沒一起逛街了對不對？妳可以好好跟我解釋一下，到底妳所謂的『愛』是怎麼一回事，晚上也可以跟我睡一起，咱們好好促膝長談一下，討論一下那個『愛』到底應該是怎麼回事，再不然，妳想逛晚一點也可以，街上那麼多人，說不定哪條路上的帥哥就有妳要的那種愛？」

「我跟妳混整晚，那妳男友怎麼辦？」

「我不介意今晚讓他睡在網咖裡。」狗骨頭大聲地笑著。

笑聲中，可美還是揮了揮手，這並非她接狗骨頭那通電話的本意，也不在她旅行的打算中。聊著天，知道眼前這個傻ㄚ頭已經有了一份不錯的工作，即將榮任一家鞋業公司的門市店長之職，雖然遠了點，要在宜蘭上班，但那總是不錯的工作機會。

「好像你們都有不錯的發展。」可美說，「妳要去宜蘭上班，王胖子要去南部念研究所。」

這家西濱公路上的便利商店很大，貨架上有齊全商品，一邊還設置了寬敞的飲食區，從這角度看過去，窗外不斷有往返車流，店內經常有顧客走動，可美看著看著，忍不住說：「妳會不會覺得，每個人好像都有自己的方向與目的，知道自己要些什麼，大家都走在自己的軌道上，上演著自己的故事，只有我，像孤魂野鬼一樣，連該飄往哪裡都不曉得。」

「那只是妳的戲碼還沒開演而已。」狗骨頭說著，忽然一擊掌，像是領悟到什麼一樣，煞有其事地問：「妳眼睛是不是不太好？」

「眼睛？」

「我猜妳一定是生病了。」她說：「也許妳得了一種病，因為這個病的緣故，才讓妳變得跟人群疏遠，甚至找不到愛。」

「妳確定這是眼睛的病症，而不是心理方面的？」可美知道這個老朋友經常有些出人意表的言論與奇想，但不曉得她何時也會看診了。

「一定是。」狗骨頭說：「所以妳站在人多的地方反而看不見愛，人愈多、離妳愈近，妳就愈感到疏離跟陌生，是不是覺得那些跟妳擦肩而過的路人，每個表情都很模糊？是不是妳眼裡看出去，那些人都跟影子沒啥差別？對吧？是不是這樣？」

「是沒錯。」可美點頭。

「這就是了。」狗骨頭非常認真地說：「這就是『愛情老花眼』的具體病徵。」

「什麼？」可美皺眉。

「站高一點、遠一點，我看妳也別跟無頭蒼蠅一樣，騎著機車到處亂轉了，找個高一點的山頭，站上去看看，搞不好妳就會看清楚了。」

「是這樣嗎？」哭笑不得，可美無法理解自己怎麼會相信這笨蛋口中說出來的話。

「人家不是常常說嗎，晚上睡覺時把枕頭墊高一點，就可以想得清楚一點，同樣的意思嘛，妳站高一點，搞不好就看得清楚點。」

「我看……你們還是玩得開心點吧，至於我，我趕時間。」可美搖搖頭，有種欲哭無淚的荒唐心情，她站起身來，「我會聽妳的話，好好考慮這個建議的，等哪天我上山去瞧瞧，要是真瞧見了什麼再跟妳說，好嗎？乖唷。」說著，拍拍狗骨頭的肩膀。

如果能跟好久不見的老朋友一起徹夜長聊，似乎也是一種旅程中不錯的消遣，沒有特別的約定，在各自的旅途中卻能同時處在同一個城市裡，這不也是種難得的緣分？或許可以聊聊當年、聊聊現在，也聊聊未來。只是她知道自己不能這麼做，因為彼此的旅行目的不同，狗骨頭這一趟跟男友同行，他們有自己的甜蜜故事要上演，也應該珍惜旅行中每一吋美好時光。至於她夏可美，最適合的過夜方式大概就像現在這樣，說是放浪形骸似乎還浪漫了點，說穿了跟流浪狗沒多大差別。她本來窩在火車站裡，帶點古風的新竹車站並不算寬敞舒適，但總算是個有燈光的室內空間，只是她在椅子上打盹片刻後就被接二連三地打擾，有警察過來關切，有遊民問她放在腳邊已經快喝完的飲料空瓶可不可以相讓，甚至還有一群吃飽撐著不回家睡覺的年輕人大聲嘈雜，可美閉著眼睛裝睡時還聽到他們竊竊私語著要不要來搭訕的無聊話。

於是她走出車站，過了馬路，就坐在站前一個階梯下凹型的大廣場邊，那當下，可美仰頭上望，凌晨時分的街頭雖然安靜，周遭的霓虹卻依然遮蔽夜空，她看著看著，實在不認為在一片昏黃燈光掩映的顏色中還能瞧見什麼星星。或許狗骨頭說的也對，站得高一點，也許就能看得清楚一點。她摸摸自己的臉，輕揉幾下眼皮，愛情老花眼？虧她想得出來這怪名詞。儘管夜深，但並不寒冷，從小到大，這是第一次獨自一人半夜時分還在異鄉的路邊流連，也不是缺錢住宿，但既然都出門了，難道還需要貪戀那一張床的溫度？以前曾和男友相偕出遊過幾次，她習慣了身邊隨時有個伴侶的滋味，總以為只要有個對的人在身邊，不管去到哪裡，看見的一切都是美好與幸福。但現在不同了，她告訴自己，要開始試著習慣，也要趁著這種孤獨的時候，好好審視一下內心，當全世界只剩下自己一個人時，人才會學著自我對話。在那當下，晚風徐徐中，她靠著階梯邊慢慢有了睡意，可美的雙手縮在衣袋裡，左手抓著防狼噴霧器，右手則握著小刀的刀柄。

這一夜她似乎有夢，卻又夢得模模糊糊，一點具體的形象或記憶也沒有，隱約裡好像去到了某個非常遙遠的地方，有人說夢境都是黑白的，但她卻在矇矓裡看到了五顏六色，彩虹般不斷飛掠，而自己像是站在一座高峰上，在飄渺山嵐包圍的環境裡，有歌聲，有腳步聲，還有幾下鳥啼，她像是踏下了一段好長的階梯，要朝著一個地方走去，但那是哪裡呢？那兒會有黛青色的山巒綿亙，有雲海籠罩，只是當她想睜開眼睛看得更仔細時，偏偏有人拍了拍她的肩膀，又把這個夢給拍醒。

穿著貼上反光條的背心，頭上戴著斗笠，還用毛巾包覆住口鼻，只露出一點額頭上的黝黑皮膚與皺紋，老婦人一隻手上抓著掃把，一隻手連拍了可美幾下，問她是不是喝醉了或身體不舒服，怎麼一個人在這兒睡覺。

「不好意思。」有點羞赧，可美側倚著階梯睡著，嘴角邊感覺濕黏，還有點口水的痕跡。她趕緊站起身來，讓到一邊，讓老婦人繼續打掃。抬頭可見天色已經漸亮，廣場周圍有好幾名清潔人員正在工作中。

「年輕人沒事不要這樣一整晚都在外面亂跑，也不想想父母會擔心。」那個老婦人搖頭嘆氣，掃著地時還自顧自地嘮叨，說這社會治安會變壞，就是因為年輕人不學好云云。

可美有些無奈，她本來想將夢境中的世界看得更清楚些，沒想到竟被叫醒，而醒來後還得代表所有弄壞治安的年輕人被嘮叨好幾句。搖晃幾下腦袋，勉強打起精神，在街邊吃過早餐。坐上機車，時間才剛清晨六點，天色雖亮，但周遭還裹著一層薄薄的白霧，稍微透著點涼。可美望著這界於清楚與模糊間的風景，她很喜歡這種氛圍，只是看著卻也難免惆悵，原來想看見美好的景致，代價卻是這種近乎放逐式的旅程，而更淒涼的是她連一個可以在身邊一同分享的人都沒有。這種時間不方便打給狗骨頭，要是撥回台北去找王漢威，大概也只會被他罵髒話吧？

發動機車，引擎聲低鳴。沿途店家都還沒開張，這時間狗骨頭跟她男友在飯店中應該也好夢正酣，可美一個人已經啟程，沒戴上口罩，有涼風拂面，她順著指標前進，很快就接上省道台一線。昨晚在便利商店裡，她隨手翻過未封膜包裝的旅遊書，大約察知一下路線，倘若按照狗骨頭的餿主意要往山裡去的話，那就不能再沿濱海公路前行，她必須轉向靠近山的這一邊，改走台三線或台一線的省道繼續往南。

這是一趟新奇的旅程，一定會是。可美心想，總不會更往南去之後還會遇到哪個自己認識的朋友了吧？但接下來還有什麼呢？如果新竹的這一夜算是分水嶺的話，那麼，一早醒來後，她已經把所有熟悉的一切都留在反方向的這一邊了，接下來是否能再有新的故事呢？機車還在市區裡，車速並不快，可美一邊騎著車，一邊想。

清晨的薄霧漸散，順著省道標誌，機車始終保持著平緩的速度，這中途她停下來休息過一次，在路邊附設盥洗室的便利商店上過廁所，也補充了一點水與食物，當機車騎到大甲時，剛好是中午時分。大甲應該算台中了吧？但接下來呢？是不是到了中部之後就應該轉個方向了？否則台一線更往南去，會不會騎著騎著就騎到墾丁去了？

在加油站，打開油箱蓋，趁著加油時，她問問那兒的員工，想知道接下來該怎麼走，但那加油員的一個反問卻讓可美啞口無言，他說：「要往有山的地方去，那很簡單呀，妳隨便騎也遇得到山，但問題是妳想去哪座山？大甲這裡最有名的就是鐵砧山，可是海拔只有兩百三十多公尺，如果那也算得上是山的話，那簡單了，妳順著這條路一直騎過去就到了。怎麼樣，那是妳要的山嗎？」

這話讓她傻了好半天，一時間茫然，說是想在這趟路上尋找一份再不會有離別的愛，但那該怎麼找？一路上，除了狗骨頭之外，她遇到過清潔隊員、加油站職員，還有路邊攤販、便利商店員工，每個人都站在自己的位置上，與她有所接觸，但那接觸何其表面又何其膚淺，他們不會將自己的故事告訴她，也註定不會成為她故事中的一部分，如果照這樣下去，即便環島一圈回來，她也一樣遇不到什麼愛吧？

「如果我想往很高的山的方向去，比如合歡山或什麼山的，請問我該怎麼走？」搜尋了一下腦袋，可美發現自己能想得起來的高山名稱居然只有合歡山，對此她又懊惱不已。

「那妳應該往南投去。」那個員工收了錢，把發票列印出來，交到可美手上時，說：「待會妳到清水之後，就轉向往台中市，然後朝著東南邊走，會到南投那邊。如果妳想去合歡山，那就是這個方向。」說著，他帶點懷疑的眼光，問：「小姐，妳該不會打算自己一個人就這樣騎車上合歡山吧？」

「騎不上去嗎？」

「我沒騎過所以不知道，但我相信，如果妳可以自己一個人把這輛機車騎上去的話，那一定很帶種。」那個員工豎起拇指對她說：「加油。」

或許孤單，有些路只能自己一個人走，但路的盡頭會有人在等我。愛，是伸出手後才能觸摸得到的。

06

本以為會有一路的好天氣，但還沒出得了台中市，天空居然就無情地飄起了雨，那雨水原本輕飄飄地只有三兩滴，但隨著雲層愈裹愈厚，雨滴也逐漸密集且激烈了起來，到最後簡直就像一整盆打翻的水，嘩啦啦地下個沒完。可美錯估了情勢，急忙掉轉方向，騎到路邊的遮雨棚下，在一個檳榔攤旁邊勉強避雨。

「小姐，妳把車騎進來一點，沒關係。」正狼狽時，檳榔攤的透明玻璃門打開，穿著清涼火辣的檳榔西施忽然對她招招手，說：「那邊的棚子有破洞，會漏水。」

感謝著人家的好意，卻又不知如何把謝意說出口，她只能微微點頭，嘴角牽起一點弧度來做為表示，但心裡在想，是不是自己太怯懦了？怯懦得只剩一句「謝謝」能說出口？是不是都市生活久了以後，自己就忘了如何與陌生人相處？大家都窩在自己熟悉的小圈圈裡，只跟自己生活圈裡的人往來，以致於到最後就失去了向外探索的能力，也失去了與陌生人溝通的技能？

停在那邊，聽著雨聲淅瀝，她試著回想自己從小到大所有的人際關係，似乎都是別人先來對她表達善意，然後才能成為朋友，自己可曾主動去關心過他人？那些問路或喊聲借過的就別提了，但即使是這一路上許多給予協助的陌生人，她是不是也都帶著一點防衛的心態，沒有以真心示人？所以當那個加油員由衷地給予鼓勵時，她也只微一點頭，卻沒有真正感受到別人的熱心？

「妳好，我想買個飲料。」想到這裡，可美跨下機車，走進了玻璃門沒再掩上的檳榔攤裡，指指冰箱。那位西施小姐轉身拿取一瓶綠茶時，可美瞥眼見到櫃檯上除了一些包裝檳榔的用具外，還有一本英文雜誌跟一台翻譯機。

「這雜誌的句型都很難呢。」她躊躇了一下，試圖想開啟話題，但話一出口又覺得這樣好像很蠢，生怕自己不小心會講錯話。

「對呀，完全看不懂。」那個檳榔西施的臉上微露出害羞，急著就要把雜誌闔上，說：「我只是想說上班沒事的話可以看看，才跟我妹借來的，沒想到真的很難，我連單字都背不起來。」

可美也微微地點頭，她剛剛已經看到，在那本雜誌上，有許多英文單字的下方都寫著中文注音符號，看來這個檳榔西施學得很辛苦，大概連最基礎的拼音方式都不懂，才會以這種土法煉鋼的辦法來學習外語，也才會趕緊把雜誌闔上，不想被人發現。

可美知道英文的學習方式自有一套正確的流程，卻猶豫著不曉得該不該講，那個檳榔西施濃妝豔抹，看不出真實年齡，但年紀一定不會太大，而她說話時的聲音稚嫩，眼神也不老成，想來頂多只有二十歲出頭，也就是說她還比自己年輕。

又猶豫了一下後，可美最後還是選擇不開口，付過帳，退出了檳榔攤，但忍不住還是從外面多看了幾眼。天雨正大，根本沒客人上門，檳榔西施坐回椅子上，又翻開英文雜誌，不時在翻譯機上按了按，還側頭過去聽聽發音，然後才拿起一枝鉛筆在雜誌上寫寫塗塗，大概又是在根據翻譯機所發出的語音，改譯成中文注音符號。

可美搖了搖頭，這絕對是一種錯誤的學習方式，她很想再次走過去，把自己所知道的告知對方，但她儘管想著，卻怎麼也抬不起腳。那女孩長得應該不醜，雖然化妝後的樣子難免失真，但看來總是可愛的，她為何不去上學，卻要在這裡賣檳榔？那麼多買檳榔的客人，大家應該都差不多，是為了多看幾眼她的乳溝才來的吧？她怎麼會想要從事這樣的一份工作呢？是不是有難言的苦衷？這女孩想必是個認真的人，即便生活遭遇如此，在工作之餘還是力爭上游，儘管學習方式是錯誤的，可是至少沒有放棄，或許是希望藉由自修能更上層樓，屆時也就可以找份更好的工作？如果是這樣，那自己怎麼可以袖手旁觀，不過去跟她說說正確的學習方法？

一想到這裡，可美終於鼓起了勇氣想過去，只是路邊剛好開過來一輛車，只見那個檳榔西施立刻擺出笑靨，婀娜多姿地走了出來，跟那客人打起招呼。瞧著她熟練地做生意，可美頓時又退卻了。直到雨勢漸漸變小，她再也沒能走上前去，卻不斷地埋怨著自己原來竟如此無能，那些所謂的精明能幹，對生活講求效率與規畫等等的，都只是以前的生活圈裡，每個人對她的錯以為，事實上，真正的夏可美只能在自己擅長的領域頤指氣使，卻不敢在陌生的世界裡觸碰任何一個陌生的環節。

想到這裡，她喟然嘆氣，看著櫥窗裡的檳榔西施做完生意，又坐回到高腳椅上，蹺起了腿，短裙遮不住的兩條修長美腿輕輕搖晃，一臉專注研讀著英文雜誌的模樣，可美搖了搖頭，發動引擎。不管路途平順或顛簸，但每個人總該走在自己的路上，那過程中或許偶有交會，但如果少了緣分，就也許只能有那麼一次的接點，卻發展不出什麼故事來。她知道自己跟那位檳榔西施就是如此。雨還沒停，只是已經從傾盆大雨又轉成了細細雨絲，可美掉轉車頭方向，順著指標前進。

穿過台中市區後，很快就有了往南投的標示，她知道合歡山、清境農場之類的地方都在南投，要先經過埔里才能抵達。至於到了埔里以後怎麼走，這她也半點不擔心，那麼知名的風景區，難道還怕沒標示？再不，路上隨便也應該問得到才對。

藉著又一次加油時問明道路，在一片農地田野間，偶爾坐落幾幢工廠建築，加油員說她的路徑方向沒錯，只是距離還有點遠，勸她如果想到山上去，不妨先在埔里或草屯的街上過一夜，等隔天再上山，會安全一點。

沒有多少地理觀念的她稍微計算了一下，從台北出發，一路來到這裡，已經足足騎了兩百多公里，這對可美而言是一個天大的創舉，剛從王漢威的機車行離開時，她偶爾還會發生起步與換檔不順的熄火窘事，但現在她不但能在路上穿梭自如，甚至還經常能超越其他車輛。從草屯到埔里的那段省道儘管蜿蜒起伏，不過總還是雙向四線的大馬路，騎在那條路上，看著不時出現在眼前的國道六號，那條高速公路簡直就像什麼長蛇巨怪一樣，時不時就出現，還會從省道的半空中橫躍而過。可美發現，只要遇到較為平坦的地方，就會有些小村落或人家聚集，她想起以前在蘇州念書時，曾跟母親一起開車出門，同樣每走上一段路就會遇到一個小聚落，這感覺很像古代商旅在寬廣的官道上行進，穿州過省似的。

埔里這地方，以前在不同場合中聽到過幾次，自己卻一次也沒來過，她騎過了埔里鎮上，看著陌生的風景，想起國中的三年，除了課業還是課業，實在乏善可陳，不過社團表現還不錯，街舞社每次活動一定有她的身影，此外，她在社團管理的幹部工作也表現得有聲有色，十足展現出父母親的商業管理能力之遺傳，到了大學，又是社團與愛情兩頭忙，但除此之外，還有什麼讓自己印象深刻的事嗎？除了幾次跟男友在北台灣到處走走之外，其他的幾乎完全沒有，當時她並不貪玩，總認為只要認真經營著愛情，等到畢業後，兩個人都有了穩定工作與收入，總有一天可以一同攜手體驗人生。結果呢？想到這裡，她忍不住笑了出來，卻殊無笑意，反而是一種苦到了極點的心情充塞在心裡。

繞過埔里鎮的外圍，在一個小山頭旁的便利商店停車稍事休息，進去買水喝時，櫃檯的人告訴她，這裡是台灣地理中心碑，就在中心碑後面的山頂上，今晚會舉辦放天燈的活動；而沿著外面這條公路再過去，就是通往霧社、廬山以及清境農場或合歡山的方向。

就是那個方向嗎？可美心中想，在一個要高不高的小山頭上所施放的天燈，它仰不見最高的山巒顛峰，也觸不及飄浮在山林谷壑間的山嵐雲霧，儘管升空後也許有些風景可看，但她相信最美的風景肯定不會只在這裡。

「妳的方向難道是香菸、小米酒跟檳榔？那在我們這裡被稱為生命三元素。不然，有時候還會有山豬跟飛鼠。」第二天，路上遇見的那個原住民男人很認真地這麼說。

07

這一路所見的風景跟她心裡起初想像的根本截然不同，本來以為經過地理中心碑那處小景點後，順著省道過去就會是險峻壯觀的風景，哪曉得沿途不只隨處可見民宅錯落，甚至還有好幾家規模驚人的便利商店。一路騎過來，可美只覺得匪夷所思。幾座大山之間，有河流沖刷而出，隨著漸趨下游，河谷面積也隨之寬廣，而山路就順著河谷蜿蜒而上，漸漸通往山區。她騎了好一段路，眼見得房舍漸少、路面漸窄，也慢慢有了點坡度後，在一個山谷縫隙間看見已經爬滿青苔的景點立牌，仔細一瞧才看清楚原來寫的是「人止關」。

她在山路轉彎處停車，忍不住多看了幾眼，這裡是河谷極為狹窄的一個隘口，兩側都是峭壁，幾株野樹長在峭壁間，除了眼前這條看來極易落石的山路外，除非是像猴子那樣附藤攀葛，否則根本沒有別的路徑可以上山。以前曾看過電視上的介紹，知道人止關是霧社事件時，原住民據守狙擊日軍的重要戰場之一。對打打殺殺的事情沒多大興趣，可美當時只是聽聽而已，現在親臨現場，才知道地形原來如此險峻，她走到路邊，看看底下的湍急河谷，只看了幾眼就頭昏眼花，趕緊又退了回來。

一邊看著風景，可美此時的車速不敢過快，她其實已經有點忘了狗骨頭說的那些話，什麼爬高一點，好讓眼睛能夠看遠一點之類的，這根本是頭腦簡單的人才會說出來的傻話，不聽也罷。這當下正是觀賞景致的好時機才對。雖然路上有幾處因為坍方而在進行著的施工，但那並不至於影響行車安全，途中經過幾個既陡又彎的大彎道，更讓可美過足了癮，隨著海拔漸高，確實視野也跟著變廣，她看到遠遠的天，也看到半空中浮著堆疊層層的白雲，更看到鄰近的幾座山上似乎都還有零星建築與開發過的痕跡。而這一路來並不冷，只是呼吸間彷彿有種涼快的氣息竄入心肺，讓她整個人都舒坦了起來。

經過霧社時，可美決定暫時捨棄這裡的觀光采風，繼續更往上行，就算天空中的雲層有逐漸變厚的跡象，但考慮到晚上住宿的問題，因此儘管風景不錯，卻沒有太多耽擱，還是繼續往前。

繞過霧社不遠後，可美發現右邊的山谷裡似乎有座湖泊，只可惜被建築物與樹林擋住，總是若隱若現，她感到有趣極了，這麼高的山上怎麼會有湖泊呢？瞥過的幾眼裡，她看到湖水碧綠，似乎是處美景，只是路上沒什麼岔路，也找不到可以轉折下去的小徑，又騎了好半天後，她臉上忽然有一點異樣的感覺，像被什麼給打了一下，伸手去揩，都還沒來得及看個仔細，跟著又是幾下打來，她這才發覺不妙，原來山上天氣不好，竟然就這麼下起雨來，而且這雨還不小，不到兩分鐘時間，她才剛看到遠處似乎有個村落，想騎過去找地方避雨時，身上便已濕了大半。

「噢，小姐，妳很勇敢喔，淋雨騎車耶。」萬分狼狽，可美在一家賣著農藥或肥料之類的商店前停車，這是路邊一排房舍中，唯一有屋簷可以避雨的一家。她忍著身上被雨水激烈拍打的疼痛，先摘下了安全帽，把胡亂沾黏在臉上的頭髮撥開，就聽到店裡一個男人帶點幸災樂禍的笑聲。

那男人身上穿著牛仔褲跟一件破破舊舊的藍色上衣，衣服有幾處地方都洗得褪色了，他腳下踩著的也是一雙破鞋，頭髮倒還算整齊，皮膚黝黑，五官深邃，看來就是原住民的模樣。可美本來有點生氣，不想理會那男人，心想這種搭訕問候未免輕佻無禮，但抬頭看看天空，下了幾分鐘的雨絲毫沒有漸歇的跡象，也不曉得會下到何時，她呼了一口氣，再稍稍側頭，只見那家農藥店裡的一張桌前至少圍坐了四五個男人，正興味盎然地聊著天，剛才對她說話的男人恰巧也轉頭看了過來。兩人的視線一交會，可美立刻又把頭給轉了回去。

「妳在那裡還是會淋濕啦，而且這個雨很會下，不會馬上停喔。」那個男人對她又招招手，還站起身往外走了幾步，說：「妳可以進來裡面坐，等雨停了再走啦。」

該怎麼辦呢?她心裡有些動搖，這雨看來確實不會很快就停，更往前去也不確定清境農場或合歡山究竟還有多遠，此時此刻，她最好的辦法就是下車來，打開懸掛在左後側的塑膠置物箱，把裡面的輕便雨衣拿來穿上，再盡快離開此處。但問題是那種小雨衣的防雨功能如何不言而喻，要起什麼大作用，那是沒得指望的，要是淋濕了身子，上山去只怕會有感冒的可能。可是難道她要因此就接受路邊這登徒子的邀請嗎？她難道要走進去跟那一群看來邋遢或粗野的男人們一起討論什麼農藥或肥料的事情嗎？別開玩笑了，這可不是她來這裡的目的呀！

「妳是要上去部落嗎？那個路很不好走喔。」那個原住民又開口，他指了指可美前方的道路，說：「去年颱風來的時候就吹壞掉了，一直沒有修好，妳要去哪個部落找人嗎？不用客氣啦，妳要不要先進來避雨？至少喝杯熱茶吧，那會讓妳舒服一點。」話剛說完，他背後圍坐桌邊的一群男人紛紛跟著招手，也邀請可美入內。

「不用了，我等雨小一點就走。」可美搖頭。

「不然這樣好了，我有一件大的雨衣，可以借妳啦。」也不管可美是否會拒絕，那個男人走了出來，一手遮在頭頂，象徵性地擋擋雨，跑到農藥店旁邊，那兒停著一輛老舊的藍色小貨車。只見那個男人拉開車門，隨手一撈，抓出一件舊雨衣。

「真的不用啦……」可美面有難色，但她還來不及拒絕，只見那個原住民男人笑得很燦爛，露出了潔白的牙齒，把雨衣遞到她面前來，說：「不用客氣啦，妳先穿去沒關係。」見可美還有猶豫，他說：「我叫劉吉人，吉人自有天相的那個吉人。妳改天下山的時候，如果要把雨衣還我，就拿來這家店，說是要還我的就可以了。」話一說完，也不再囉嗦什麼，他將雨衣直接擱在可美機車的油箱上，雨聲淅瀝中，急忙忙又跑了進去，只見店裡那群男人發出歡呼的聲音，像在歡讚著劉吉人勇於對一個陌生女性開口似的。

有點哭笑不得，但想想畢竟卻之不恭，可美幾乎連句「謝謝」都來不及說，不過對方應該也不介意。她踢出腳架，把車子架好，然後就坐在機車上將雨衣從頭上套下。這件深藍色的雨衣上有不少泥巴痕跡，而且雨衣套進身上時，可美還聞到一股混雜著發霉與汗臭的難聞氣味，讓她差點作嘔。穿好雨衣，她再轉頭，劉吉人坐在店裡的板凳上，對她露出客氣而帶點憨厚的笑容，她點了點頭，重新戴好安全帽，換檔後，很勇敢地迎著山區的雨水便繼續往前。

這家農藥店坐落在村落中唯一一條道路的轉彎處，村子甚小，算算頂多不過百來戶人家，除了偶爾路過的車輛所帶來的噪音外，平常甚是安靜，唯一吵鬧的地方，大概就是這家農藥店。坐在辦公桌主位的是個年紀大約四十歲左右，不笑時就一臉橫肉看來很不好惹的男人，他是這家店的主人。辦公桌上擺了開飲機、擱著茶盤，一邊聊天，他一邊負責煮泡，將每個人面前的小茶杯一一斟滿。而這些圍坐著一起聊天的，大多都是鄰近村落中的農民，劉吉人就是其中之一。

今天其實算不上輕鬆悠閒，幾個農民一邊喝茶時，心中都還忐忑不安，不時轉頭看向外面，想知道老天爺會不會發發慈悲，給個兩天的好天氣。即使說說笑笑，但大家的心情卻都相彷，事實上眾人正為了這一天的陰雨而愁苦不已，雨水接連數日不停，田裡無法收割，再熬下去只怕菜都要腐爛了，但沒辦法，每日望著天空，除了心焦之外，他們能做的也不過就是窩在這裡聊聊天，互訴點無奈心情而已。

劉吉人大約是吃過午餐後才來的，陰沉沉的天空與始終不停的淅瀝雨聲讓他耐不住性子，這山區的天氣比什麼都難以捉摸，在座有人也跟可美一樣，剛從埔里回到山上，還說平地晴空高照，艷陽難當，說著卻露出懊惱的表情搖頭。這種心情，劉吉人完全能夠明白，儘管這裡與埔里的距離並不算太遠，卻是截然不同的兩種氣候現象，在山區，氣象最是變幻莫測，誰也不知道下一刻大自然會丟出什麼課題，而靠天吃飯的農民只能隨時設法因應，或者認命接受。吃完泡麵後，他開著那部小貨車出門，跑到農藥店來，有幾個跟他一樣一籌莫展的倒楣鬼已經到了，跟大家在一起抱怨幾句，多多少少可以抒發一點心裡的鬱悶。聊到快天黑，雨勢忽大忽小，偶爾暫停個幾分鐘，但天色始終鉛灰，看來明天也不會好到哪裡去，他喝了一下午的茶，跑了幾趟廁所，跟著那些老農民們抽了幾根菸，大家分享夠了這些無奈後，這才準備各自回家。

小貨車的引擎發出噗噗聲。它真的太老舊了，但至少還算堪用，在山上種植蔬果的農家，大家都有一輛這種小貨卡。劉吉人原本盤算著今年可以貸款買部新的，但現在想想，或許計畫又得緩一緩，天氣不好，不但會影響採收時機，也會影響蔬果的品質，價錢要是太差，他連栽種的本錢都賺不回來，還想什麼買車？推動排檔桿，放下手煞車，將方向盤一扭，小貨車轉上道路，儘管號稱是省道，但其實路面非常狹窄，走上一小段後，遇到一處岔路，劉吉人把車轉向，朝著左邊而去。山區道路沒有什麼照明設備，不過他對路況實在太熟，幾乎是閉著眼睛也開得回家，儘管幾處路基流失又填補過後的路面顛簸，但他根本沒放心上，頂多只是稍微放慢一點速度而已。

開了三十分鐘左右，途中經過兩個小村子，眼見得再過去不遠，繞過一處山坳就快到家，結果就在彎道處，他忽然一愣，方向盤沒抓好，還差點撞到路邊的樹木。

「妳怎麼還在這裡？」搖下車窗，對著路邊的人說話。劉吉人從小在這地方長大，雖然沒看過傳說中的山豬或黑熊，但其他各式各樣的動物可瞧多了，平常也不怎麼放在心上，能讓他這麼錯愕的，並非什麼奇怪的山精妖魅，而是幾個小時前經過農藥店，還借走他一件雨衣的女孩。細雨綿綿中，女孩依舊穿著那件雨衣，但這回她沒有騎車的帥氣姿勢，卻是狼狽不堪地推著機車，在到處積水泥濘的破爛道路上艱困地往回走著。

「我好像走錯路了。」滿是懊惱，可美抬起頭來，即使有安全帽罩在頭上，但她臉頰上早已滿是雨水，而雨衣縫隙過多，冰涼的雨水從領口或袖口間不斷滲入，她身上的衣物早已濕透，當然也就更別提濺滿泥水的下半身與腳下那雙鞋子了。

「走錯路？」劉吉人坐在車上問她：「妳本來想去哪裡？」

「合歡山，或者清境農場之類的地方。」說話時，雨水流過嘴邊，可美伸出手想揩拭，一個不小心，沉重的機車差點翻倒，她嚇了一跳，急忙用力抓住把手。

「合歡山？」劉吉人愣了一下，他傍晚遇到可美時，還以為這女孩大概是要到部落去旅行的，沒想到她居然打算騎著機車，獨自一人去挑戰合歡山，「要說走錯，那是真的有點錯，但其實也不是那麼錯啦。」他說著，但覺得這種講話的邏輯好像不太對，看可美臉上同樣出現了茫然與疑惑，他趕緊解釋：「附近這幾座山上有很多部落，彼此都有小路可以互通，所以妳如果照著地圖來比對，就會發現路徑是錯誤的，事實上，妳經過霧社後，就應該在遇到的第一個岔路往左，妳一定是往右邊了，才會在農藥店遇到我們。」

「是嗎？」可美臉上露出狐疑，一身狼狽的她根本沒辦法好好回想自己下午到底有沒有遇到什麼狗屁岔路，她勉強想了想，只能猜測或許當時因為看到那座山中湖泊，太專心想在街邊的風景縫隙間搜尋湖景，所以才忽略了岔路。

「妳就是走了右邊那條路，才會騎到農藥店那邊呀，農藥店在春陽，就是往廬山溫泉的方向啦。」劉吉人揮揮手，說：「所以妳現在回頭就對了，要是繼續往前走，那才真的是大大不妙。」

「好。」苦命不已的可美無奈點頭，又說：「但我現在還有第二個問題。」

「還有問題？」劉吉人愣著問她：「什麼問題？」

「你應該看得出來吧，我沒騎在機車上面耶？」可美有點疑惑，這個原住民男人好像頭腦不是很靈光，怎麼會連這個都看不出來呢？經她這一說，劉吉人才恍然大悟，哈哈大笑中，推開車門，走了下來，問可美究竟發生了什麼事。

「老實說，我不知道。」她搖頭，嘆了口氣，「跟你借了雨衣之後，我又騎了好一段路，可是路愈來愈小，也愈來愈難走，我猜想大概是走錯路了，又怕再往前去會有危險，所以乾脆掉頭，沒想到後來車子就熄火了，完全發動不了。」

「那怎麼辦？」皺著眉頭，修車可不是他劉吉人的專長，就算蹲下來看了看，他也瞧不出個所以然，細雨中，他站起身，問問這個個子比他矮了大約半個頭的倒楣女孩。

「有幾個辦法，第一，請你告訴我正確的路線，我想把車推到最近的機車行去修，修好後再想下一步；第二，請告訴我這附近哪裡可以找到飯店，或者我剛剛經過的那幾個村子裡有沒有民宿，能不能推薦幾家讓我去投宿，我可以住一晚，等明天再想其他對策。」能怎麼辦，這問題在一路推著車走下山時，可美已經於心盤算過好幾回了，劉吉人一問，她立刻就能回答出來，在她的想法中，應該以第二個選項比較好。然而劉吉人想也不想，卻直接搖頭，說：「這兩個辦法都很爛。」

「很爛？」

「第一，就算我告訴妳正確的路線，指點妳哪裡有機車行，那也沒有屁用，因為已經天黑了，機車行都打烊了，沒辦法修；第二，這裡的部落不像清境農場或霧社那附近，根本沒有觀光客，所以當然也沒有民宿。」學著可美用理性的口吻說話，劉吉人只覺得這樣很滑稽，於是他又露出嘻皮笑臉的模樣，說：「而且今天又下雨，大家誰也不出門，這種時候妳想找人幫忙，恐怕我是妳唯一的選擇了。」

「你？」對著不認識的女生還用如此不正經的口氣講話，可美打從心底不喜歡這種油腔滑調的感覺，她立刻搖頭，問：「我還有別的選擇嗎？」

「有呀，妳可以繼續推著機車走下山，反正天黑了，雨好像也小了，可能會有些出來逛街的猴子，或者敢在路邊亂飛的勇敢飛鼠，妳問問牠們要不要幫忙囉。」劉吉人笑著說：「可惜現在山豬跟黑熊比較少了，不然牠們力氣更大一點，說不定可以幫妳推車。」

「因為『吉人自有天相』，所以妳應該相信吉人。」劉吉人往胸口一拍，他這麼說。

08

把拋錨的機車擱在路邊，解下那些原本裝載在機車上的裝備，通通丟在小貨卡的車斗裡，可美坐進車內時，聞到一股讓人不太舒服的氣味，那是老舊貨車疏於保養而導致皮件老化受損後所發出的味道，另外還有一些她說不出來的怪味。見她皺眉，劉吉人大概習以為常了，他說：「忍著點，車子裡有些怪味道，但沒辦法，上次我在車子裡打翻了兩瓶農藥，所以味道殘留著還散不掉。」

劉吉人問她如此堅持要往合歡山或清境農場的方向去，是否是因為有飯店、民宿的預約，但可美搖頭，她說只是因為那些地方較為有名，所以想去瞧瞧而已。

「這種天氣，妳就算去了也沒什麼好看的呀。」劉吉人握著方向盤，重新發動車子，小貨卡搖搖晃晃地又要往前。

「我沒有特別要去看什麼呀。」帶點防衛的心態，可美之所以會上車，是因為劉吉人提出了建議，既然這當下往哪裡去都不方便，不如就去他們部落，至少還可以找個地方暫時窩一晚，等明天再想辦法。可美小心翼翼地問了住宿條件，她並不是怕髒亂或生活水平不夠，只是想保護自己的人身安全，而劉吉人那時收起了油嘴滑舌，他也很正經地告訴可美，自己家裡還有母親與外甥女，一共三個人住。坐在車上，可美說：「如果我說我是來找尋自己生命的新方向，你會不會覺得很荒謬？」

「方向？找方向可以找到這山上來？這太誇張了吧？妳的方向難道是香菸、小米酒跟檳榔？那在我們這裡被稱為生命三元素。不然，有時候還會有山豬跟飛鼠，妳找的難道是這些嗎？」劉吉人哈哈大笑地說。

那是一個再小不過的村子，而與其說是村子，倒不如說是一條狹小山徑中，因難得有點較平緩的地勢，而沿著小徑搭建起了幾戶人家而已，雖然此刻天色昏暗，但傍晚時可美已經路過這個村落一次，她知道這裡大概沒幾戶人家，不過劉吉人告訴她，部落本來就未必都是人家聚集在一起才能算數，事實上這附近還有許多更小的產業道路，通往許多開墾的園地，只要是能住人的地方，就都還有人居。

在屋子旁的小塊空地上停好車，一起拿了那些已經被雨水淋濕的行李，劉吉人走在前面。眼前是一幢低矮的兩層樓舊房子，鐵門放下了一些，裡面透出燈光與電視機所傳來的聲音。劉吉人一進屋就對著裡面喊了一聲，一個小女孩正端著兩碟剛炒好的青菜走出來，先衝著劉吉人喊聲「舅舅」，但她再看見可美時，卻瞠目結舌，愣著不曉得該怎麼稱呼才好。

「看什麼看，不會打招呼嗎？這個要叫阿姨。」劉吉人把手上那些行李往地上一擱，接過女孩手上的菜餚，說：「一點禮貌都沒有，妳以後怎麼跟新同學相處？」

「新同學？」走在後面的可美有點疑惑。劉吉人把菜餚放到小桌上，回頭告訴她，原來這個女孩才剛從小學畢業，按照規定，暑假過後就要到當地的國中就讀，不過山上的國民中學往往課業太輕，採取比較放任的作風，為了避免小孩子以後缺乏社會競爭力，部落中的家長大多習慣盡早把孩子往山下的學校送去，而最近的地點當然就是埔里鎮。

「真是辛苦哪。」想到自己當年被父母親帶到蘇州念書的經驗，可美嘆了一口氣，但又不忘補充一句：「叫我姊姊就好，拜託。」

那是個小到不行的客廳，左右看看，頂多三五坪大吧，放了老沙發與餐桌後就已經捉襟見肘，再加上一台電視跟一組小櫃子，幾乎連旋身之處都沒有，而且照明也不佳，只有一盞燈管早該汰換掉的日光燈。可美忍不住拿自己家來相比，事實上，她台北那房子裡，光是自己房間附設的衛浴空間都比這客廳還要寬廣明亮。還站在原地，她猶豫著自己是否該找地方先坐下，或者應該幫點什麼忙，人家家裡正忙著煮菜端菜，她這個算不上是客人，但也不知該如何定位才好的外人可真顯得尷尬。正東張西望著，廚房那邊走出來一個老婦人，年紀大約五十幾歲左右，因為室內光線不夠，且原住民的膚色較為黝黑，可美一時間也猜不準她的年紀。老婦人先對著劉吉人說了幾句話，但那顯然是他們的母語，所以可美完全聽不懂。老婦人說完，劉吉人則用標準的國語回答：「她是我以前的同事啦，剛辭職沒多久，本來要一個人騎車去合歡山，結果走錯路，而且機車也壞了，只好來我們家借住一下。」那婦人聽著，轉頭看看可美，一臉蓬鬆的頭髮沒遮住她銳利的目光，她朝可美上下打量了一下，又用母語對劉吉人不曉得說些什麼。

「哎唷，妳很奇怪耶，怎麼這麼愛胡思亂想，怎麼可能呢？」劉吉人露出不耐煩的表情，拉開餐桌邊的椅子就要坐下，但那婦人可沒打算善罷甘休，扯住他的衣領，嘰哩咕嚕不曉得又說些什麼，語氣顯得十分激動。

她應該就是劉吉人的母親了吧？瞧她這副模樣，似乎非常排斥這位闖進家裡的不速之客，比手畫腳的，儘管可美聽不懂，但從她的肢體動作與表情也能看得出來，這位母親非常不高興，而她兒子居然一點也不想多理會，還伸手抓起盤子裡的菜餚就吃了起來。

「沒關係啦，伯母，妳不要生氣，」看不下去了，可美試圖打圓場，她上前一步，連對方的肩膀都不敢輕拍，只能解釋：「不好意思，我知道這樣跑來打擾真的很失禮，我現在馬上就走，妳不要生氣了，好嗎？」

那種場面真讓可美尷尬到了極點，從小到大，她從來也沒試著去相信任何一個陌生人，更不曾這樣冒冒失失跑到別人家裡就要借宿，而且身上也沒什麼可以拿來當見面禮的東西，現在遇到這種難堪，她只能怪罪自己的唐突與無知，一邊說著，急忙就要彎腰去拎起行李。

「阿姨，妳誤會我外婆的意思了。」沒有稱可美「姊姊」，那個原住民的小女孩從廚房又端了一盤正竄冒著香氣的蒜炒肉絲出來，她說：「我外婆不是不歡迎妳住在這裡啦。」

「不然呢？」可美愕然。

「她是自己不好意思，所以才講我們這裡的話。」指著一時間也有點不知所措的老婦人，只見那小女孩天真爛漫地對可美說：「我外婆剛剛是在問舅舅，這個女的是不是劉家以後的媳婦，舅舅以前都沒說自己有女朋友，現在卻忽然帶了一個女生回來，外婆想知道妳的肚子是不是已經被我舅舅搞大了。」

哭笑不得的，當可美躺在床上時，心裡還想著劉媽媽的荒謬反應，而想著想著，她又覺得有種不可置信的感覺，自己怎麼會忽然就跑到這裡來了？這是她旅行的目的嗎？應該不是吧？但現在她卻沒得選擇，那該死的王漢威，也不曉得車子是怎麼修的，居然害她在這偏遠荒涼的山區裡拋錨，下次如果遇到，非得好好數落他幾句不可。

那頓晚餐在劉媽媽恍然大悟後才正式開始，起初可美看著餐桌上的幾道菜，那外觀好像跟平常在台北吃鳳姨煮的東西也差不多，但筷子一動後才發現其實大不相同，山上的青菜從來不虞匱乏，而且口感確實比平地的蔬菜要好上許多，只是有些她從沒嚐過的調味料，嚐起來的味道實在有點怪。吃飯時，劉吉人問她好不好吃，她點了點頭，一邊稱讚時，卻忽然有點迷惘，自己真的記得鳳姨煮的那些菜是什麼味道嗎？大半年前發生那些事後，她真的有再好好品嚐過什麼食物嗎？正在惘然，劉吉人從冰箱裡拿出一瓶白濁的小米酒，說那是部落裡自己釀的，平常可捨不得喝，難得今晚家裡來了客人，才能拿出來招待貴賓。酒一上桌，原本還帶點羞澀在招呼可美的劉媽媽忽然就放開了，在香甜濃郁的小米酒催化下，她開始有說有笑，一杯一杯，甚至喝得比誰都多。

還記得很久以前，不曉得是大學哪個朋友曾在什麼觀光風景區買過一瓶小米酒，還帶回學校來跟大家分享，但可美記得那種小米酒的顏色似乎是接近透明，味道也比較辛辣，跟今晚喝到的小米酒截然不同。劉吉人說那是因為大家在風景區買到的小米酒都早已是改良過的蒸餾酒，再不是他們這種原汁原味，所以當然口感差很多。將信將疑間，可美吃完了一頓飯，本來覺得自己腦袋還很清醒的，不過一起身就搖搖晃晃，差點連站都站不住，最後只好連澡也先不洗了。劉吉人的外甥女有個很可愛的外號叫作小叮，領著可美來到二樓的小閣樓，這本來是小叮的房間，但她已經收拾完畢，準備明天就要下山，今晚可以跟外婆擠一張床就好。

擱下行李，可美好奇地探問，想知道小叮的父母怎麼不在，而小叮說自己的媽媽也在台北工作，至於父親則老早就過世了。她說這些話時，臉上並沒有任何感傷之意，似乎相當平淡，卻反而讓可美有些尷尬。

隨著夜晚漸深，可美酒意漸退，她在陌生的小床上翻來覆去，一直輾轉難眠，心裡老是給不了自己一個合理的解釋，好說明自己現在的處境與心境，她唯一能計畫的，就是明天或許可以早點起床，然後推著機車慢慢下山去，霧社那邊應該有機車行，她想盡早把車修好，也許就可以繼續朝著正確的方向，往原本預定的合歡山去。

想到這裡，她整個人精神一振，是呀，老是被那些胡思亂想給困住，這有什麼意義呢？一直沉浸在那些無邊無際的思緒中，她怎麼會有什麼答案？答案不會從天上掉下來，必須站起身來，朝著更寬更遠的地方去看才能看見，這個道理她花了大半年時間才搞懂，現在當然更不能退縮才對。想到這裡，她決定爬下床來，打開了燈，也打開背包，想拿換洗衣服，至少得洗個澡。燈光一亮時，可美端詳起這個小房間，因為是二樓閣樓，所以屋頂是斜的，靠近街道的那邊有扇小窗，外面早已漆黑一片。房間沒有多餘的裝飾，只是很簡陋的水泥牆壁，還有一些老舊的櫥櫃與書桌，以及這張舊床而已。這裡的生活看來並不寬裕，小女生以前應該也沒多少屬於自己的東西，她環顧一下桌面，筆筒裡插著幾枝已經削得很短的鉛筆跟只剩小半截的橡皮擦，另外幾枝原子筆也都只是廉價品。她心裡在想，明天一早離開時，或許應該掏點錢出來給人家，當成房飯錢也好，不然實在過意不去。

她知道浴室就在樓梯邊，但正想下樓，房門卻忽然兩下輕響，劉吉人隔著門說：「房間應該可以吧？忘了跟妳說，如果用不慣小叮的枕頭跟棉被，妳可以跟我媽再要一組。」

「沒有關係，這樣就可以了。」開了門，只見劉吉人客氣中帶著直爽的臉孔，可美躊躇了一下，問他：「雖然我覺得這樣不是很禮貌，但還是得問問，我在這裡借住這一晚，怕給你們家添麻煩，明天如果要付你們住宿費用，不曉得大概是多少……」

「別開玩笑了，妳想付錢，還沒人想收呢。」劉吉人笑著拒絕，從他臉上看不出什麼做作或矯情，他大手一揮，說：「在我們原住民的部落是這樣的：當妳來作客，不管今天之前我們認不認識，只要有人請妳喝酒，那就表示我們已經把妳當成自己人了，跟自己人還收什麼錢？」

「那怎麼行？」可美立刻搖頭，「這種白吃白喝還白住的事，我不想做。」

「妳去朋友或親戚家住一晚也會付錢嗎？」劉吉人反問，不等可美回答，他又說：「世界那麼大，妳哪裡不去，偏偏來到這裡，這就叫作緣分，所以沒必要算得那麼清楚，而且我邀請妳來這裡，也不過是不想看妳一個人三更半夜了還在山裡流浪而已，並不是為了賺錢。」見可美還想解釋，劉吉人話頭一轉，忽然問她怎麼會想要一個人跑來看什麼合歡山。

「這有點難以解釋……」猶豫了一下，可美不知從哪裡說起比較好，而且這些私密的事情似乎也不方便對一個還很陌生的朋友透露，她說：「我只是想出來散散心，也不是非得去合歡山或清境農場不可，反正就四處走走而已。」

「所以妳沒有什麼特別的目的地，也不趕行程，是這樣嗎？」

「基本上是這樣沒錯。」可美點頭。

「哈，那太好了！」劉吉人忽然一拍手，笑著說：「妳是不是覺得不付錢會很過意不去？是的話，那妳乾脆就在山上住幾天吧，反正最近村子裡很忙，到處都需要人手，能多一個人幫忙也好，我不收妳房租，但也不付妳薪水，怎麼樣？」

「有什麼需要我幫忙的嗎？」可美問他的同時也想著自己會什麼，能在這地方幫得上忙。

「放心，總會有事讓妳做的。」劉吉人說這個小部落裡的每個人都是重要的人力資源，即使是國小剛畢業的小叮，平常也是這麼忙碌著，「妳來得正好，小叮明天就要走了，妳剛好補她的缺。」

「這樣真的可以嗎？」可美還有些猶豫。

「最好的散心方式不是騎著機車到處亂跑，而是找到生活的重心，跟一堆讓妳忙到沒時間胡思亂想的工作，相信我，這樣就對了。」劉吉人篤定地說。

生活的重心？對可美而言，這是她非常摸不著邊的東西，半年多來，她總覺得自己跟鬼一樣，而鬼是沒有重心的，風往哪裡吹，這一縷魂魄就順著往哪裡飄。她環顧著房間，又看看擱在角落的行李，只覺得那個行李袋真是莫大的突兀，忽然來到這裡，又忽然落腳於此，或許真如劉吉人所說，這就叫作緣分。但這緣分的後來又將如何？她在這樣的地方能做些什麼？會有什麼事能讓她忙到沒時間胡思亂想嗎？可美感到好奇，不管怎麼看，這村子都是一派寧靜呀，他們真的很忙嗎？

在房間裡想了又想，也不曉得過了多久，可美這才想起，自己本來是打算去洗澡的，拿著衣服下樓，沒瞧見劉吉人，卻看到劉媽媽在廚房裡大呼小叫，她一手拿著鍋鏟，一手壓住鍋蓋，那是一個大鍋子，瓦斯爐正開著火，不斷有白色蒸氣從鍋蓋與鍋子的隙縫間鑽出來。

「需要幫忙嗎？」雖然不諳廚藝，但可美放下衣服，還是認真地問。

「沒關係，沒關係，這小事而已。」劉媽媽的個子很嬌小，但一頭捲髮卻不成比例地蓬鬆著，她指指鍋子，說：「妳看我們家吉人，瘦成那個樣子，連我都快不認識他了，這樣不行。我今天才從埔里買了兩條鰻魚回來，要煮來給他補一補。妳下午也淋了雨，很容易感冒，待會鰻魚湯煮好之後，妳也來喝一碗。」

可美一驚，她才不想喝這種奇怪的東西，正想搖頭婉拒，劉媽媽又說起話，卻不是對著可美，反而是在責罵鍋子裡看來還在掙扎的鰻魚：「可不可以勇敢一點？等一下就不燙了嘛，不要在裡面一直亂撞呀，撞壞了鍋子怎麼辦！」

「劉媽媽，鰻魚聽得懂妳說什麼嗎？」差點沒暈倒，可美顫巍巍地指著鍋子問。

「勇敢的鰻魚就應該要聽得懂才對。」而劉媽媽非常認真地說。

部落生活守則：裹足不前的人無法看到最美的風景，就像不勇敢的鰻魚無法變成好吃的鰻魚湯。

這接下來的一整晚，可美幾乎都睡不著了，她只要一想到劉媽媽那帶著原住民的討喜口音說著那句話時的模樣，就覺得真是可愛到不行。原來一鍋鰻魚湯的成敗關鍵並不是什麼廚藝問題，而是鰻魚本身的勇敢與否。

09

外面的雨似乎停了，當她洗完澡後，被迫喝完鰻魚湯，又躺回房間的小床上時，側耳傾聽外面幾乎沒有任何聲響，原來山區的夜晚並非想像中什麼蟬啼蛙鳴，而是徹徹底底的安靜，或許是因為這幾天都下雨，所以小動物們也意興闌珊了吧。仰望天花板，一盞日光燈的照明度似乎不太夠，她咂咂嘴，彷彿還嚐得到魚湯味，其實如果不去看那魚的樣子，光只喝湯的話，味道是真的還不差。可美忽然有些感慨，對比她所熟知的城市生活，這兒簡直是另一個世界。在城市裡，儘管人潮擁擠，卻疏離得過分，她想起自己推著機車一路走到王漢威的機車行那天，好長一段路，沒人問她是否需要幫忙，在那樣的地方，人們不斷往自己的方向前進，過程中卻誰也看不見誰，沒有幾個人願意為陌生人伸出援手。而在這裡，她平白無故地喝了劉家幾杯酒後，忽然就成了一個被接納的「自己人」。想想很有趣，但也頗讓人惆悵，原來城市裡之所以充滿了各種機能的便利性，就是因為人們在那環境中沒有他人的幫忙，所以才需要那麼多冷冰冰的商店，是嗎？

剛剛在樓下時，可美聽劉媽媽抱怨著天氣，部落裡很多農忙工作都被這雨給耽擱了，人人無不愁眉苦臉，就怕農作物被雨水給泡壞，到時候賣不到好價錢，日子可就難過了，而村子裡的男人們最近經常湊在一起討論對策，只是誰也想不出好辦法。

「所以他們現在去想辦法了？」劉媽媽在廚房跟可美聊著這些時，劉吉人好像不在家裡。

「是呀，辦法可能想不出來，但沒關係，等他們喝完酒後就會回來了。」劉媽媽點頭。

這裡的人都過著什麼樣的日子呀？她想起劉吉人說的生命三元素居然是香菸、酒跟檳榔，這未免太誇張了吧？一群男人難道沒其他事情好做？就算雨下個不停，沒辦法到田裡工作，但也不應該一群人晚上就聚在一起喝酒吧？這實在是太荒廢的人生。可美心裡這樣認為，可是卻也覺得自己似乎沒立場說別人的不是，她自己前半年過的又是什麼日子？

很晚了，把手機拿出來充電，順便看了看，沒有任何人來電或簡訊，大家都走在自己的軌道上，竟是誰也沒來理睬她。但這樣也好，至少在這個時候，她希望能夠任性地走自己想走的路。

還是了無睡意，她原本還期望著，如果半夜裡又下起雨，伴隨雨聲也許還能睡上一覺的，沒想到一整晚靜悄悄，居然什麼也沒有。就這樣一直窩到天色快亮，可美翻來覆去了好久，才終於有了一點睡意，只是就在她逐漸矇矓之際，又好像聽到了一點什麼動靜，起初是隱隱約約的腳步聲，跟著就聽到有人壓低了聲音說話，只是說些什麼卻無法聽得清楚。那瞬間她猛然一驚，心裡直呼自己實在太過大意，在這個人生地不熟的地方，就算劉媽媽跟小叮對她表現得很友善，怎麼自己就這樣放下戒心了呢？外面的人鬼鬼祟祟，搞不好有什麼不軌意圖，自己居然還若無其事地躺在這裡？

黑暗中睜大眼睛，可美一個翻身坐起，立刻伸手到包包裡掏出那把小刀跟防狼噴霧器，她不敢開燈，放輕腳步縮到門邊，隔著薄薄的門板側耳傾聽，那些聲響似乎就在樓下，而且應該有不只一個以上的男人，他們不曉得在商討些什麼，一直窸窸窣窣個沒完，過了半晌，終於傳來踩踏樓梯的輕微聲響，可美心中一凜，終於來了，她只覺得掌心冒汗，那把小刀在手上抓得好緊，一邊想著如果遇到危險該如何應變，在這荒山野嶺又能如何逃命，同時也猜想黑暗中的敵人將怎麼攻擊她。

「平地人，妳睡著了沒有？」可美心中想像了各種畫面，那個一臉親切但原來滿腹狼子野心的劉吉人其實是個十惡不赦的大壞蛋，他可能企圖在暗夜中偷偷撬開門鎖，或者從二樓靠近街邊的小窗子爬上來，總之，都不會是這麼堂而皇之地跑來敲門才對。

那當下可美有些猶豫，不知道該不該應聲答話，劉吉人叫了幾聲，又扣了幾下門，讓可美心驚膽顫，差點連手上的小刀都握不住，只聽到劉吉人在門外又說：「醒著的話就快點開門，不要躲在裡面裝死。」裝死？這是什麼話？可美皺著眉頭，正思索著自己下一步該怎麼做時，劉吉人在外頭說道：「天快亮了，妳如果要一起去的話就快點起床了！」

「去哪裡？」愈聽愈不對，可美終於開口，音量雖小，但門板這麼薄，劉吉人一定聽得到。

「妳不是要幫大家做點事，順便去找找什麼人生的方向？我是不知道妳的人生方向跟這裡的山有什麼關係啦，不過這種時候去合歡山既沒有下雪可以看，而且妳機車壞掉了，哪裡也跑不了，倒不如跟我們一起去割菜，說不定割著割著，妳就割到了新的想法，對不對？」

差點苦笑出來，可美整個人鬆了口氣，打開了房門，劉吉人已經穿戴好了工作服，就站在門口，他說：「大家都很想看看妳，說妳是上帝派來的小天使，叫妳今天一定要跟我們一起去哩。」

「大家？誰呀？」可美皺眉。

「全村村民呀。」劉吉人開心地說：「昨晚我去我叔叔家，跟他們說了有個台北來的小女生晚上住在我們家，大家都很想看看妳長什麼樣子。我叔叔是村長，大家平常都跑去他家聊天唱歌喝酒，妳也可以去跟他打打招呼，他知道很多山上的事情喔，跟他聊天，妳一定可以收穫很多。最近我們大家每天都在等，等天氣變好要趕快到田裡去割菜，可是等了很多天了，每次晚上雨停，我們都以為隔天就可以工作了，沒想到隔天才剛剛天亮，雨就又開始下，實在很受不了，但昨天妳一來，今天早上居然就沒有雨了，所以他們都說妳是帶來幸運的小天使，要約妳一起上山割菜。」說了一大段沒頭沒腦的話，劉吉人笑得很開心，還說各家的農夫們都已經準備就緒，今天要一起收割的菜園很多，也包括村長家的高麗菜田，而村長也非常期待見到這位來自台北的新朋友，還拿了一張名片給劉吉人，要他負責轉交。

「可是我又沒帶什麼禮物，兩手空空去拜訪村長豈不失禮？」躊躇著接過名片，可美瞧了瞧，本來不覺有異的，但想想卻又一愣，村長原來姓陳，她問：「村長是你叔叔？」

「是呀，他爸爸的爸爸跟我爸的爸爸的爸爸是親兄弟，所以按照輩分是我叔叔。」劉吉人點頭。

「那為什麼他姓陳，你卻姓劉？」可美問。

「那有什麼關係？」劉吉人聳個肩，回答得理所當然，「日據時代結束，國民黨來接收的時候，叫大家一定要有個漢人的名字，於是他爸爸的爸爸決定要姓陳，但是我爸的爸爸的爸爸決定要姓劉，就這樣而已呀。」

「這是什麼狗屁邏輯呀？」可美忍不住說，對她而言，這一切實在太超現實了，不管是鰻魚勇不勇敢的問題，或是這種親兄弟卻可以不同姓的怪事，大概任何一個正常人都會覺得不可理喻才對。然而劉吉人卻見怪不怪，一點也不認為哪裡有問題，他說：「邏輯？什麼是邏輯？太陽每天都會從山的那一邊出來，又從山的這一邊下去，在我們這地方，這就是唯一的邏輯了。而在太陽出來又下去的過程中所發生的每件事都被包含在這個大邏輯下，也沒什麼好大驚小怪的吧？」

「是這樣說的嗎？」可美只覺得腦袋裡一團混亂，音量也忍不住提高了一點。

「都市人，妳現在換好衣服，跟我們一起下樓，就會知道這裡是山上，在山上生活，我們不需要那些派不上用場的道理或邏輯，好嗎？」劉吉人給她一個溫和的笑容。

「不要道理跟邏輯，不然你們需要什麼？」

「快樂。」不假思索，劉吉人輕鬆地說。

部落生活守則：只要太陽每天都還會正常上下班，那就是一件值得開心慶祝的事了。

10

雖然偶爾會惦記著自己的機車還丟在路邊，但劉吉人說這點小事根本不必放在心上，一來車子故障了根本騎不走，二來就算那是一部「健康」的機車，在這種偏遠山區裡也沒有小偷會來下手。與其擔心這種事，不如認真割菜、認真地認識大家。

從前，儘管她不算學校裡的風雲人物，但認識的人也不算少，即使只是點頭之交，她也大多都能記住對方的名字或長相，甚至有些連身家背景與來歷都能略記一二，但現在可不行了，可美忽然發現，原來在她這個對原住民的世界非常陌生的都市人眼裡，原住民好像長相都差不多，每個人的皮膚都偏黑，個子都不算太高，大家看來都是隨性粗獷的模樣，差別只是有的人胖了點，而有些則瘦了些，或者哪個人有鬍子，而哪個人沒有鬍子而已。

「鐮刀不是這樣拿的啦，哪有人用兩隻手，妳以為在拿武士刀喔？」才剛走到田裡，接過劉吉人交給她的割菜工具，旁邊就有一個年輕人笑著跟她說，而可美還沒會意過來，另一個稍微年長一點的大叔已經微笑著走過來，不但告訴她正確的鐮刀握法，還順便把自己頭頂上的斗笠摘下來，戴在可美頭上。

「雖然是陰天，應該不會有大太陽，但是戴著這個，也比較不怕灰塵弄髒頭髮。」那個大叔說。

還沒正式開工，可美跟在劉吉人身邊，一堆人都衝著她叫「小天使」，讓她有些不好意思。見大家走下了菜園，面對眼前一整片不計其數的高麗菜，已經準備上工，可美卻不知該從哪裡著手才好，正想問問劉吉人，結果東一個西一個，卻是好幾個人不約而同地朝她招手，都說願意教她如何收割。

「怎麼辦？」不知該走到哪一邊去才好，她有點尷尬地看看劉吉人。這種毫不排外的熱情在他們而言也許理所當然，然而對可美來說，卻還是非常不習慣。

「別想那麼多，這裡跟台北不一樣，大家就是喜歡熱熱鬧鬧而已，其實妳跟誰一組都可以。」

「那我還是跟著你就好。」可美苦笑著說。

都日上三竿了，陳村長還沒出現，倒是他的兒子開著一輛小貨車，從天色剛亮時就已經來到現場待命。這片菜園位在斜度很高的山坡上，只有一條連水泥都沒鋪的崎嶇小徑，大貨車根本進不來。在蔬菜採收的季節，所有村民都會彼此互相幫助，一夥人輪流在各家菜園裡幫忙，誰的菜可以採收了，只需要一聲號召，大家就紛紛過來協助。

「那個不要摸，有毒喔。」才工作不久，可美的腰已經痠了起來，她放下鐮刀，走到田埂邊，正看著旁邊一棵小樹木，樹上結了點果子，她本來想伸手去摸摸的，結果一個叫作「黑貓」的年輕人叫住她，說：「那種樹從果子到樹葉都有毒，摸了以後就會中毒，中毒的人會全身發抖，還會大小便失禁。」

被這一嚇，可美趕緊把手收回來，她臉上驚惶之色未退，一邊的劉吉人跟其他年輕人都已經笑了出來，說：「傻子，那叫作龍葵，還可以吃呢，根本沒有毒的啦！」

真是丟臉丟到家了，可美只覺得無地自容，只是黑貓其實並無惡意，他早些年曾經是快遞公司的送貨員，所以才有這個綽號，得意地欣賞著自己惡作劇的成果，黑貓叼著香菸，輕鬆地割下一顆高麗菜，放進旁邊的竹簍子裡。

有些懊惱，可美走回田裡，看來乾脆別理他們算了，這些傢伙從天剛亮時就開始工作，不斷重複著相同的動作，大概百無聊賴，所以才想找點樂子，而這一群工作者幾乎都是從小一起長大的玩伴，哪裡還有什麼好玩的新鮮事？所以他們才把腦筋動到她身上來。

「差不多了，剩下的給他們去處理就好。」招招手，陳村長的兒子據說愛吃燒餅油條，所以綽號就叫「燒餅」，他叫了一聲：「夏小姐，妳過來這邊採辣椒啦，這比較輕鬆。」

摘辣椒會輕鬆嗎？一小排的辣椒就種在高麗菜田的最角落邊，有綠有紅，形狀長短各自不一，可美不敢吃辣，因此對辣椒可是半點興趣都沒有。聽著燒餅的招呼，她把鐮刀插在腰間，小心翼翼地走了過去，生怕踩壞了田地。

「我們家的辣椒很美吧？不管加在什麼菜裡面都很好吃喔，妳晚上來我家吃飯，吃一次就知道了。」燒餅驕傲地說。

「可是我不敢吃辣耶。」可美有些為難，學著燒餅的手勢，跟著摘了幾顆辣椒，放到一旁的小籃子裡。

「噢，那妳更不能錯過了，我家的辣椒只有香，但是一點都不辣的。」燒餅認真地說著，拿起一根辣椒，毫不遲疑就放到嘴裡去咬了一大口，還發出清脆的咀嚼聲，只見他臉色完全不變，說：「妳看，完全不辣，不信的話，吃一口看看？」

辣椒不辣，那這還能算是辣椒嗎？看著豔紅的半截辣椒在燒餅的手裡晃著，可美有些畏懼地搖搖頭，不必吃它，光用看的，她就覺得頭皮發麻。

「燒餅最老實了，他不會騙人的，妳就相信他一次吧。」站在稍微遠一點的地方，一個中年的原住民大叔說了。

「對呀，他家的辣椒又香又脆，不但是我們村子裡種得最好的，而且還賣到台北去呢！」然後又一個年輕人開口。

「我以頭目的兒子的身分發誓，我家的辣椒真的不辣。」最後則是燒餅自己鄭重立誓。

上過一次當之後，可美決定不再輕易相信這群人，但她承受著眾人的目光，眼看著每個人都停下了手邊的工作，笑吟吟地望著她，似乎在等著看一場好戲，可美有些為難，只好把視線轉向一邊，她的救星剛把一簍高麗菜搬上小貨車，喝口水，朝她走了過來。

「頭目呀，在我們原住民部落裡是非常重要的領導者，我們以前被歸類為泰雅族，後來正名了，現在叫作賽德克族。本來賽德克族的人數很少，知名度也不高，多虧電影的關係才變得有名起來。現在當然已經不是頭目管理部落的時代，但是大家還是非常尊重頭目的地位，頭目的家族同樣也是我們很敬重的，他們非常誠實、認真、負責，絕對不會隨便亂騙人的。」劉吉人說。

「是嗎？」聽著這一番說明，可美覺得似乎有點道理，只是看看燒餅還舉手拿著的半截辣椒，她始終有些怯懼。

「放心，妳吃一口看看，如果會辣的話，以後等我爸爸移民去上帝那裡之後，我就把頭目的地位讓給妳。」燒餅的手一伸，說：「勇敢一點吧，都市人！」

那瞬間，可美心裡湧起一股豪氣，她想起昨天晚上劉媽媽對鰻魚的那番評價，自己可不能連幾隻鰻魚都比不上呀！而且大家都這麼鼓譟了，就算他們的話都不可信，但劉吉人總不像是會騙人的樣子吧？自己千里跋涉地來到這裡，為的就是發現不同的新世界，難道還連半截辣椒都不敢嘗試嗎？如果要這麼畏首畏尾的，那乾脆留在台北就好，還出來幹什麼？一想到這裡，她伸出手來，接過燒餅剛剛咬過的半截辣椒，嘴巴一張，什麼也不再多想，立刻就放進嘴裡咬了一口，並且咀嚼了起來。那不過短短幾秒鐘的時間，可美先是覺得一股嗆味隨著辣椒的香氣竄上鼻腔，跟著嘴裡忽然有點麻，又過不了幾下，猛然間喉嚨深處整個灼熱了起來，辣得她瞬間眼淚鼻涕直流，連聲音都發不出來，只能痛苦地摀住嘴巴。而就在她中計的當下，全場的這些傢伙們全都樂不可支，爆出哄堂大笑。劉吉人這回笑得更誇張，他捧著肚子，完全停不下來，一邊笑得岔氣，一邊趕緊拿了瓶礦泉水過來。可美很想罵髒話，但這當下她什麼也說不出來，只能把整瓶水往嘴裡灌，漱口漱了老半天才稍微緩解一點，而旁邊那些跟頑童一樣的傢伙們的笑聲也停不下來。

「頭目的家族如果說謊話會不會遭天譴？」很想拔出鐮刀去把燒餅的腦袋割下來，可美瞪了一眼，又問劉吉人：「連你都騙我是吧？」

「首先，根據歷史考證，燒餅他老爸真的是頭目的後代沒錯，這一點無庸置疑，不過時代改變了，頭目的地位當然已經不存在了，所以這個不能當作考量事情的標準。」先是認真地說了幾句，跟著他忽然就笑了出來，又說：「而且，妳看看這裡十幾個人，媽的哪個人不是喝醉了就都嘛以為自己是頭目哩。」

部落生活守則：不要相信他們說自己是頭目的那種鬼話，尤其當他們喝醉時。

11

接連數日的雨天就這麼奇蹟般地放晴了，從可美到來後的第二天起，務農的男人們在天色將亮前醒來，側耳傾聽戶外，那些聲響從早先幾天的雨聲淅瀝，慢慢地又轉成了蟬鳴鳥叫，清晨的曙光透過連綿層疊的山巒，穿過靜謐了一夜的雲霧，照射在山林與田野間。第一天跟著劉吉人參加了部落裡的收割大隊，幫村子裡的幾戶人家採收完高麗菜田，卻也拖延了修車的時間，到了傍晚，她還滿喉嚨的辛辣餘味，晚餐反而胃口大開。劉媽媽經營著一家小雜貨店，她從貨架上拿了一堆食材，做了一桌豐盛好菜。看著劉媽媽在貨架上毫不客氣地拿起那些本來要販賣的罐頭食材，一點也不吝嗇地往鍋子裡倒時，可美有些不忍心，偷偷轉個頭，正想對劉吉人說點什麼，但劉吉人已經猜到她的心思，在廚房邊，他說：「我知道妳想說什麼，不用放在心上，就算今天不是因為妳，那些罐頭遲早也會被我偷吃掉；再說，今天妳很認真幫忙工作，已經算是抵了房錢、飯錢，所以不必客氣，也不用想太多，乖乖等吃飯就好。」

「話不是這樣講……」可美有些為難，忍不住就想上樓去拿錢包，但劉吉人忽然笑了一笑，說：「不這樣講，那不然用唱的好了。」說完，哼著可美聽也沒聽過的原住民曲調，劉吉人居然大搖大擺就往外頭去了，只留下哭笑不得的可美還站在原地。

沒說隔天還有工作，本來可美以為第二天一早就能順利離開的，所以行囊在前一天晚上洗過澡後便收拾完畢，但沒想到翌日清晨，一群年輕男人又集合在劉吉人他家樓下，可美又被陣陣窸窣的碎語聲給吵醒，然後劉吉人又走了上來，還是那句：「小天使，起床了沒有？」

「今天還要去割菜嗎？」睡眼惺忪，可美隔著房門問。

「當然。」輕描淡寫的，劉吉人在外頭說：「附近還有好幾座山，山上的高麗菜都要收。」

附近幾座山的高麗菜都要收，這要收到什麼時候？可美一直到換好衣服，走下樓時都還滿懷詫異著。第二天的收割工作比較麻煩，一群人分乘三部小貨車，天沒亮就趕往村子東邊的山坡地，那塊地是一個名叫「哈士奇」的中年男人所擁有，這個原住民大叔挺著圓滾滾的肚子，一邊割菜還一邊逗弄他豢養的三條哈士奇狗，可美根本無心工作，她看著那三條狗不斷在菜園裡奔跑追逐，只覺得好像在這樣的地方，似乎連狗兒都特別快樂。哈士奇的菜園並不大，一群人同心協力，不到兩個小時，晨間的薄霧還未散，菜園便已經收割完畢，昨天惡整了可美一頓的燒餅不曉得打哪裡張羅來一鍋鹹粥，熱情地分享給大家，還在可美的碗裡特別加料，放了一小條辣椒。

在薄霧中，跟著一群人席地而坐，吃著熱騰騰的鹹粥時，可美只覺得有種奇妙的感覺，她舌尖嚐到熱粥裡小蝦米的鹹甜滋味，雖然這不是什麼豐盛大餐，卻是她一生中少有的特別經驗。劉吉人自己吃完了兩碗粥後，也不管別人還吃不吃，他居然把整個鍋子都端了過來，從粥湯裡撈出不少菜料，全都舀進了可美的碗裡。

「這樣不太好吧？別人……」可美有點難為情。

「原住民吃什麼都嘛能活，不用擔心他們啦！可是妳是我家的客人，要是讓妳變瘦了，我會很沒有面子的。」不由分說就把那湯瓢裡的食物倒進碗裡，劉吉人說：「快點吃完，我們還要趕路哩。」

「趕路？」

「當然，」把湯瓢往對面山谷的方向一指，劉吉人說：「那邊也有一片菜園，看到沒有？在山的稜線那邊，那是我們今天的第二站。」

這對可美來說簡直就是場惡夢，本來以為哈士奇的田地收割完成後，就可以提早結束一天的工作，沒想到根本不是這麼一回事。劉吉人開著小貨車，可美就坐在旁邊，一邊在顛簸的山路上前進時，劉吉人告訴她，原來這看來險峻陡峭的山脈裡，最主要的生產還是以農業為主，顛覆了可美以往那種只能在平地或小丘陵上栽種蔬果的想像。劉吉人一邊開車，一邊比手畫腳，到處指給她看，而可美這才發現，放眼所及，附近的山巒之上，只要是坡度還不算太陡的地方，原來都可以開闢成農園，種植的作物品項繁多，從大家已經割了兩天的高麗菜，一直到白菜、青椒、番茄，當然茶園也有不少，另外還有許多具有更高經濟價值的果園也在其中，這些都是可美以前想也沒想過的，只是這當下劉吉人說明得很仔細，但可美卻因為出現暈車症狀而開始恍惚了起來。

「山上種田的農夫不少，不過年紀通常也都大了點，遇到這種要趕緊收割的農忙期，人力上就會捉襟見肘，所以才需要大家的幫忙。而妳看這兩天一起割菜的那些人，他們平常都有自己的工作，有的在都市裡，有的就在那種營建公司當蓋房子的工人，或者在別人的大型果園裡做事，山上的農務通常只能交給父母親去打點，但在這種時候，大家就會集合在一起，彼此互相幫忙，一定要趁著田裡的青菜還有好賣相時趕快收割下來才行。」劉吉人說。

「那你的菜園呢？」試圖轉移注意力，別讓自己老是這麼暈著，她望著遙遠的山谷方向，開口也問劉吉人。

「我？」劉吉人笑了一下，說：「我家開的是雜貨店，沒有菜園，而且我也不靠種菜來糊口。不過我媽在雜貨店後面有一小塊菜園子，那裡種了一些平常自己吃的蔬果，就這樣而已。」

聽著聽著，可美心裡生出一點好奇，她想問劉吉人，山上那麼多年輕人都下山去工作了，那他呢？他為什麼不去，卻要守著一家小雜貨店？不靠農業，那他在這山上還能靠什麼糊口？不過這疑問當然只能放在心裡，她才來這兒多久？才兩三天而已，還不到可以探問人家隱私的程度。

這趟山路出乎意料地遙遠，車子幾乎是開到山谷底下了，才又慢慢順著山勢逐漸爬高。劉吉人說這邊已經到了其他部落，不過大家互助合作所憑藉的也不是同部落自己人的這部分情感而已，更重要的是，大家都在同樣的土地上耕耘，一樣刻苦，一樣艱辛，所以自然不分你我，只要是認識的朋友，大家總會義不容辭。

「但是我不認識他呀。」可美苦著臉，她感覺早上吃掉的鹹粥似乎全都漲回來，已經快湧到食道口了。

「待會不就認識了嗎？放心，這裡都是好朋友，沒有人會排擠妳的。」幾句話還沒說完，可美已經承受不住，她忽然伸出手，一把抓住了劉吉人的手臂，害他方向盤沒抓好，車子差點撞上山壁。

「我……」一句話還沒問出口，可美放下車窗，一口肚子裡的鹹粥已經吐了出來。

「哎呀，蝦米都糟蹋了。」沒擔心副駕駛座上這個女孩的暈車情形，劉吉人大聲惋惜的居然是蝦米。

結果這又是一個無法順利去修車的日子，就算大家早早便割完了菜，但可美也已經吐得一塌糊塗，四肢無力的她根本動也不能動，只能癱坐在土坡邊，露出不可置信的表情，看著這塊地的主人在所有收成工作結束後，居然從一輛大貨車上搬下來一張桌子跟四張板凳，還撐起了一把大洋傘，然後又從駕駛座裡拿出一副麻將牌，這群男人非常愉悅的，就在晴空高照、涼風和煦的田野正中間，他們非常悠哉地就打起麻將來，而有些沒加入牌局的年輕人則從攜帶式的小冰箱裡拿出冰涼的啤酒，一邊喝著，也一邊哼哼唱起歌來，他們不拘時間或地點，反正既然都收工了，當然就是慶祝與休息的時候。

可美真難想像那些人的隨性與自在居然已經到了這等地步，眼看著這場收成後的小型慶祝會才正酒酣耳熱，根本沒人留意這邊，掙扎著起身，她心裡想，如果今天又修不好機車，沒辦法繼續前進，那麼至少在這附近走走也不錯吧？半山高的這地方，也有不少好風景可看。只是她才走不了幾步，劉吉人的聲音忽然從後面傳來，他的腳步很快，在藤蔓雜草叢生的環境裡，不過三兩步就趕上了可美，擔任起帶路的角色。

「妳現在好多了吧？」一邊走著，劉吉人回頭問。

擺擺手，可美示意自己身體已無大礙，走上一小段路，她問：「你們經常大白天的就在田裡面打起麻將來嗎？」

「反正今天的工作忙完了，休息一下有什麼關係呢？打麻將只是一種形式，事實上不也都在聊天？」

「現在才中午耶，好歹總有點其他工作可以回去做吧？」可美皺眉，她雖然曾在電視上看過一些趣味談話性節目，來賓聊過很多原住民的趣事，但那些從來也只是耳聞，如今親眼見到他們的生活樣貌，這對可美而言真的很難適應與接受。

「難道妳認為他們應該先吃個午飯，然後跟著就往下一個工作去繼續打拚？」劉吉人笑著說：「這些人原本都有自己的正式工作，他們現在回來割菜就只是支援性質，在某個角度上來說，這無異於一種休閒，而且是與自己部落的族人一起享受的休閒時光，既然如此，那為什麼還要勉強大家呢？再說，現在都已經中午了，他們能幹嘛？下山去找事做？別開玩笑了，開到埔里都已經下午快兩點了，人家都快下班囉。」

有些哭笑不得，可美想起當初在台北時就被她拋棄在便利商店的垃圾桶裡，那本以前她用以記事的小手冊，那種分秒必爭的都市生活真的與這地方非常扞格不入，如果今天換作是自己的父母來到這地方，他們大概都會崩潰吧？一對長年經商，對工作效率如此斤斤計較的商人夫婦，看著一群充滿活力，分明就該大有可為的原住民青年們，正中午左右就開始唱歌喝酒，享受歡樂時光，那會是什麼畫面？

「想什麼，笑得好開心？」劉吉人忽然說話，可美這才發現自己臉上原來掛著笑意。

「你有沒有想過，如果把你們在部落中這樣的生活習慣，換個場景，改成台北，那將會是一種什麼畫面？」可美問他。

「我猜想的畫面會是台北東區，大概就是忠孝復興或忠孝新生捷運站出口的地方，在人群來往最熱鬧的地方，會有幾個原住民的傢伙，搬了一張桌子坐在那邊打麻將聊天喝酒還唱歌的樣子。」劉吉人笑著說：「不管別人怎麼以為，但我猜我們依然會堅持這樣做。」

「你對台北很熟？」

「別小看人了，我在台北住過很多年耶。」劉吉人笑著，把可美原先想問的問題先說了答案，「還記得我那個外甥女小叮吧？當年我就跟她一樣，國小一畢業就被我媽送下山去，念了三年國中，又念了三年高工，後來考上台北的科技大學，從此遠離部落、遠離族人，每天接觸的都是最新的電子科技，手上拿的永遠是比別人更先進的新型電腦，我一天之內幫公司賺進來的鈔票，也許是很多人一輩子也賺不到的數子。」

「那……」瞠目結舌，實在不敢置信，雖然劉吉人的談吐並不若其他人的天真或直率，有時似乎也帶了一點都市人的含蓄或保留，但她怎麼也無法想像，劉吉人不但曾在台北生活過，而且還曾經是科技業的高級人才。

「我知道妳要問什麼，這問題不只是妳，很多人以前老早都問過了，」他笑著說：「很簡單，因為我在城市裡看不到最美的風景。」

「最美的風景？」疑惑著，可美轉頭看看周遭，他們已經走出了好一段距離，這是一處地勢頗高的山頭邊，放眼所及是無止盡的群山，有些山頭還籠罩在雲層裡，雖然不太感覺得到風，但遠處明顯可見一絲絲的山嵐正順著山的稜線飄浮掠動，景色極美。她本來以為劉吉人所謂的最美的風景就是指這個，但再轉頭時，卻看見他搖搖頭，說：「我去過很多地方，跑了不少國家，可是看來看去，景色是不錯，但我總不覺得它們美。後來我才曉得，原來我之所以看什麼都不美，是因為我自己不開心。不開心的人不管到了哪裡，他都不會有欣賞風景的心情，對吧？」

「所以你回來了？」

「是呀，後來我放棄了都市裡爾虞我詐又好緊湊好吵鬧的生活，寧可回到部落來，在這裡我發現自己好開心，即使錢賺得少、日子有點無聊，但至少我是開心的，也因為開心，所以不管從哪個角度看出去，這裡全都是好風景。」劉吉人說著，把手舉起來擋在眉前，遮住正中午的耀眼日光，朝周遭群山看望了一圈。

「真有那麼美？」可美忍不住笑了出來，學著劉吉人的動作，也望了望四周。

「真的，尤其是妳站在這裡時，嗯，棒呆了。」劉吉人笑著說。

油嘴滑舌是男人的天性，跟人種概無直接關係。

12

連續兩天之後，可美已經養成習慣，雖然這張小叮留下的小床睡慣後就覺得很舒服，但她依然在早上五點左右就醒來，那是前兩天她被叫醒的時間。可美迅速地換上衣服，將頭髮紮起馬尾，可是就在她坐在床緣，左腳已經套上襪子時，忽然覺得哪裡不太對勁，今天樓下沒有傳來任何人的聲音，看看時間都五點二十分了，劉吉人也沒來敲門。昨天在小山頂上聊天時，天空沒有半朵白雲，他們聊得汗流浹背，那時劉吉人明明還告訴過她，儘管是高海拔地區，山上的夏天一樣炙熱，所以大家才會習慣在一大清早就開始收割的工作，然後趕在中午前收工。

既然這樣，那為什麼現在還不出門？可美穿好襪子，看看外面的天空已經逐漸透亮，她推開房門，走下樓來，只見一樓靜悄悄的，燈也沒開，竟是一個人也沒有。可美疑惑地走到門邊，發現門也沒有上鎖，想來是這裡民風純樸，部落裡大家彼此熟識，幾乎已經到了可以夜不閉戶的程度了。推開門，清晨涼爽的空氣竄了進來，可美忍不住深呼吸了一口。

晨間總有陣陣薄霧，這條村子裡最大的「馬路」其實不過五六公尺寬度，轉頭左右都看不到頭尾，全籠罩在一片白茫茫中。可美分不清楚那究竟應該算是霧呢，或者是山嵐呢？算了吧，她覺得這其實也沒有非得分辨清楚的必要。在安靜的路上走著，完全不見人影，看來大家要嘛還在睡，再不就是可能剛醒，根本還沒到該出門的時候。她聽到自己的腳步聲，從屋子旁邊繞過去，小屋的另一側就是劉媽媽的雜貨鋪子，隔著薄薄的板牆則有小菜園。可美興之所至，本來想去看看那菜園的，卻在邁開腳步走到菜園邊時，聽到一點異樣的聲響，好奇心起，可美繞到屋子後面，只見一大清早的涼風裡，劉吉人卻已經滿身大汗，他手上拿著一把鋸子，正辛苦地鋸著竹子，而地上還有一大堆他已經鋸斷的竹枝。

「你這麼早起呀？」驚訝著，可美問他今天怎麼不用割菜，難得好天氣，不下田去工作豈不可惜？

「哪有那麼多菜好割呀？」劉吉人瞪眼，「這些菜又不是約好了要排隊，今天妳先熟了被割掉，明天換他熟了被割掉，再後天就換我熟了也被割掉！」

「是嗎？」

「當然是呀，傻瓜。」劉吉人嘆口氣。

可美並不是非常清楚，究竟哪個季節才是真正的農忙期，她跟絕大多數的城市孩子一樣，只在書本裡讀過春耕夏種，然後秋收冬藏而已。既然書上都這麼說了，怎麼在接近盛夏的時候，山上的高麗菜卻到了採收期呢？這個可美不懂，劉吉人似乎也不打算仔細說明，從部落裡慢慢走了出來，來到停放著可美那輛機車的彎道邊，途中劉吉人告訴她，山上種植的作物種類很多，每一種都各有各的栽種方式與收割週期，這個除非是專業的農夫，否則沒必要深入研究，而即便是已經回到山上兩年多的劉吉人，他自己其實所知也不算多，有太多的知識與經驗都靠農友們的互相傳授，或者就到農藥店去諮詢老闆。

「那個老闆看起來很像壞人。」可美想起初遇劉吉人的那天，在農藥店裡負責泡茶的那男人，他滿臉橫肉的樣子可真讓人害怕。

「人不可貌相嘛。」劉吉人笑著說。

沒帶修車工具，兩個人一前一後，劉吉人抓著機車的把手慢慢牽，可美就跟在後面幫忙推，一邊走回部落，劉吉人忽然指著路邊的樹木，問可美見過櫻花沒有。

「日劇裡看過。」

「真可憐，」他苦笑，說：「這一整排都是櫻花樹，如果妳在部落裡再住上半年，等冬天差不多過了的時候，就有機會能親眼看到這兒一整片紅色的櫻花盛開。」

「真的嗎？」一邊推著車，可美看看那些其實一點也不特別的樹木，很難想像它們會開出嫣紅的櫻花來，頓時心裡生出了嚮往，但同時卻也搖頭，「別逗了，半年？我在這裡住半年幹嘛呀？難道每天跟著大家下田去嗎？」

「無所謂呀，反正妳不是只為了尋找人生的目的而旅行嗎？既然這樣，那與其到處騎來騎去，像隻無頭蒼蠅一樣浪費汽油，倒不如好好體驗一下我們原住民的部落生活，這種經驗妳以前一定沒有過吧？」劉吉人驕傲地說：「趁著今天沒事，晚上我們來辦個正式的歡迎晚會，把妳介紹給全村村民，等妳認識他們之後，屆時別說是我家了，整個部落，妳愛住誰家都可以，想住多久就住多久，肯定沒人會趕妳走。」

「賽德克族是這麼友善的原住民嗎？」

「只能說算妳幸運，是這時代才來到這兒，」劉吉人笑著說：「要是再早個一百年左右，別說踏進部落了，妳光是走到半路上，只要稍微靠近獵場一點，馬上就會被砍下腦袋的。」

笑著，對可美而言，其實無論是一百年前，或者此刻的當下，她在這片山林裡的存在都屬於一種突兀，這種感覺一直揮之不去，做為一個過客，她不知道自己會在這裡停留多久，一旦離開，也不曉得還能去哪裡，但不管怎樣，至少她在這裡感受到的都是溫暖，一種很寧靜而讓人安心的溫暖。可美忍不住想，跟前男友感情正好的那四年裡，自己也有過這樣的感覺。

「人的情感總有一天都會煙消雲散的，對不對？」這突如其來的一問讓劉吉人愣了愣。可美說：「再美的風景也有消失的一天，再濃的情感也有淡去的時候，是嗎？」

「都市人真的很奇怪，會在不相干的場合裡忽然說出一些沒頭沒腦的話，妳一定是想到了什麼不開心的事情，對不對？」沒直接回答，劉吉人倒是笑笑，看看周遭的風景，他說：「對很多人而言，也許像妳說的那樣吧，情感是跟著人而存在的，人死了，情感也就跟著消失了。但是如果妳生活在這樣的部落裡，那就不一定了，每個人的情感其實都是差不多的，我們把那樣的情感匯聚起來，形成一種共同的觀念，慢慢地也就變成了傳統，而傳統是不會死亡的，就算日子再苦、政府修的馬路再爛，或者種出來的菜沒有去年漂亮，那些都沒關係。妳在這裡所感受到的、有關人的一切，就是我們已經凝聚而成的東西，那叫作樂觀的人情味，而且這種人情味會一代一代傳下去，一直都在。

「而妳再瞧瞧，這裡每棵櫻花樹都幾十歲了，它們從來也沒有消失過，甚至變得更茂盛、更美。為什麼會這樣呢？因為這裡沒人會無聊到想把它們砍掉，或做出什麼傷害它們的事。人只要不存著互相傷害的心，也不要存著傷害風景的心，那感情就不會散，風景也不會消失。」

「是嗎……」思索著劉吉人的話，可美抬頭看看不逢花季，只有一片綠的櫻花樹林。

「當然。」劉吉人也抬頭，笑著說：「也許做事風格與思想觀念已經有了一些改變，但不管是我們這樣的賽德克族，或者其他族的原住民都一樣，就跟這片風景一樣，差別只是一百年前，他們在這樣的樹林裡跑來跑去，到處打獵，而我們現在要去修機車，這樣而已。」

那是一種怎樣的畫面呢？可美很認真地想像著，她看過電影，知道霧社事件中對抗日本軍隊的原住民就是賽德克族，也知道這支原住民族還分成很多部落，風格剽悍，非常重視勇武精神，並且以保衛自己部落的獵場為重要職責。不過那只是電影呀，她忍不住看看劉吉人，不管怎麼想，都很難把他的五官長相聯想成穿著傳統原住民服飾的模樣，更沒辦法想像這傢伙手執獵刀奔馳於山林原野間的畫面。

「不過話又說回來了，妳為什麼會出來旅行？難道不用工作？」忽然想到什麼似的，劉吉人轉過頭來問她。可美只覺得未免好笑，一個人邀請另一個素昧平生的對象來自己家裡，一連住了三天，但除了對方的姓名之外，卻連人家的背景與來歷都一無所知，而且也一副無所謂的樣子，這種事實在有違常理，但偏偏就叫她在這個深山部落裡給碰上了，不只是劉吉人現在才問，其他那些跟她一起在菜園子裡割了兩天高麗菜的原住民們更是從來也沒想過這問題，好像她會出現在這兒是件天經地義的事似的。

「你到現在才想到要問我這問題，難道不嫌晚嗎？」可美微笑。

劉吉人想了想，說：「上帝對每個人的人生際遇都有所安排，我們除了坦然接受外，最好別過問太多。」

「有沒有好一點的解釋或理由？這種老掉牙的版本就免了吧？」可美翻翻白眼。就算部落裡有好幾座教堂，但她直覺就不認為劉吉人會虔誠到把什麼都推給上帝的地步。

「好吧，被妳看穿了，這只是我自以為比較適合的理由。」劉吉人又回過頭來笑著說：「事實上，打從第一眼看到妳，我就已經在猜了。我猜妳八成是因為經濟不景氣而被裁員的倒楣鬼，或者根本就是被公司下令放無薪假，所以吃飽撐著沒事幹，在家又嫌心情差，才會騎著機車出來亂逛的上班族，對吧？」

「很棒的想像力，非常呼應社會時勢，可惜距離真實情況卻也非常遠。」可美苦笑著回答。

她其實不太願意再憶及那段往事，並非有多麼難以啟口，事實上她也不覺得自己在那段戀情的過程中有任何對不起前男友的地方，除了時運不濟、所託非人之外，她不知道還能用什麼觀點去評價，既然窩囊到底了，那就丟了一切，不顧一切地逃吧，逃得遠遠的，或許就能給自己換來一點在陌生世界裡的寧靜，而在陌生卻寧靜的環境裡，她才能夠遠離悲傷，並重新尋找一份愛的感覺，這就是可美當初想要離開台北的原因。不過現在她該怎麼說才好呢？除了被前男友劈腿的那一段或許還能用確切的文字去描述外，其他的她該怎麼講？講了就怕詞不達意，不講好像又很難交代自己旅行的目的。

「如果妳有自己的難言之隱，那就別勉強了。」劉吉人回頭時，看出可美眼裡的躊躇，不等解釋，他先微笑著說：「每個人做每次決定通常都會有自己的考量或苦衷，這是不需要對任何人解釋或說明的，對不對？所以如果妳不想講或不方便講，那也無所謂，等哪天妳認為時候到了再說也不遲。」指著那一片還翠綠著的櫻花樹，劉吉人說：「要等櫻花開的季節可還早著呢！」

在邊修車邊談天的那當下，可美有一度很想把自己的際遇就這麼坦然地說出來，可惜她最後還是缺少一份勇氣，蹲在劉吉人旁邊，看他用不怎麼熟練的手法拆裝車子零件檢修時，可美回味起上一回看著王漢威檢查車子時的心境，那明明也不過才短短幾天之前，怎麼感覺好像是很久以前的事了？這兩三天來，住在劉吉人他家，因為沒付伙食與住宿費，可美很努力地想幫忙做好每件事，但其實在菜園子裡，她能幫得上的忙畢竟有限，那些在田裡熟練工作的都是別人的手腳，大家也不敢讓這位小天使過度勞累。一下了工，劉家就那麼丁點大，除了洗洗自己的衣服，幫忙掃掃門口之外，她還有什麼活好做？

「對了，你們這裡的人是不是都不鎖門的？」想到早上的門沒鎖，她問。

「不一定呀，想鎖就鎖，不想鎖就不鎖囉。」劉吉人聳肩。

「難道你們都不怕有小偷嗎？」

「我們還有什麼好讓人家偷的？」劉吉人反而笑了起來，自嘲地說：「就拿我家來說好了，誰要來偷？能偷什麼？難道要去偷我媽的雜貨店，把罐頭跟啤酒都搬走嗎？」

「這是個好主意，搞不好我明天就去偷了。」可美點頭，但是劉吉人煞有其事地看了她一眼，卻搖頭，說：「我看沒辦法，妳眼裡沒有那種小偷會有的精光閃爍，像妳這種人如果想偷東西，我看大概還沒動手就先敗露失風了。」

「小偷眼裡還會有光嗎？」

「我們這裡最多的小偷就是猴子，猴子半夜來廚房偷東西時，眼裡就有光。」劉吉人很認真地說，卻逗得可美笑了出來。一邊笑，她也一邊想，偷東西的人眼裡會有光，那偷心的人呢？偷情的人呢？前男友眼裡有光嗎？好像沒有的樣子。

「妳其實是因為失戀，所以才會出來旅行的，對吧？」劉吉人話題一轉，忽然一個怪問，讓可美愣了一下。

「你怎麼知道？」

「猜的。」又聳肩，劉吉人說這種時節，山上沒有楓葉或雪景好看，通常也不會有單身女子一個人來旅行，所以這一點也不難猜。在可美的思緒還纏繞成一團時，劉吉人又說：「不過細節妳可以不必現在說，因為妳肯定也說不出口。」

「你又知道我說不出口了？」可美逞強地笑了笑。

「因為妳臉上就寫著這麼一行字：我是逞強又愛面子的都市人。」劉吉人笑著說。

什麼都被一眼看穿，可美只能苦笑，她品評著自己的心情，思索著是否該將這些失戀失意的遭遇對著認識還不到幾天的人說出口，然而劉吉人根本沒察覺到她腦海裡的千迴百轉，反而很大方地說起自己當初結束台北的工作，要回部落時的心情。

「一想到台北，噢，那可真是讓人又愛又恨的地方哪！妳知道嗎，有一段時間，我心裡可真的很慌哪，到底該不該辭職離開呢？離開部落那麼多年，早就習慣都市裡的生活，不管食衣住行，什麼都講求便利性跟效率，打個最簡單的比方，光是晚上處理完一件工作，想吃點消夜、喝杯啤酒，台北哪裡沒有便利商店？隨便也能張羅到一點食物，那回部落呢？回部落以後怎麼辦？不就還好我媽開了雜貨店，至少還能偷偷她貨架上的罐頭跟零食，也可以打開冰箱偷拿兩瓶啤酒，但除了這個之外呢？如果我想約幾個朋友去唱歌，那怎麼辦？如果我心情很好想去看場電影，那怎麼辦？或者忽然很想去逛個街、買買東西，那又怎麼辦？」劉吉人拆下了火星塞，看來看去，根本瞧不出個所以然，於是他又裝了回去，跟著再拆開幾個零件，似乎也沒發現什麼異狀，倒是嘴裡繼續說著：「不過這些都還好，那時候最大的考量畢竟還是女朋友，我曾經帶女朋友回部落來住過兩天，她差點就崩潰了。」

「崩潰？」

「不習慣部落的生活嘛，就這麼簡單而已。」劉吉人笑著說：「而且我媽和我叔叔他們也都不喜歡她，都說小女生手無縛雞之力，一點農家的事情也做不來，娶回來一點幫助都沒有。他們也不想想，其實人家也未必願意來呢，鬧到最後沒辦法了，當然就只好分手。她繼續留在台北當現代人，而我則回部落來。」

「就這樣分手不嫌可惜嗎？你也未必就一定會一輩子留在部落裡不是？」

「話是這麼說沒錯，對我而言，部落也好，都市也好，只要找到適合的生存態度，就都能夠過得隨心所欲。但問題是我可以兩邊換來換去，我的女朋友卻沒辦法接受呀，不說別的，光是在這山上，妳說那種都市裡嬌生慣養的小女生能怎麼討生活？」說著，他忽然看看可美，說：「對了，像妳這樣的水準就很不錯，能下田割菜就已經取得留在部落的資格了。」

可美差點沒笑出來，她知道自己也沒好到哪裡去，割了兩天菜就全身痠痛，這算什麼能吃苦的？正想回嘴，忽然聽到一個蒼老的聲音，用帶著濃厚的原住民口音說了一句：「她有沒有資格留下來，是你能說了算嗎？」

那當下不但可美一驚，連劉吉人也錯愕不已，兩人一起回頭，只見一個滿頭白髮的矮小老人，他的膚色黝黑，臉上有嚴肅剛毅的線條，眼神十分銳利，衣著不像其他人那麼輕便簡單，一件潔白襯衫該扣上的釦子全都扣好，皮鞋也擦得纖塵不染。老人手拄拐杖，站在不遠的地方，正嚴厲地看著他們。劉吉人連忙站起來，躬身行禮時並不忘介紹，他小聲地告訴可美，眼前的老人就是村長，同時也是貨真價實的部落頭目，然後急忙又對老人說：「叔叔，這位是我朋友，她叫可美。」

「來了幾天了是吧？住得還習慣嗎？」老人臉上幾乎沒有表情變化，兩條法令紋就像深刻的斧鑿痕跡，讓人望之生怯。可美小心翼翼地點頭回答。

「妳知道早期的原住民又分為高山族跟平埔族嗎？」村長緩步走了過來，雖然看來不過一百六十公分左右的身高，但在可美眼裡，卻彷彿看見一個巨人似的，他沉著聲音，說：「平埔族幾乎已經都消失了，他們失去了自己的傳統與文化，不管什麼民族，只要失去了這兩樣東西，就跟滅亡沒有差別了，妳懂嗎？」

可美點點頭，關於平埔族的歷史，其實她一知半解，但反正站在別人的地盤上，附和幾下總是對的。村長「嗯」了一聲，又問劉吉人：「那你懂不懂？」

「懂！」中氣十足，劉吉人像個小學生在回答老師的問題般，昂首大聲回答。

「我們賽德克人以前一直被歸類在泰雅裡頭，花了好久的時間爭取，最後才終於正名成功，現在在南投，光是原住民就有好幾個族群，而賽德克人可以說是最少的。」村長看看可美，又看看劉吉人，甚至也看了那輛機車幾眼，又說：「但是我們會害怕自己民族裡的文化跟傳統被消滅嗎？我們一點也不怕。」緩緩搖頭，他說：「要想避免自己部落的美好傳統與文化被消滅，最好的辦法，就是恢復我們賽德克人早年優良的習俗，」看著可美，他沉沉地說：「把那些擅闖我們部落的異族人的腦袋都割下來。」

「出……出草？現在的法律是禁止……禁止出草的吧？」可美沒想到村子裡最能象徵現代國家行政規畫、由民主制度選舉出來的村長居然會說出這種話來，她一時間有些不知所措。

「沒辦法，但這是沒辦法當中，唯一而且是最好的辦法。」堅決地搖頭，村長走了幾步，繞到可美的背後，但眼光一直在她身上打量著。有種不寒而慄的感覺打心底浮現，來到這裡三天，遇到的人都非常親切和藹，唯獨這個村長竟是一心想殺人的樣子，這讓可美感到無比畏懼，同時也不免暗暗納罕，前兩天跟著大家去割菜都有遇到村長的兒子，燒餅是這樣一個搗蛋鬼，怎麼父子倆差這麼多呢？

「在台灣，擁有最多古老傳說與神祕色彩的民族就是原住民，妳知道嗎？」隔了半晌，已經看得可美全身發毛後，村長又說：「就拿出草這件事來說吧，出草的理由有很多種，有時候是為了告慰祖靈，有時候是為了證明男人的勇敢，甚至有時候是成年禮的象徵，一個男人要是從來沒有出草的經驗，那他就沒有結婚娶妻的資格。」說著，村長居然瞄了劉吉人一眼，說：「有些不懂事的小孩以為跑到都市去，沒有別人看見，就可以亂搞男女關係，這是很不成熟的行為。」可美強忍著不敢笑出來，偷偷看了劉吉人一眼，而劉吉人則露出了尷尬的一笑，聳了聳肩。

「基督教跟天主教傳進部落以前，我們相信天地間所有萬物都有神，尤其是祖靈的存在。祖靈的定律規範著我們的言行，原住民對於祖靈的信仰是超越一切的，沒有任何人可以違背，這不僅只是法律層面的約束，更是道德面的標準。打個比方說，我們賽德克人非常重視婚姻關係，沒有結婚前，男女是絕對不能私通的，而這個規範剛好跟基督教的教義一樣。有些不守規矩的年輕人就是待在部落裡卻沒辦法遵守這樣的規矩，只好跑到都市鬼混，這種行為實在太不應該、太墮落了。」村長滔滔不絕地說著，而且每說完一段，眼神總要瞟到劉吉人身上去，讓可美忍不住又想笑出來，總感覺這番話老是帶著刺，指桑罵槐地針對著劉吉人。

「至於妳，妳叫作夏可美是吧？」村長這時候將視線移回來，又打量了可美幾眼，說道：「在原住民的習俗中，我們通常是不怎麼歡迎外人的，因為這些什麼都不懂的外地人很可能在各種行為上對祖靈不敬，因此給我們部落帶來傷害。打個比方說，前幾天一直都在下雨，可是妳一來忽然就出太陽了。」

「出太陽是好事吧？高麗菜園不是要好天氣才能收割嗎？」可美疑惑。

「那萬一太陽出來了就不肯走怎麼辦？」村長說：「還有，我今天一早醒來就聽到祖靈鳥非常急躁而且尖銳的啼叫聲，這表示部落裡一定會發生什麼不吉祥的事，妳知道祖靈鳥嗎？」

「我知道。」劉吉人不明白村長怎麼會忽然說出這些話，他搶著點頭，還在可美耳邊小聲地說：「就是繡眼畫眉鳥啦，那是我們賽德克族的祖靈鳥。」可美似懂非懂地點頭，但還來不及表達她對這些迷信的抗議，只聽得村長又說：「妳看，現在就犯了禁忌了，部落裡的男人是不能觸摸女人的器具的，而劉吉人這個壞孩子居然在摸妳的機車！現在是收穫的季節，按理說我們不能和部落以外的人往來或接觸，結果呢？妳不但來到這裡，還踩進了我們的田裡。」

可美只覺得啼笑皆非，真想大聲斥責這個無法理喻的老人，他是村長哪！這裡是一個村子，是由中央政府畫分行政區後，逐步推展枝微細節，屬於中華民國政府當中幾乎最末等級的行政管理單位呀，這樣一位由中央政府體系管轄，又經由現代民主制度所遴選出來的基層政治人物，怎麼說出來的會是滿嘴的荒唐話呢？而不只是可美，連劉吉人也丈二金剛摸不著頭腦，關於賽德克族的所有傳統習俗，這些他從小耳濡目染，當然早已瞭然於心，但現在是什麼時代了？大家雖然沒有揚棄祖靈信仰，但真正影響每個人精神層面的早已變成了基督教與天主教，怎麼村長這時候動輒以祖靈信仰的觀點來排外呢？

「這樣說吧，夏小姐，妳想留在這裡繼續做客嗎？」過了半晌，村長「嗯哼」了兩聲，這才緩緩地問。

我想留下來嗎？看著村長銳利得幾乎能夠透視人心的雙眼，可美捫心自問，她其實可留可不留，會待上三天，純粹只因為車子還沒修好；而她之所以加入村子裡的農忙工作，一來希望能稍微出點力，只要大家早點忙完工作，就可以早點幫她解決機車的問題，二來也是為了抵償房租飯錢。至於她想不想留下來，這倒是一個從沒考慮過的問題，以致於現在村長忽然問了，她也完全答不上來，而村長似乎沒有真的很想等待一個答案，他只是轉過了頭，望著遠遠處那整片櫻花樹林，嘆了一口長氣，自顧自地說：「不管是留或走，反正祖靈都已經被觸怒了，外地人當然可以貪生怕死，拍拍屁股就走，而我們呢？我們該怎麼辦才好？這年頭，連出草都被法律禁止了，我們還能拿什麼去安慰祖靈呢？」

「村長，你這話到底是什麼意思？」可美吞不下胸中這口氣，踏上前一步開口就問。

「夏小姐，如果沒什麼事的話，請妳早點下山去吧，倘若喜歡附近的風景，妳也可以到什麼清境農場啦、廬山溫泉之類的地方走走，但我們這個小部落，妳最好就別再來了。」村長嘆口氣說：「不是我不歡迎妳，事實上，如果妳能遵循我們的習俗，一切按照正常的規矩來，那麼我不但非常歡迎，也很樂意盡情招待妳。但現在真的沒辦法了，這些不懂事的年輕人如此無知，他們對祖靈的概念何等薄弱，以致於竟然從頭到尾都沒人提醒過妳，這是我這個當村長的教導無方，對不起我們的祖靈，以後我死了，不能走過彩虹橋，那也是我罪有應得。但即使如此，在我還活著的時候，依然要想盡一切辦法來補救，解除這個因妳而起的祖靈之怒才行。」

「那你倒是說說，是該怎麼做才好？」覺得莫名其妙，也滿肚子不高興，可美還真想立刻揹起行李，推也要推著機車下山，離開這個鬼地方算了，但如果這樣就走了，那村長說的那些萬一要是真的怎麼辦？她只是很單純地想出來走走，看看外面的世界，給自己轉換一點心境，重新認識自己的人生而已，怎麼搞得好像誤闖什麼古代神殿的三流探險家似的，還啟動了一堆荒謬的神靈之詛咒？我夏可美是犯了什麼錯嗎？我只是機車壞在這個鬼地方，勉強住了一夜，然後半推半就地被找去幫忙收割了兩天的高麗菜而已，這樣難道也有罪嗎？而自己在這個人生地不熟的地方，對他們那些八百年前的古老規矩根本不屑一顧，也完全搞不懂狀況，卻得背上這種匪夷所思的罪名，這實在是一樁讓人很難信服的委屈。她生氣地說：「如果你要我賠償什麼損失的話，儘管說出來好了，我賠給你們，賠完了我就滾，這樣總可以了吧？」

「賠償？祖靈的憤怒難道是可以用都市人那些汙濁的價值觀來衡量的嗎？」村長似乎也生氣了，他嚴厲地說：「夏小姐，請妳放尊重點，不要侮辱了我們的部落。」

「不然我到底該怎麼辦，你說呀！」可美的火氣也不比他小。

「根據習俗，除了出草之外，就只剩下一個辦法，我們要在部落中找到一個真正的勇士，讓這個勇士憑著獨自一人的勇氣與膽量，去完成七件艱難的大事，完成之後，才能平息祖靈的憤怒。」說著，村長嘆氣，「這年頭村子裡的年輕人幾乎都離開了，我們還能找到一個這樣的勇士嗎？」

「不必裝腔作勢了，我知道你肚子裡打什麼主意。」站在可美旁邊的劉吉人滿臉歉疚，本來已經要站出來承擔責任了，但可美沒給他這個機會，手一攔，自己再踏前一步，挺起胸膛說：「我來。」

「妳來？」村長問，口氣裡充滿了輕蔑跟不信任。

「要做哪七件事？你一口氣全都說出來也沒關係，我馬上去辦，辦完了就離開這裡。」可美轉頭對劉吉人說：「這段時間就麻煩你幫我想辦法把機車修好，好嗎？」

「好。」村長哼了一聲：「我既是村長，同時也是頭目，該做什麼事情也由我說了算。」

「說吧，第一件事是什麼，我洗耳恭聽。」可美氣極了，反而冷笑起來，她不相信這年頭還能有什麼迷信的詛咒，反正台灣就這麼丁點大，只要口袋裡有錢，只要手機還有電，她在這裡辦不了的，打通電話也總能找到人幫忙才對。

「我可以借妳一輛機車，妳現在沿著山路騎過去，中間會經過一棵大樹，那棵樹已經死掉了，只剩下粗壯的樹幹，非常好認。經過那棵樹的時候別去碰它，那樹上住著精靈，任何人碰到它都會招來惡運。」

「好，我會記得。」本能地想拿出筆記本來記下，但可美一摸自己斜揹著的小包包，卻想起筆記本老早就丟了。

「過了那棵樹之後，妳繼續往前走，是一段路況有點差的上坡，要小心可能有土石坍方，最近山上常下雨，路基很容易流失。經過那段上坡後，會有好長一段路都很蜿蜒，或許你們這種都市人會覺得風景很美，但是那可能是惡靈故意佈下的陷阱，當妳沉迷在美景之中時，搞不好就會失足掉進深谷裡。」

「放心，我不會被惡靈給迷惑的。」可美沒好氣地說。

「那就好。」村長點頭，說：「等妳翻過那座山，再經過一座吊橋，就會看到一個小部落。妳到那個部落後，記得要遵守規定，別隨便亂碰東西，現在是農忙季節，妳已經在這裡違反了一次規定，觸怒了我們的祖靈，千萬別連人家那邊的規矩也給壞了。」

「好啦。」可美懶得聽這些，她只想知道自己的第一個任務究竟是什麼，村長見她點頭，才又說：「走進那個村子之後，留意妳的右手邊，會看到幾個舊木雕，在那些木雕作品旁邊有一家不起眼的小店，妳走進去後，找一個叫作花枝的女人，這是漢人的名字，請妳不要誤會。」說著，他從口袋裡拿出一百元鈔票，交到可美手裡，說：「這是信物，她看到這張百元鈔票後，自然就會明白意思，而妳也不要在那裡東張西望，因為看到不該看的東西，就可能會帶來惡運。妳只需要跟她拿一種叫作『生命果』的東西就好。」

「『生命果』？」可美問，她從來沒聽過這世上有一種東西叫這名字的。

「是的。『生命果』裡蘊涵了強大的生命力，那簡直就是一種魔法，這果實的妙用無窮，卻不是任何人都能吃得起。妳拿著信物去，跟她換回果子，然後拿來給我，我會分給部落裡的人，希望藉由『生命果』的庇祐，讓大家得到平安。」村長語重心長地說著，同時眼神已經從原本的銳利轉趨和緩，他說：「夏小姐，妳是一個勇敢的人，如果妳能順利做完這七件事，妳將會成為我們部落裡真正的小天使。」

部落生活守則：會唬人的不只是村民，村長本人原來才是真正的大行家。

花枝雜貨店的老闆娘拿了一百元兩盒的檳榔給我時，笑得嘴都歪了。

那天要尋訪花枝小姐前，劉吉人用來鼓勵可美、為她壯膽餞行的方式非常可笑，他先趁著劉媽媽沒注意時，從貨架上偷拿了兩罐麵筋罐頭跟一小盒餅乾，另外還有一瓶冰箱裡的可樂，說路上如果肚子餓了，至少可以暫時充飢。說著又跑進廚房，拿來一個小小的玻璃瓶，打該瓶蓋時有股淡淡的香甜味竄了出來，劉吉人拿根牙籤從罐子裡戳出一小塊東西，要可美張開嘴巴。

「這什麼？」瞧那暗紅色略呈扁形的怪東西，可美有些疑惑，劉吉人告訴她，這可是難得的好東西，「我一個阿姨醃的番茄蜜餞，非常好吃，不過因為成本很高，而且費工費時，所以數量不多。去年颱風多，番茄收成不好，就只醃了一點點，我平常根本捨不得多吃。」

將信將疑，可美並不是愛吃蜜餞的人，但勉為其難嚐了一口後，卻覺得滋味竟出奇地好，劉吉人說這主要原料雖然是番茄，但醃製時還放進了梅子、茶葉跟純蜂蜜，所以不管是氣味或口感都屬於上等，唯一的缺點就是不能量產，否則他老早到埔里鎮上去賣這個了。「有我最喜歡的食物給妳加分，妳的偉大任務之旅一定會順順利利的。」劉吉人說。

「老實說，我覺得村長很可疑。」可美忍不住懷疑。

「不只妳覺得可疑，連我都不怎麼相信。」劉吉人點頭，但很快又搖頭，說：「不過就算我不信，也沒辦法不聽他的，一來他是村長，二來他是這個大家搶著自稱頭目的村子裡，唯一一個比較具有頭目血統真實性的人物。」

那是一種怪異的感覺，可美愈來愈覺得自己好像掉進了一場夢境中，搖身一變就成了哪個線上遊戲裡的主角，手執寶劍、跨上駿馬，準備前往一座遙遠且險惡的山中去討伐什麼妖怪。那些電視裡常常出現的電玩遊戲廣告總愛找性感火辣的宅男女神代言演出，可美感到荒謬，沒想到自己居然也有一次演出機會。這很像夢，卻不是很糟糕的夢，比起發生在台北的那些爛事，她還寧可活在這個雖然匪夷所思，但至少可愛得多的夢裡。

劉吉人把自己家的機車借給可美，那是一部很老舊的機車，騎起來好像零件都快散了似的，引擎發出轟隆巨響，而且儀表板八百年前就故障了，既不會顯示行駛速度，也沒辦法顯示油錶功能，為了避免發生路上熄火的窘事，劉吉人從屋子後面拿出一桶庫存的汽油，預先將油桶加滿。

帶著忐忑跟懷疑，可美騎上機車出發，她的想法非常簡單，不管村長說的那些究竟是真或假，自己既然硬著頭皮扛下了這個擔子，那就只好乖乖地辦完才行，辦完之後，她再也不要留在這種怪地方，一定要立刻走人。在劉吉人帶著擔憂與歉然的眼光中，可美催動油門出發，依照村長的所有指示，先經過一株果然非常巨大的乾枯神木，又在崎嶇的泥土路上騎了好長一段上坡，並且在彎彎曲曲的山路上迂迴前進，最後才抵達一個小小的部落，並且發現路邊果然有一堆都快腐朽的木雕作品，同時還發現了木雕作品旁邊的花枝雜貨店。

接下來的一切就真的讓可美差點崩潰了，當她小心翼翼地拿出那張上面可能用神奇墨水寫下什麼符文或密碼的百元鈔，遞給那個名字也叫花枝的原住民老婦人時，花枝老太太一聽說她是前面村子的村長派來的，便轉個身在貨架上拿了兩盒檳榔，交到可美的手中。

「這就是『生命果』？」可美瞠目結舌。

「對呀，當年呀，老陳還是小陳的時候，他吃的第一顆檳榔就是我賣他的，那時候他讚不絕口喔，就說這個是能為他帶來生命能量的果實，以後每次來買，都說這叫作『生命果』，哎呀，在我這裡一買就買了幾十年哪，妳看他現在都當村長當了快一輩子囉！」說著，笑起來嘴裡沒剩幾顆牙的花枝老太太開始回憶起當年，完全把目瞪口呆的可美晾到一邊去了。

看來一臉嚴肅的村長並沒有多解釋這個任務，但每個人全都笑翻了，住在村長家隔壁的哈士奇說：「花枝姨的檳榔很好吃，遠近馳名，這個大家都知道，但是什麼觸怒祖靈之後要做七件事來贖罪，這大概只有妳這種都市來的小孩會被騙吧？」

「搞不好真有這回事呀，只是我們不曉得吧？」哈士奇的老婆是個年紀很輕的女孩，今年才剛滿二十歲，她一臉認真地說：「你們誰敢保證自己很懂部落裡的傳統或傳說？」

「就是說呀，我不懂，可是你們搞不好也沒比我多知道多少。」見到有人聲援，可美急忙站了過去，雖然覺得自己大老遠去幫村長買檳榔的這件事實在蠢了點，但她不想落得一個「都市裡的傻小孩」的臭名，所以急著替自己申辯。

「如果買買檳榔就能讓祖靈很開心的話，那以前的原住民幹嘛還需要出草？」一群人窩在一起，大家對這件事依然議論紛紛，前幾天割菜時見過面的那個黑貓又提出質疑。

「搞不好是祖靈們也跟著進步了，所以改變方式了？」旁邊有人搔頭納悶。

「那上帝呢？我們以前去教會都只會禱告，也不知道上帝開不開心，要不要下次捐獻的時候，大家也拿點檳榔去？」然後又有一個人開口。

「上帝會吃檳榔嗎？」另一個人煞有其事地接著問。

「入境隨俗嘛！上帝都來我們部落這麼久了，應該學會了吧？」前一人回答。

「那我看最好不要只帶檳榔，大家自己釀的小米酒也應該順便帶去。」跟著住在附近的一位老婆婆也提議。

「我兒子前幾天抓到兩隻飛鼠，烤好的肉還放在冰箱裡，我可以捐那個嗎？」然後再有人問。

那一霎時，各種千奇百怪的提案紛紛被提了出來，不只檳榔、小米酒跟飛鼠肉，還有人打算捐出自家的醬菜、誰的親戚從台北寄回來的名牌糕點，甚至劉吉人他家隔壁的阿姨還自告奮勇，要把她那個整天只顧著喝酒，工作卻很懶散的老公捐出來，無償獻給教會當一年苦工。

「現在怎麼辦？」眼見得情況一發不可收拾，可美退後一步，小聲地問劉吉人。

「放心，等待會肉烤好了，酒一開始喝了，大家很快就會忘記這些喝醉前說的鬼話的。」

劉吉人倒是一點也不擔心，說得輕描淡寫。

小小的村落裡有兩座教堂，還有一所小學，不過教堂大門通常關得緊緊的，只有假日做禮拜時才會開啟，而小學本來學生人數就少，現在又值暑假期間，根本也沒有什麼人。趁著天氣好的週日，村子裡要舉辦烤肉活動，這不過百來人的小地方幾乎全部動員，大家聚集在教會外的空地上，各自搭起火爐。發佈活動訊息後，村長給了可美第二項任務，就是要她負責一個爐子的生火工作。

那能算得上是一個「爐子」嗎？可美臉上露出狐疑。這片空地算大了，足可聚集七八十人，各家的烤爐都長得不太一樣，而在最角落這一塊，由村長提供的爐子最是特別，它根本不是可美想像中的烤肉爐架，只是一個破舊的炒菜鍋，下面架了一個鐵條焊成的支架而已。劉吉人一看到那個烤肉鍋就顯得很開心，他說這是去年自家淘汰之後，本來要丟棄的舊鍋子，但村長卻從垃圾堆裡把它給搶救回來，還珍而重之地拿回家當烤肉爐。

廣場上大概有七八撮人，一組約略都在七八人左右，有些是兩三家聚在一起，有些家族成員較多的就自成一圈，村長家人丁單少，劉吉人也只有老母還在村中，於是就過來一起搭伙，只是劉媽媽守在雜貨店裡走不開，村長還有公務在身也不克前來，幾個村長家的小孩又幫不上忙，所以真正能做事的也還是這些個年輕人。可美本來以為生火烤肉的事輪不到她，沒想到鍋子才剛架好，劉吉人跟燒餅就肩起鋤頭，拿起鐮刀，說要去菜園子找點野菜。

「只是生火而已，妳沒問題吧？」劉吉人擔心地問。

「放心，我可以。」捋起衣袖，可美想到那句古人說過的話，天助自助者。

「真的沒問題？不然我來也沒關係，反正燒餅可以自己去找菜。」說著，劉吉人就想接手可美手上的工具。

「真的可以啦。」可美瞪他。

「小心木炭，不要燙到手喔。」

「知道了。」

「小心風向，別被燻到眼睛喔。」

「明白了。」

「小心衣服，不要燒破洞了喔。」

「了解了。」

「小心……」不知道劉吉人接下來還想囉唆什麼，可美抓起一把木炭作勢要丟過來，逼得他閉嘴。

看著兩個大男人扛著鋤頭、手拿鐮刀往菜園子走去，可美忽然笑了出來，這種體貼其實像極了她那個前男友。不知道為什麼，大家好像總把她當成一個什麼也不會的小女孩，可美心想，我是這樣的人嗎？為何我總給人這樣的感覺呢？她不懂，看著走遠的背影，她也不免感嘆，那個她曾深愛過的男人，後來已經把這種呵護跟關心給了別人，卻留給她一身的傷，而眼前這個男人不是她的什麼人，卻也願意這樣關心她。

「小天使，不要發呆呀。」正出神著，黑貓忽然拿著好幾張摺疊椅踅了過來，拿了一把給她，「坐下來比較輕鬆。」說完，很快地又往一邊到處發放椅子去了。可美心下感激，其實對她好的不只是劉吉人跟黑貓，而是這整個部落，或許這就是劉吉人說的「人情味」。

鍋子不大，底部呈圓弧形，正好可以用來塞木炭跟火種。憑藉著一點微薄的知識與大學時曾和同學們一起烤過肉的記憶，她也不去管那些到處奔跑嬉鬧的村長家小孩，自顧自的，先將一整袋的木炭敲碎，把較大塊的木炭鋪平在鍋子底部，再將細末碎塊灑上去，然後用打火機點著了三個火種，分別用夾子送進了鍋子裡。見那火種燒著，可美抓起一把把的木炭碎末，小心翼翼地灑到火種邊緣，然後拿起摺好的報紙便搧起風來。

這不難嘛，細小的火苗一旦燒著了旁邊的木炭碎灰，很快便產生白煙，可美心中有些得意，看看旁邊那幾組人還在喝酒聊天，根本沒認真工作，這些人待會只能看著我們鍋子上熱騰騰、香噴噴的烤肉流口水吧？可美一方面佩服這村子的向心力，一個簡單的活動，居然能號召幾乎全村村民共同參與，但一方面也為自己的生火順利而有些驕傲，報紙搧得更用力了些，那陣風颳起了更多的白煙，甚至連煤灰都飛了起來，可美用力搧了幾分鐘，本來以為白煙過盡之後就會看到火光的，沒想到那陣煙霧久久不散，好不容易終於平靜下來時，根本不見火光，甚至連本來已經有幾塊被燒紅的木炭現在也呈現一片死寂的黑色。

那當下可美一愣，沒想到用力過猛的結果居然會變成這樣子，用夾子撥開木炭，確定那三個火種都已燒完，她趕緊朝旁邊瞄了幾眼，趁沒人發現她出糗，又拿起另外一小包火種，照樣再點燃，也分別放進鍋子裡。這次更慘，她把幾根木炭擺在火種周邊，結果它們全坍了下來，不但火沒有生起，連火種也接連又被壓熄，最後火種燒光，她的鍋子還是平平靜靜，一點溫度也沒有。

「就這樣的本領，妳還想留在部落裡嗎？」村長不知何時忽然踅到她背後來，還冷笑著說：「哼，我看妳也不用瞎忙了，趕緊回劉吉人家去，把東西收拾收拾，早點下山去吧妳。」

從小到大，可美從沒受過這樣的侮辱，那幾句話讓可美很想把夾子往地上一摔，站起來直接走人算了。但村長瞇著眼看她，又說：「我早就知道你們那種平地小孩平常只會飯來張口，根本沒辦法靠自己的本領做點什麼事，想走妳就走吧，祖靈的憤怒跟妳也不相干，是福是禍就讓我們村子裡的人自己承擔吧。」說完，他轉身就走，留下可美氣得渾身發抖。

「更年期啦，男人也有更年期，村長大概就是更年期到了，才會這麼神經兮兮的。」哈士奇的老婆本來在一旁準備竹筒飯的，連忙過來安慰可美。

「對呀，再不然就是他心生嫉妒，人呀，一旦有了嫉妒的心理，就會變成可怕的撒旦，做出邪惡的行為，像草叢裡面偷偷摸摸的毒蛇一樣。」黑貓也小聲地說。

「有時間在背後說別人壞話，倒不如快點去把火生起來！」結果神出鬼沒的村長不知怎地竟又從另一邊轉了出來，他一聲斥喝，嚇得所有人倉皇逃散。

又氣又惱，可美看著那一鍋風平浪靜的木炭，簡直莫可奈何，正想再去跟別人要點火種，只見劉吉人一手抓著一把青菜，另一手卻提著一個奇怪的東西走過來。

「有沒有用過噴燈？」劉吉人把那東西拿到可美面前，見她搖頭，他說：「妳知道為什麼大家都不急著找火種來生火嗎？就是因為大家都知道，雖然我們住在偏遠的山區，但還是可以享有現代工業社會的便利。」

「講重點吧，我都快煩死了。」攤著手，可美說。

劉吉人笑了笑，扭開噴燈的瓦斯旋鈕，拿著打火機在噴燈出火口一點，立刻就有火苗竄出。他將噴射出的火苗對準那鍋木炭，只見不到三兩分鐘的時間，木炭立刻就被燒紅，生火居然變成何其簡單的一件事。

「對了，明天村長沒派給妳第三件工作吧？」一邊生火，劉吉人轉頭問可美。

「他大概還沒想到要怎麼繼續整我吧。」可美聳肩。

「那好，我們得去農藥店一趟，新的高麗菜要準備栽種了，有的基肥要先處理，而且我剛剛去菜園，發現有的菜葉好像生病了，明天順便請教一下老闆，看是不是該噴點藥。」

「生病？生什麼病？」可美問：「那怎麼辦？要不要摘一兩顆有病變的菜，明天好順便拿去農藥店給人家看看？」

「摘了菜去農藥店？」

「你剛說了看病不是？病人不去醫院，醫生怎麼看診？」

劉吉人哈哈大笑，他接連搖了好幾下頭，把噴燈換到左手，右手則從口袋裡拿出一支智慧型手機，隨便滑了幾下，出現了通訊軟體的畫面，然後遞給可美看。

「剛剛不是就說了，我們雖然住在偏遠的山區部落，但一樣可以享受高科技的現代文明呀。」他指指手機的畫面，說：「這年頭誰還大老遠扛著一堆有病的菜，翻山越嶺去看醫生？我剛剛就直接拍照片傳過去了。」

「啊？」可美瞪眼。

「用點腦子，讓生活稍微文明一點吧，好嗎？」劉吉人驕傲地說。

15

住上幾天後，可美終於明白了，為什麼劉吉人不靠農務賺錢，更不仰賴小雜貨店的理由。劉家的房子是低矮的兩層樓建築，房間非常少，一樓除了廚房衛浴之外，只有一個小客廳跟兩個房間，其一是劉媽媽的，另一間則是劉吉人的。那天可美在廚房後面的洗手台邊洗好衣服，劉媽媽則剛煮好菜，可美奉命來敲劉吉人的房間，不料房門沒鎖，一碰就開，劉吉人在房間裡，雙眼盯著電腦螢幕上那一堆亂七八糟的字碼，可美這才曉得，劉吉人從事的真正的工作，是幫許多中小型企業撰寫適合的電腦程式。

「你這個寫好之後要怎麼給客戶？」可美好奇地問，而劉吉人沒有回答，倒是把手指了指，原來電腦上還連結著網路線。

看起來似乎很悠閒，但其實又沒有太多真正屬於自己的時間，在村長遲遲還沒發下新的指示之前，可美每天一早醒來便跟著劉吉人到處農忙，有時是幫忙料理別人的田地，有時則在劉媽媽的小菜園裡幫著遞送東西或跑腿打雜，接近中午時，他們三個人圍在一起吃飯，等到下午時分，劉吉人有時會在屋子後面繼續研究可美的機車，或者乾脆騎上劉媽媽的老爺車，載著可美到附近去跑一跑。他問可美有沒有看過前兩年紅極一時，描述霧社事件的那部電影，但可美也說不上來自己究竟看過或沒看過，她依稀知道電視台播過幾次，自己曾經轉到過，但既聽不懂也不想知道那些打打殺殺的劇情，所以很快就又轉開。

「賽德克族的族人們應該要感謝這部電影，不然即使正名了，人家也還是一樣不曉得我們的存在，大家都還是把我們跟泰雅族混為一談。」劉吉人說：「雖然非常相似，在語言跟種種外觀特徵上也有相當的共通性，但賽德克人是賽德克人，泰雅人是泰雅人，不一樣就是不一樣。」

「可是其實在大多數的漢人眼裡，原住民都長一個樣。」可美說。

「這就是你們傻的地方。」劉吉人搖頭，「在百來年前，妳如果看到阿美族人也許能毫無戒心走過去跟對方交上朋友，因為阿美族人最友善，但如果是泰雅族或賽德克族，妳傻傻地走過去，搞不好人家番刀拔出來，妳腦袋就撒喲納啦了。」

從村子出發，走上一小段山路，很快就抵達廬山溫泉風景區。劉吉人說這裡已經受到政府勒令禁止再開發，除了不斷進出的砂石車意味著風景區的整治之外，其他時候總是這樣冷冷清清，很多人的生意都大受影響。

「那在這裡做生意的原住民不就很可憐？」可美問。

「別傻了，懂得到山上這些風景區來賺錢的，通常都是平地人。真正住在山上的原住民哪，就像妳看到的那樣，絕大多數都是務農的，只能靠體力、靠天氣來賺一點辛苦錢而已。」

劉吉人帶著可美走進溫泉區，經過一條往昔曾經十分熱鬧的飯店小徑，來到比較靠近後方的空地，指著不遠處說：「這邊以前叫作馬赫坡，馬赫坡社當年最有名的頭目就是莫那魯道，而稍微往前一點的農藥店，那個地方現在叫作春陽部落，以前則叫作荷戈社，荷戈社也是參與霧社事件的部落之一。不過這些部落在事件之後所剩人口很少，而且又被日本人強迫遷居出去，他們原本的土地、獵場則分給了其他比較親日的部落，再加上光復後的很多政策，讓原住民不斷搬遷的結果，現在整個都已經打散了，誰也分不清楚誰是哪個部落的。」

「所以你也不知道自己以前是哪個部落的嗎？這樣豈不是非常悲哀？」

「知道自己從哪裡來的、為什麼會在這裡，這樣就夠了。與其一天到晚緬懷那些過去的東西，不如睜開眼睛好好看看未來。我們沒忘記自己背負著的歷史，但也不應該只是看著祖先們的光榮歷史，卻另一方面又悲哀著自己現在的落魄潦倒，對吧？有時間感慨那些，不如好好地努力工作。現在部落裡有很多年輕人都慢慢地回來了，重新拿起農具，開墾祖先們留下的土地，這樣就足夠了。以前不同的部落會彼此敵對，但現在大家都是一起賣力工作的好農夫，這樣應該比較有意義點。」

可美點點頭，聽著劉吉人說的話，細細思索，覺得似乎很有道理，她想起自己埋藏在心裡的那些祕密，頓時間覺得，一比之下實在小兒科很多，人家扛著歷史與文化的使命，胼手胝足在過著樸實的日子，而自己呢？卻只能傷春悲秋地逃出台北，惶惶然不知所措。走過石板路，在一片樹林間坐下，可美還在想著那些，還來不及仔細整理出思緒的結果，劉吉人又說：「當然啦，不願意回來的人也還是不少，我在台北工作那幾年，也遇過很多不願意承認自己血統的原住民，不管來自哪個族，或是哪個地區，有些原住民總覺得自己的膚色跟輪廓代表的就是一種落後與低下，我難得在台北遇到一個原住民，興高采烈想過去打招呼，結果人家還帶著原住民口音，卻打死不肯承認，一直說自己是漢人時，妳知道那種感覺有多差。」

「為什麼會這樣？」可美問。

「人嘛，總會有些不願意對人承認的東西吧，我也不知道。」劉吉人搖頭，說：「但如果要我去責怪他們的不爭氣，我倒寧可歸罪於那是都市競爭的結果。那是個太講求進步與現代的城市，在那樣的環境裡，太相信人性，或者太習慣了自由的民族是很難有競爭力的。而麻煩的是我們的五官、講話的腔調，卻貨真價實地就是一張張明顯的標籤，貼在身上，想撕也撕不掉，所以有些在城市裡打拚的原住民才不得不極力想和自己的血統撇清關係。而我這麼說，並不是排斥住在都市裡的那些人，他們也有苦衷，對不對？我自己也經驗過呀，妳不去參加競爭，就註定了要被淘汰，為了避免遭到淘汰，只好卯起勁來跟別人競爭，課業成績要爭，考試分數要爭，公司新人錄取名額要爭，進了公司，業績也要爭，升遷機會還要爭，為了一點往上爬的機會，搞得爾虞我詐，充滿心機、鬥爭跟背叛，累都累死了。」

可美聽著，心裡有些迷惘，一時間不曉得應該說些什麼才好，在劉吉人的說法中，她自己就屬於站在對立面的那些都市人，但她真的跟他們一樣嗎？還沒真正進入社會，她才剛拿到大學文憑半年，而這半年中所過的全都是渾渾噩噩的日子，究竟社會競爭的型態是怎樣的，自己一點概念也沒有，甚至以後她就算去了父親的公司任職，那也是個空降的位階，根本沒有和別人一起在基層互相角力的機會。不過劉吉人的話卻讓她想到了別的方面，她想起的是自己大學時候跟其他同學競爭社團幹部職位時，曾被人造謠中傷，說她光靠著一張臉，頂多只是長得好看了些，才能在社團裡頭賣乖佔便宜；也想到前男友在剛開始打工時，被同家店裡的前輩們打壓；然後又想到自己這半年來之所以如此狼狽，說穿了還不是因為在感情上遭到背叛，徹底心碎了才讓她絕望透頂？看樣子劉吉人說的倒也沒錯，要在那樣的城市裡自在地活著真的很難，想要擁有一份真誠的愛則更難。

「你有沒有覺得，這世上似乎沒有什麼真正的愛？好像不管嘴裡說得多麼情深意重，但遲早都難免要面臨分別的那一天？」想著，她問劉吉人，又強調：「我說的不是什麼人情味喔，是『愛』。」

「那得看妳如何定義『愛』吧。」劉吉人搖頭，說：「不過話說回來，定義了又怎樣？離不離開又怎樣？除了親情之外，朋友之間的愛、情侶之間的愛，那可以有千百種開始的方式，當然也就會有千百種進行的方式，有些人隔了十萬八千里，還是愛著對方，妳說那算不算是愛？」

「不是身體之間的距離，我說的是這裡。」指指心口，可美說。

「真心嗎？我不知道怎樣才算得上是真心，至少在我回到部落之後，就沒什麼想這種問題的必要，」劉吉人忽然笑了出來，說：「在這裡，我們沒有任何人存了欺騙對方的意圖，所以當然也沒有揣測對方是否真心的必要。」

「難道你們連愛一個人都會不顧一切、無私地掏心掏肺嗎？」可美搖頭，「你不怕受傷，不怕終有一天那份愛會落空？不怕事情到了最後，自己原來竟成了最不被需要的那個人？」

「那又怎樣？如果真的這麼不幸，那就喝喝酒、唱唱歌，好好發洩一下就好了嘛。」劉吉人聳肩，忽然從口袋裡拿出一支小口琴，胡亂吹奏了幾個音節，跟著又從口袋裡掏出一個小罐子，打開來，還是那陣濃郁的蜜餞香味，他用瓶子裡的小叉子戳起一塊蜜餞，遞到可美面前，說：「別人怎樣，這個我不知道，不過至少在這個部落裡，或者絕大多數我所認識的原住民，我們都一樣，喜歡一個人，或者對一個人有好感時，我們會很願意把所有的好東西都與對方分享，至於對方最後會怎麼選擇，是接受或拒絕，是留下或離開，我們從來也沒有多所考慮的必要。」

「就算這份愛總有一天會消滅，難道你也不難過？」可美皺眉，她不能認同這樣的想法。

「因為我從來不擔心愛或不愛的問題。」

「為什麼？」

「因為有愛的人只要還活著，就一直都會愛著。」劉吉人理所當然地說著，也不管可美還要繼續說什麼，手往前一努，蜜餞碰到了可美的嘴邊，讓她吃了下去。「看吧，愛就是一件這麼簡單的事情而已。」

心裡有愛的人，只要還活著，就一直都會愛著。

16

村長那邊最近沒消沒息，始終沒下達第三道指令，可美雖然也不急，但總是記掛在心，不過她一點也沒有等待的閒暇，劉吉人總能適時地發現可美的無聊，隨便指點出可以要她幫忙的工作。

「你不知道其實我很忙的嗎？」起初只是蹲在路邊逗弄著村長家的狗，可美忽然聽到劉吉人在後面叫她，說農藥店的老闆很快會送貨上來，要她去招呼招呼，又拿了一疊鈔票，說這是應付帳款，還特別叮嚀要拿收據。

「那隻狗真正會讓人忙的時候其實是冬天。」劉吉人手指在鼻孔下一比，說：「看過狗流鼻涕還要人來幫忙擦嗎？到時候妳就知道。」說完，他也不再囉嗦，轉個身卻往黑貓家去。

「黑貓不在家，我看到他剛剛出去了。」可美在後面叫著。

「我找他兒子玩遊戲去！」連頭也不回，劉吉人揮揮手說。

他知道自己其實正在胡思亂想，是嗎？劉吉人走遠後，可美看看黑貓家的方向，再回頭看看劉家這邊，劉吉人的房間有個小窗，正好可以看到自己蹲在這兒的身影。他是不是在窗口看了我很久？知道我也許心情悶了，所以才找事讓我做？可美問自己，卻沒有答案。前幾天看到劉吉人的電腦能上線，她其實心裡跳了一下，有些想跟他借用電腦來上網的衝動，離開台北一段時間了，雖然以往並沒有特別依賴網路，但那畢竟是住慣「文明世界」的人生活中不可或缺的一環，只是這念頭在她心裡來去都很快，可美很快打消想法，因為她既不知道自己上網之後要看什麼，網路上也沒有能讓她聯絡的人。如果只是要找狗骨頭或王漢威，她那支現在很少打開電源的手機拿出來就能用了。

等了二十分鐘，農藥店的老闆來送了貨、收了錢，又離開之後，可美又閒了下來，腦海裡雖然沒特別去想些什麼，但總是百無聊賴，難免回憶起一些過往，就在她屁股剛坐下小板凳，還沒來得及發呆，卻看到劉吉人從黑貓家晃了出來，說遊戲玩不過小鬼，真令人沮喪。

「你有時間去陪小孩玩遊戲，為什麼不自己清點這些農藥跟肥料，也不自己跟老闆算帳？」可美問他。

「我是一片好心，怕妳太無聊。」說著，他把手指向雜貨店的旁邊，「走吧。」

「又要去哪裡？」

「肥料送來了，就表示灑肥料的時候到了。」劉吉人裝出來的樣子非常瀟灑，但一點也讓人開心不起來。

這一等就等了快兩個星期，就在可美以為村長大概已經忘了那個極可能只是胡扯的詛咒解套規則後，那天剛陪著從教會做完禮拜，走出小教堂時，村長忽然叫住她，終於下達了第三個指令。

「夏令營？這也能算嗎？」

「嫌簡單嗎？」村長冷笑一聲，「我還怕太難的事情妳辦不來呢。」說完，他微微佝僂但依舊健朗的步伐轉了開去，竟再也不回頭看上一眼。

剛剛在教會裡，牧師還現場問起每個人，想公開徵求自願來當夏令營老師的民眾，然而每個人都有各自的活兒要忙，大家彼此互看幾眼後，居然沒人舉手，這讓牧師感到相當難過，但現在可好，村長這一招可謂一舉兩得，不但解決了牧師的難題，同時也讓七件贖罪的工作又完成一件，而這件事也不難辦，只是得花多一點時間。

「接下來就拜託妳了。」開心地握著可美的手，年邁的牧師臉上有感激的笑容，說：「沒想到妳會自願接下這個工作。」

帶著啼笑皆非的心情，跟劉吉人一起回來。劉媽媽一早就跑到鄰近部落去拜訪親戚了，餐桌上沒有熱騰騰的菜餚，看來只能把冰箱裡的剩菜拿出來加熱。劉吉人打開大冰箱，隨便拿了點食材出來，居然親自下廚，知道可美依然不太能接受山上特有的調味料，所以刺蔥、馬告之類的乾脆都不放了。炒了兩個菜，他又走到雜貨店去，隨便挑了些罐頭回來，當中還有可美愛吃的玉筍跟麵筋。

「你媽遲早有一天會發現家裡的小偷就是你。」可美看看罐頭，又指著冰箱，問：「裡面該不會已經空了吧？」

「差不多。」劉吉人嘆氣。

住上一段時間後，可美已經知道，這山上最不缺的就是青菜蔬果，但如果想吃魚肉就相對麻煩許多，山上的原住民不會每天去埔里街上採買，比較常有的方式是每週約下山一到兩次，一次添購較大量的魚肉類，然後帶回家來冷凍或冷藏，也因此幾乎家家戶戶都有一個這種很像餐飲業者才會使用的大冰箱。

說起夏令營的活動，劉吉人笑著說那真是村長的一石二鳥之計，同時也勸可美，如果不想陪村長玩這個無聊遊戲也無妨，想拒絕其實隨時可以拒絕。

「拒絕之後呢？就真的拍屁股走人了嗎？」

「妳願意留下來一起放暑假當然也很好呀，」劉吉人問：「妳趕著走嗎？或者還想到哪裡去尋找所謂的愛？如果沒有的話，那留在這裡多住上一段時間又有何不可？」

沒有說話，可美想了想，只點了點頭。她想起那天在廬山溫泉附近，在那個什麼馬赫坡舊址的樹林邊，劉吉人餵給她吃的一口蜜餞。那天劉吉人沒再多說或多做什麼，那個舉動與其說是對異性的暗示，倒不如說是對一個小女孩的疼愛或照顧吧？她知道劉吉人自從離開台北後就沒再交過女朋友，卻也不曉得他現在的愛情觀究竟如何，而自己在愛情這條路上傷痕累累，她即使很想知道究竟什麼是愛，但如果有一天，當真愛真的又找上門時，她也懷疑自己有沒有敞開心房接受的勇氣。

「你知道住在山上這段時間以來，我最大的心得是什麼嗎？」可美忽然問。

「願聞其詳。」

「居住品質或飲食習慣的當然就不用說了，重點是這地方的人呀，你們讓我覺得夏可美一點都不像本來的夏可美。」

「可以白話一點說明嗎？」劉吉人皺著眉頭挖苦她。

「以前的夏可美是十足十的大小姐，別人不能在她面前亂講話，不能耽誤她的時間，也不可以隨便給她製造困擾。」

「犯了這些錯的人會怎樣？」

「也不會怎樣，只是夏可美會不開心，這樣而已。」可美想了想，又說：「在那個世界裡，夏可美精打細算，非常講究辦事效率，特別留意時間，她不但能照顧好自己，也能照顧男朋友，甚至還可以把學校社團管理得井井有條；可是現在的夏可美卻完全變了樣，感覺上這村子裡的每個人好像都拿她當小女孩看待一樣，覺得她非常笨，而且隨時可能受傷或什麼之類的。」

「妳以前有這麼厲害？」劉吉人瞪眼，又問：「那現在呢？夏可美是壞掉了嗎，還是哪根螺絲沒鎖緊，又或者程式上出現了什麼問題，不然怎麼變成現在這副德性？」

「天曉得。」可美聳肩，自己也笑了出來。

「或許是因為死過一次？」這句話讓可美一愣，一時還沒搞懂，坐在她旁邊，劉吉人指指可美左手上的那道疤。

啞然失笑，可美本來以為沒人會留意到的，但劉吉人說其實他老早就發現了，還說那疤痕很新，看來就像是剛痊癒不久的傷。

「也對，可能是因為我死過一次。」可美想了想，點點頭，「以前那個什麼都很厲害的夏可美已經死了。」

劉吉人笑了笑，不置可否，他不清楚可美究竟是怎樣地死過一次，甚至連她上山的理由也都還一知半解，但他不想問，也不認為有過問的必要，任何祕密或心事都一樣，人們在願意說出口時就會自己說出口，而他從來都不缺的就是耐性。挾了一口菜進碗裡，但沒急著吃，他指指可美的臉頰，問那道小傷疤是不是也是當時留下的。

「你連這個都注意到了？」可美驚訝，除了上次在八里遇到的畫家，從沒有人發現過她嘴邊有一道小疤痕，甚至前男友也沒注意過。

「那道疤很不明顯，應該是舊傷才對？」

「小時候愛玩的結果，我媽說這叫作破相。」可美摸摸疤痕，但劉吉人嗤之以鼻，他說部落裡的小孩們，每個人身上這種貪玩造成的小傷疤起碼都百十來道，誰也沒在乎過什麼破不破相。

「這樣吧，我們下山去好不好？」笑了一陣，吃著飯時，可美忽然抬頭問。

「妳在約我私奔嗎？村長說了，這樣會讓祖靈生氣的唷。」劉吉人噗嗤笑了出來。

「私奔個頭。」可美說：「牧師說了，幫忙帶夏令營活動時如果有需要，可以借用教會的箱型車，既然這樣，那我們明天一早就帶著那幾個小鬼下山走走，順便逛個超市，幫你媽把冰箱裡缺的東西補一補？」

教會不大，報名參加夏令營的不過也才六七個小孩，而且幾乎每一個可美都認識，他們全都是在部落裡出生長大的孩子，還不到需要為了增加社會競爭力而下山去的年紀，最長的那個今年不過小學五年級，這些孩子的父母每天都忙於營生，學校一旦放假，怕沒人管教，所以才送到教會去參加免費的夏令營活動，但事實上牧師根本管不動這些小鬼，於是責任就落到了可美身上。

搭車下山的途中，有人問起一些關於台北的事，也有人好奇於可美的來歷，而更多的是童言童語中，那些小鬼們的熱絡，有的人一上車就把包包裡的零食全都掏了出來，還讓可美優先挑選。跟他們嬉鬧著，可美心想，或許劉吉人說的沒錯，個人的情感也許會隨著生命的終結而消失，但一整個族群的情感卻會累積、流傳而成為傳統，在這個村子裡，友善與好客就是他們的傳統。道過謝，吃了一點零食，跟著又有人問可美是不是嫁來部落了，到底是誰家的新娘，怎麼沒有吃到喜酒？

「我還沒嫁人啦。」這些孩子非常認真地問，可美只好一一回答。

「那好，妳先別急著嫁人，以後我娶妳。」那個五年級的小鬼說：「我以頭目的子孫的名譽發誓。」他信誓旦旦，而可美也記得這傢伙就是村長的孫子。

劉吉人一路上都在笑，也不知道是為了這些童言童語而笑，或自己心裡有什麼開心的事。箱型車順著山路往下開，到了埔里鎮上，劉吉人安排的第一個景點就是酒廠，一群小鬼人手一支紹興冰棒，但他們吃得一點也不滿足，紛紛抱怨沒有酒味，而一走進酒廠博物館，沒人願意聽可美對著牆上掛報照本宣科地說明酒廠歷史，最後這個本來應該很生動的酒廠之旅就以徹底的失敗告終，大家反而在酒廠附近的生鮮超市裡買得不亦樂乎，非得把父母給的零用錢全都砸光不可。

「妳怎麼會以為自己有辦法駕馭這些小鬼？」採買結束後，天色尚早，車子開回部落，劉吉人把生鮮魚肉都存進冰箱裡，也幫可美將一堆零食拿上二樓房間，又走回教會時，只見可美在空地上跟著那群小鬼東奔西逐，已經累得氣喘吁吁，他站在一旁好整以暇地欣賞著，像在看齣鬧劇似的，直到可美已經筋疲力盡，這才把箱型車又開了過來，叫大家全都上車。這回不跑太遠，只開到霧社附近，在一條街邊的巷子裡轉彎，慢慢往下，一直來到山中的小湖邊。這是當初可美上山途中就曾特別注意過的山中湖泊，劉吉人指著圍繞湖泊的群巒疊翠，又指指映得整面青綠的湖水，告訴可美，這裡就叫作碧湖。那群小鬼一等車子停妥便迫不及待地全跑了出去，有些人在湖邊玩泥巴，有些則乾脆跳進了湖裡戲水。而被折磨了一天之後，再也沒力氣跟著跑跳的可美只能沿著岸邊閒走，一邊也注意著孩子們的安全。倒是劉吉人陪著她漫步，從一只掛在腰間的小腰包裡拿出小口琴，悠悠地吹了起來，曲調悠哉，吹了一小段後，這才問可美：「讓他們在山上玩，玩些他們自己習慣的，會遠比帶他們下山要來得輕鬆，對吧？」

「你應該早點說的。」可美嘆氣。

「那妳呢？重新回到那種有霓虹燈、有麥當勞跟肯德基的環境裡，有什麼感覺？」劉吉人的口琴還在嘴邊磨蹭，卻沒繼續吹奏。

「感覺？」可美聳個肩，她也不明白自己應該要有什麼感覺，只能淡淡一笑，說：「說真的，我不知道。看到路上有人賣蔥油餅，聞著味道讓我很想吃，那跟在山上每天都吃刺蔥、馬告之類的佐料相比，簡直就是山珍海味了，按理說我應該立刻去買幾個來吃的，可是不曉得為什麼，我只是想，卻沒真的去買。」

「難道是因為身上帶的錢不夠？」劉吉人一臉認真地問：「那妳早說嘛，我可以借妳。」

「再搗蛋的話會挨揍喔。」可美瞪他一眼，逼得劉吉人閉上嘴，「我只是覺得好像哪裡有點不一樣，雖然埔里其實也不大，尤其是跟台北比起來。但走在街上……」停了一下，可美想了又想，似乎在尋找自己應該有的形容方式，然後才說：「看著路人，我好像看不出來他們在想什麼。台北街頭的路人可能比這個小鎮上行走的路人多上幾百倍，大家都面無表情在走路，以前我老覺得那很理所當然，但現在不曉得為什麼，我卻覺得反而不自在了起來。」

「難道妳剛剛一直有想去搭訕陌生人的衝動？那是妳有病吧？」劉吉人皺眉頭。

「當然不是這麼一回事呀！」架他一拐子，可美說：「我只是覺得很疏離罷了。」

「為什麼？」

「不知道，可能你們大家都猜錯了，其實，在來到部落以前，我在台北才是真正的小天使，但天使的翅膀摔斷了，飛不起來了，於是只好用兩條腿在地上走，走著走著，就發現自己已經失去了天使的超能力，變得跟普通人一樣，甚至也許比普通人還不如，所以在那樣擁擠的街道上，我完全看不出來他們在想什麼了。」

「難道山上的人在想什麼，妳這個斷了翅膀的小天使就能看得出來？」

「至少不難猜吧？」

「那妳猜猜，我現在在想什麼？」劉吉人笑吟吟地停下腳步，可美愣了一下，一時間不知道該怎麼回答，結果劉吉人從腰包裡又拿出一個法寶，依舊是那個小瓶子，打開瓶蓋後也依舊是那陣甜甜的蜜餞香味，「我想問沒有翅膀的小天使要不要吃醃番茄，這妳猜得到嗎？」說著，他用叉子先叉了一塊給自己，露出滿足的享受表情時，再叉一塊給可美，說：「我不知道妳為什麼會興起那樣的念頭，大老遠跑到這種荒山野嶺來找一份虛無飄渺的愛，但說真的我也不認為妳有翅膀跟沒有翅膀會有什麼差別，有時候人正因為失去了一些東西，才有機會再發現其他的美好，有翅膀時，也許妳忙著飛，飛來飛去的，根本沒時間看看地面，但沒有翅膀後，妳才能停下來，好好吃一口我阿姨做的醃番茄，對不對？」

可美的心忽然沉了下來，劉吉人說的話或許可以用來安慰每一個失意的倒楣鬼，那再平凡簡單不過，但每一句卻都衝擊著可美的心靈。她傻了傻，眼見得小叉子還叉著一塊蜜餞在眼前，正想本能地張開嘴去吃，不料劉吉人居然立刻縮手，把蜜餞塞進自己嘴裡，還得意地說：「猶豫太久，取消資格，這一口沒得吃了。」

「太過分了吧你！」發現自己被耍了，可美猛然回過神來，伸手正想打人，沒想到自己站在湖邊的泥石青苔上，一個沒注意，腳下一滑，整個人跌倒在地，她連尖叫都來不及，已經滿屁股的爛泥巴。

「糟糕，這下不但翅膀斷了，該不會連腳也沒了吧？」劉吉人在伸手拉她之前，自己又吃了一塊蜜餞。

「媽的，太沒良心了吧你？」雖然摔得不痛，但爛泥巴沾得可美的屁股跟腿上到處都是，甚至連臉上也有。

「斷了翅膀之後，人才會發現，路，是走出來的。」拉起可美時，劉吉人笑著說：「不管妳以前是怎麼過生活的，也不管妳的翅膀是怎麼失去的，反正現在妳可以安心自在地住在這裡，愛住多久就住多久，直到妳的兩條腿學會走路為止。」

「這麼大方？」

「是呀，等妳學會走路時，再勇敢地慢慢走就好，別怕，我陪妳。」

斷了翅膀之後，人才會發現，路，是走出來的。

17

為了這麼一句話，遲疑了兩天後，可美決定把深藏在自己心裡的祕密說出來。對每個人而言，祕密之所以成為祕密的理由當然各自不一，大學時候看多了年輕人愛來愛去，情人老換個沒完的情況後，她當時覺得這似乎已經不足為奇，但直到自己發生了那件事，才覺得那其實有多不堪，也因此，即使是鳳姨，或是王漢威與狗骨頭，他們知道的內情也不算多，不知怎的，要把當時所見具體地描述出來，對可美而言是極為吃力的一件事，儘管她真真切切地感到悲傷與世界毀滅般的絕望，但要把自己那半年多來的低潮原因解釋清楚卻也依舊困難。

之前不跟劉吉人說，可美考慮的原因有很多，一來她總覺得這個男人雖然年紀並不小，該有一個成熟男人的穩重，足以聆聽別人的故事了，但樂天開朗的原住民血統卻好像又老是讓他在該正經的時候搞笑起來，可美實在無法對著一個嘻皮笑臉的人講述這麼沉重的故事，更何況講了又如何呢？對任何人說這些，不但她自己不會好過一些，別人也不會開心到哪裡去吧？

但這個晚上她很想講，因為劉吉人說了，斷了翅膀之後，才能用走的再把路給走出來。她已經折翼過一次，接下來不能再不肯勇敢地往前走才對，在山上住了一段時間，就算別人不曾質疑她忽然出現在此的原因，難道自己不需要給劉吉人一個更像解釋的解釋？她一想到劉媽媽聽著兒子的話，長久以來都相信這個女孩只是兒子以前的公司同事，就感到萬分抱歉。

下午在湖邊跌倒，屁股撞到了石頭，到現在都還隱隱作痛，但傍晚在門口幫劉媽媽整理雜貨店的店面時，聽到來買醬油的哈士奇他老婆說晚上會有流星雨，她忍不住又心動起來，只是不好意思太麻煩劉吉人，所以才選擇不開口，然而晚飯過後，劉吉人卻主動問起，想找她一起去看。「帶妳去我小時候常去的祕密基地，那裡完全沒有光害喔。」他驕傲地說。

其實何必去什麼祕密基地？只要稍微走出村子幾步，在路燈照耀不到的地方就幾乎完全沒有光害了呀。不過劉吉人都說了，當然也不好拂逆。洗過澡後，換上了乾淨的衣服，劉吉人帶著手電筒已經等在小客廳了，一邊走，他一邊說著，這條羊腸小徑平常少有人跡，所以草叢生長得有點高，據說這在日據時代是一條駐在所開闢的巡山古道，不過現在早已荒廢，他小時候經常跟一些部落裡的孩子到處亂跑，才發現了這條路。

「你離開都市比我久，如果有一天再叫你回去，你會不會更不習慣？」亦步亦趨地跟著，可美走在後面，手上的手電筒四處照耀，她問劉吉人。

「應該不會吧。」劉吉人很認真地回答，一手拿著手電筒照路，一手則拿根竹竿不斷撥打草堆，說著：「雖說回部落住了也兩三年了，但其實我有很多朋友都在台北，偶爾有空，我還是會去找他們聚聚，或者一個人揹著行李去旅行，」他停了一下，轉頭笑著對可美說：「當然不會跟妳一樣傻傻地騎著機車就走，我會搭火車。」

「這一點不必你提醒我。」可美沒好氣。

「在山上的生活當然不能跟平地相比，但說真的，也不見得就困苦或落後到哪裡去，我們一樣可以有網路，有智慧型手機，對吧？為什麼非得那麼認真去區分平地或山上呢？其實都差不多的嘛。如果真有哪裡不同的話，我想大概也就只是山上的人比較單純而已吧。」

沒說話，可美只是聽著，但心裡有點茫然。一路跟隨，走了好一段山徑，在穿過一片樹林後忽地豁然開朗，原來已經來到一處靠近山谷邊的草地上，這一小塊草坪並不寬廣，但草也不長，如果是白天，就非常適合坐下來看風景。劉吉人帶著可美走到山谷邊，但為了安全起見，並不讓她太過靠近。席地而坐，抬頭時，映入眼簾的是繁星點點，有些密集，有些稀疏，竟將原本漆黑的夜空點綴得燦爛繽紛。

「幸好這是夏天的流星雨，如果是冬天，這裡搞不好還會下雪。」劉吉人又拿出口琴，但並沒有吹奏，時間還早，還不到流星雨開始的時候。

「下雪？」

「這裡距離合歡山其實也沒多遠了，有歷史記載我們部落曾下過幾次雪。」劉吉人伸出手去，指指對面什麼也看不清楚的山峰，告訴可美幾個部落的所在位置，也告訴她哪個方向是清境農場，哪個方向又是合歡山。

「那麼，等冬天時，你再帶我來？」

「好呀，但是距離冬天還久，到時候妳會有時間上山來嗎？」劉吉人問。

「我想留下來。」可美沒想到自己能直接地說出這句話，心裡也愣了一下，而劉吉人更沒想到她會這麼說，一時間還沒反應過來。可美說：「雖然你說的很有道理，路是人走出來的，但我不知道自己要用什麼表情跟心情回去那個地方。」

「那地方究竟怎麼了？」這是第一次，劉吉人問她，而且是認真的口氣。

「那是個裝飾得很華麗的地獄，雖然在那裡也有幾個對我很好的長輩或朋友，但可惜的是他們都離開了，所以我更不想再回到那個地方。」在話要說出口的時候，可美多少還有一點猶豫，但她知道這是一個遲早得說出來的故事，而今晚或許是很適合的機會。「我爸媽有一棟很不錯的房子在台北，但他們幾乎都在上海跟蘇州，已經好幾年沒回來過，我在蘇州念了三年高中之後就回台北來，住在那裡，一個人留在台灣念大學。」

「原來妳高中的時候就是留學生了。」劉吉人搔搔頭，又補了一句：「在蘇州念高中，這應該也算留學吧？」

「大概算吧，我不知道。」微微一笑，可美知道這不是故意搗蛋，劉吉人只是想幫她緩和一點氣氛，好讓她更能把話說出口，「當時我堅持要回來念大學，讓我爸媽很不高興，後來我大學延畢，更讓他們差點氣死。」

「妳不像成績不好的人。」

「是呀，我是為了男朋友才延畢的。」可美說：「他的成績不太好，打工跟社團又很忙，所以沒辦法順利畢業，為了陪他，我才決定也多延半年。」

「這不用我說，妳自己一定知道會得到什麼評語。」劉吉人點頭。

「蠢，我懂。」可美苦笑，「在所有朋友的眼中，夏可美一直是個精明的人，不管對什麼事都要求精準掌握，不容許半分差錯，也不允許丁點馬虎。我最常帶在身上，也最常拿出來看的，第一個是手機，第二個則是我從來不離身的記事本。」

「沒有人可以事事精明的。」劉吉人不像在插話，他只是小聲地說。

「是呀，沒有人可以事事精明的，當我以為我已經完全掌握了自己的世界時，才發現這世界原來早已有了缺口，而且就潰堤在我以為最堅強牢固的地方。在我爸媽那棟很華麗的房子裡，我看到我男朋友跟另一個我也認識的女孩子在一起，在我的房間，在我跟我男朋友每天躺著的那張床上……」她還沒說完，但劉吉人忽然伸過了手，輕輕拍了拍可美的手背。

「夠了，可以不用再說下去了，故事說到這裡就夠了。」他淡淡地說：「這就是妳之所以會死過一次，也是妳會離開那裡的主要原因嗎？」

「我……」可美想了想，說：「算是吧，我不知道回到那樣的地方還有什麼意義，在那件事之後，我行屍走肉一樣地過了大半年，最後才決定暫時離開，而就在我要走出那棟房子時，有幾個一直對我很好的朋友跟長輩們也要離開了，有的人要出國，有的人要念研究所或到外地工作，以後就真的只剩我一個人了。」

「不打算到大陸找妳父母？」

「我不想在那裡工作，」可美搖頭，「至少不想在我父母的公司裡上班。雖然我也知道他們遲早會打電話來，但在那之前，我希望能逃多久就逃多久。」

「傻瓜，人在福中不知福呢，有一對已經幫妳安排好人生的父母，那可是讓很多人都羨慕不已的。妳瞧瞧這個部落裡，誰的父母給誰留下過一點什麼？結果呢？大家活活潑潑長大，一點壓力跟束縛都沒有，可是長大後才發現自己什麼都不是，也什麼都沒有，想要一點成就，或者為了填飽肚子，誰都得從頭開始，那才叫作辛苦。

「不過話又說回來了，妳失敗的其實只是愛情，不是嗎？朋友就算到了其他地方去念書或工作，交情一樣不會改變，只要你們都認定彼此是一輩子的朋友的話；親情嘛，天經地義的事，他們就算強烈希望妳去大陸上班，那也是希望能給妳更多幫助、保護跟照顧吧？難不成他們是想把妳騙去大陸之後再謀害妳或折磨妳？至於愛情，這個嘛，套句電影台詞說的，人嘛，一輩子那麼長，總會愛上幾個人渣的，妳又何必一直放在心上？」

「哪有這麼容易釋懷？你以為每個人都跟你一樣嗎？」

「妳不學著釋懷又能怎麼辦？況且，妳不試著讓它雲淡風輕地過去，難道還打算每天從冰箱裡拿出來，微波加熱一下再好好品嚐一次？這到底有什麼意義？」

「哎呀，煩死了，我不是這個意思啦！」沒辦法跟他再溝通下去，可美嘆了口氣，沒再抬頭盯著夜空等待流星，她反而低下了頭。

「放心吧，也許妳只是還沒等到那個最適當的時機而已，等那個時機到了，妳自然就會看到自己一直在追尋的真理的。」劉吉人安慰她。

「萬一那個時機永遠都不來，我怎麼辦？」

「那就先聽我吹口琴吧。」劉吉人晃晃手中的樂器，他把口琴擺到嘴邊，像是隨興吹奏的曲調，但依稀也是可美下午在湖邊聽到的旋律，淡淡的、輕輕的，像吹拂過心口，能把心裡所有傷痕都吹抹撫平的聲音，在第一顆流星開始掠過天際時，也溫暖了可美的心靈。

凜冽的寒冬總會過去，當所有悲傷都化成音符後，暖暖的夏天才會到來。

可美不記得那一晚究竟看到了幾顆流星，她只是專注地仰望星空，從天際的一角畫過的亮白色線條總是乍起即逝，讓人無法捉摸與掌握，更沒辦法在那瞬間許下什麼願望。劉吉人對星座並不十分了解，他唯一清楚指點給可美看的只有北斗七星而已，但這樣就已經足夠了，對可美而言，滿天星斗四個字終於不再是課本或旅遊書上才會出現的成語，只是看著星星時，雖然感慨於星空之美，但她心裡卻也難掩一絲落寞，劉吉人是個好人，卻似乎不能明白她的心情。

或許可以換個角度想，有過那些經歷的人不是他，所以他無法以同理心來思考與面對，對劉吉人這樣的人來說，部落的童年經驗造就了他一生的人格基調，他開朗、樂天，同時也善於給予他人溫暖，但這種溫暖是經他主觀判斷後才給出的，是不是能夠確實傳達到別人的心裡則不一定，所以，劉吉人還是劉吉人，但夏可美也依舊只能是夏可美。是這樣子嗎？看看這個炎熱盛夏中的部落，到處洋溢著熱情與生機，每個在部落中生活的人都很努力做著自己的事，有些老人沒有真正地退休，他們還在田裡勞碌，年輕人除了農忙之餘，還要到處打工維生，而正值暑假的孩子則在可美與牧師的監管下到處活蹦亂跳，或者乖乖在教會裡寫功課、玩遊戲，他們過著的是一種可美從不曾體驗的人生，這裡沒有時刻表，沒有行事曆，當然更沒有任何需要排程的約會。可美看著他們時，不知怎的，在羨慕之餘也顯出一種孤立感，並非別人孤立她，而是她不知不覺地將自己畫出了圈圈之外，甚至她還看到，劉吉人就站在圈圈的另一邊。

但自己要因此放棄與村長的約定而離開嗎？可美自己也清楚，那重點當然不在於無聊的約定，村長這種假傳說之名而行利用之實的手法未免拙劣，但自己為什麼還要甘願讓他使喚呢？那是一種部落裡特有的吸引力嗎？或者，自己只是不敢回到原本的世界裡，所以才在這個近乎桃花源式的小天地裡躲著？

但如果連劉吉人都不懂得自己的這些感覺的話，那桃花源還能算是桃花源嗎？他已經是這村子裡最親近自己的人了，他為什麼會不懂呢？是因為他沒有真正體驗過那樣心碎的滋味吧？父母沒有留下任何資產或做出任何安排，對他們而言已經理所當然，所以他才會說出什麼人在福中不知福的話來，但他一點也不曉得，真的不曉得，可美在歷經了高中三年近乎被監視的生活後，好不容易才爭取到回台灣的機會，現在他們的魔爪又伸過來了，等著失去學生身分的可美，要將她一把攫取，又帶回大陸的世界裡，這是她無論如何也得想辦法掙脫的束縛，而劉吉人卻誤以為這是一種福分。

還能怎麼辦呢？有些意興闌珊，她結束了一天的「保母」工作，這為期七天的夏令營眼看就要結束，藉著這一週的相處，她認識了更多的原住民小朋友，在那些童言童語的圍繞中，似乎自己也可以暫時得到安寧與休息，彷彿只要在這片歡樂中，所有的憂慮與悲傷就離得很遠。

只是歡樂總有結束的時候，最後一天，當她站在教會門口，看著那群終於盼到夏令營結束的孩子們興高采烈地收拾起自己的東西，迫不及待就往門外跑的模樣，可美臉上帶著苦笑，畢竟這些畫圖、唱歌或散步的課程內容實在太無趣了，孩子們寧可滿山遍野亂跑，或者窩在家裡玩玩遊戲，他們也不想安分地畫什麼聖經故事的圖畫。

「這幾天真的辛苦了。」老牧師很親切地對可美說，他抱著一個小箱子，裡面裝了各式各樣的民生物資，有一包白米、幾樣蔬菜，甚至還有一瓶洗髮精跟一瓶沐浴乳，以及幾瓶醃製的醬菜，遞給可美，說這是謝禮。

「這個……」接到手上時，可美有點錯愕

「都是教友們奉獻的，雖然只是小東西而已，希望妳不要嫌棄。」老牧師和藹地說，因為小教會裡發不出什麼薪水，所以就以這些日常所需的小東西來當作謝禮，也算是感謝可美一週來的辛苦。

捧著那箱東西回去，夕陽正西下，走到雜貨店門口時，店裡又空盪盪，劉媽媽雖然是老闆，卻經常不在店裡，她總是滿村子到處走晃，或者窩在店後面的小菜園裡。雜貨店的桌上放了個鐵製的小小囍餅盒，裡面放了些零錢，當客人上門時，如果老闆不在，大家可以依據商品上的標價，自己投錢在盒子裡，至於有沒有投到正確的金額，劉媽媽從來不在意，而劉吉人也一點都不在乎。

走過店門口，到了劉家的小房子，發現劉吉人的貨車不在，看樣子還沒回來。在這個看似缺少工作機會的山上，其實每個人能找到的職事還不少，以劉吉人而言，他除了寫程式跟偶爾幫忙照顧雜貨店的生意之外，很多時候都在按日計酬地幫山上的蔬果菜園做事，只是他從沒固定老闆，單看哪裡有需要，他就在哪裡做事，而要獲知工作訊息的最好管道，當然就非那家生意興隆的農藥店莫屬。可美曾經問過，這樣的工作會有穩定收入嗎？劉吉人搖頭，說穩定與否是一回事，但能否滿足快樂則又是另外一回事，況且他在都市裡當了好幾年科技新貴，存下來的積蓄也不少。

早上可美才剛下樓，劉吉人已經從院子裡摘來蔬菜，跟劉媽媽一起張羅好早餐，他沒有多說些什麼，是不是沒把昨晚聽到的故事放在心上？或者他認為那些寬慰已經足以讓可美釋懷？跟往常一樣的態度，他帶著微笑與親切打招呼，還報告了自己今天一整天將有的行程，原來天色還沒亮之前，他就已經去別人的田裡幫忙施肥，忙到日出後才回來，早上還有另外一處田地要跑，下午則會待在農藥店裡。

一樣客氣地聽完那些，可美也很努力保持跟平常一樣的態度，除了夏令營的第一天麻煩劉吉人開車之外，其他的幾天都在教會裡活動，他就派不上用場，於是恢復了原本的生活型態，劉吉人就像他本來該有的樣子，那是可美還沒來到這裡時的樣子。現在都過了一週了，夏令營結束，明天起呢？除非村長很快想到什麼點子，否則可美又將無所是事了，那屆時怎麼辦？她能不能像之前還沒跟劉吉人談及過往時一樣，輕鬆自在又帶點神祕感地過日子？

家裡沒人，她也不想一個人待在屋子裡，走出來，順著往山下的方向走，過去不遠就是上次機車壞掉的那個樹林，車子至今還沒修好，劉吉人果然不擅長這個，看來還是認命點，想辦法把車子弄到霧社的機車行去好了。一邊散步，聽著鞋子踩在滿地落葉上所發出的沙沙聲，可美有些異樣的感覺，自己好像走在一個不同的時空裡似的，到底接下來還會發生什麼事呢？那些過去的一切雖然全都被丟在遙遠的台北了，但似乎也不是真的就此消失，自己卡在一個不前不後的地方，沒有往前走的動力，卻也不想再回頭走回本來的世界，那怎麼辦呢？

在樹林邊走了走，劉吉人忽然打電話來，問說晚上要不要一起去喝喜酒，原來他有個鄰近部落的朋友要結婚，收了人家的帖子後，劉吉人就忘了這回事，在農藥店裡聽到其他人提起，這才驚覺。

「都好。」可美回答，去不去本來就都無所謂，在習慣了部落裡那些孩子們的喧鬧後，她只是忽然有些害怕自己一個人獨處。

「妳沒事吧？聽起來好像很累？」劉吉人只憑一句話就察覺了有些異樣，但可美不曉得這些話該怎麼說，也不曉得還該不該再把自己的心事對他提起，所以她說沒事，只是累了點。

「那妳先回家睡覺好了，我晚點來接妳。」掛電話前，劉吉人還提醒：「不要穿太漂亮唷，新娘很醜，妳不要搶了別人的手采。」

笑著掛電話，可美喜歡這種小小的貼心與玩笑，這讓她感覺自己跟「他與他的部落」都還是「同一國」的。既然答應了晚上要赴宴，那就算不精心打扮，至少也該先洗個澡，整理一下頭髮吧？一週來的褓母工作，讓她每天都蓬頭垢面，根本沒注意過自己的樣子。轉身，想回去打點打點，手機忽然又傳來震動。

很久沒見了，妳最近好嗎？當兵的日子很無聊，才更容易想起從前，也想起妳。我們還可以是朋友嗎？可以再見妳一面嗎？我想念妳頭髮上檸檬草洗髮精的香味。

不是電話，而是一封簡訊。發送簡訊的電話號碼雖然老早已經被可美從手機通訊錄裡刪除，但這一組十個號碼的組合卻早已深烙在她記憶中，怎麼抹也抹不掉。看著那封簡訊，反覆讀了幾次，她忽然有種走不動路的感覺。距離部落已經不遠，前方就看得見教堂高聳的十字架，教會再過去一點就是劉媽媽的雜貨店。但她的腳步忽然變得好沉重，每踏出一步時都有一種糾扯著心臟的刺痛感，讓她幾乎無法踏出步子。

為什麼他會忽然再傳來一封這樣的訊息？想起了我，想起了我什麼？還可以是朋友嗎？這麼問，是因為現在連朋友都不是了，對嗎？但兩個人的關係本來就不是朋友吧？可美心裡這麼想著。曾經與她最是親密的男人在那件事情發生後就消失了，除了事件後有過幾封道歉並試圖挽回的訊息外，就一直沒什麼聯絡。可美沒有回覆那些簡訊，選擇直接刪除，並將那男人所有的東西打包收好，全都寄了回去。

原來他現在去當兵了？在哪裡當兵？當兵的生活很無聊，因為無聊才想到我？甚至想到了我頭髮上曾經有過的檸檬草香味？可美想到那些甜蜜的日子，他們兩個人一起膩在房間裡，可以一起吃飯、一起睡覺，她喜歡洗好了頭，也不先擦乾就往他的懷裡鑽，老問著「香不香、香不香」之類的問題……那些原本以為已經丟光的，或者離得很遠的，霎時間忽然全都又回來了，可美蹲了下來，就在路邊的護欄上坐著，大口喘氣，除了那些回憶之外，其他的全都一片空白，而不管她想到了多少曾經有過的甜蜜，偏偏回憶的最後畫面總都停在被背叛的那天下午，她在自己的房間門口所目睹的不堪畫面。可美很想打通電話給劉吉人，可是忽然湧出的眼淚已經模糊了視線，讓她根本沒辦法好好按動手機，耳裡彷彿還聽到森林裡的鳥叫聲，這裡明明是千里之外的深山部落，但她這才明白，原來逃了多遠從來也不是重點，問題是那道傷口就刻在心上，心在哪裡，痛就跟到哪裡。

原來逃了多遠都沒用，心在哪裡，痛就跟到哪裡。

第一次來到別的部落，但其實也跟劉吉人他家那邊差不多，只是更偏遠了點，房子少，人少車也少，在這樣的地方辦宴會，自然沒有什麼餐廳或飯店可選擇，部落裡的男女老幼們既是工作人員，同時也都是座上嘉賓，在教會外面的馬路上搭起棚架，擺了流水席，這就是一個最簡便的宴會場地了。在牧師證婚後，宴會很快開始，雖然不若一般飯店的豪華菜色，但透過創意與巧思，一樣能把山上的野菜蔬果整治得非常精緻。只是這些日子以來吃了太多馬告跟刺蔥，可美有點膩了口味，倒是幾種溪魚的料理讓她頗為驚艷。不過儘管如此，她還是只吃了一點東西就放下筷子，只在劉吉人挾菜給她時，才又多少吃下一些。

「妳沒事吧？該不會中暑了？」劉吉人沒湊到主桌去跟大家一起起哄，那邊已經開始灌酒，他坐在自己的座位上，給可美斟了一杯綠茶，但可美沒接過茶水，反而拿起劉吉人的杯子，一口喝乾了裡面的啤酒。

「怎麼可能中暑呢？」可美說著，舉起酒瓶又把酒給倒滿，然後再乾了第二杯。

「這樣喝酒會醉的。」劉吉人想阻止她。

「為什麼原住民都很愛喝酒？是不是你們比任何人都懂得喝醉之後的感覺？」不理會他的

勸阻，可美問。

「喝醉的感覺？」劉吉人愣了一下，搶回杯子跟酒瓶，自己喝了半杯，還在嘴裡咂了咂，說：「其實我也不知道，不過部落裡的男人女人都有很好的酒量，這倒是真的。可能平常也沒多少好忙吧，工作結束後，多少喝一杯，活絡活絡血管，享受一下醺然的感覺也不錯，如果有什麼煩惱的話，喝醉了以後也許就不會想那麼多了。」

「既然這樣，那你就不要攔著我了。」可美點點頭，她搶不到劉吉人手上那一瓶酒，索性轉過頭去，跟另外一桌不認識的賓客要了另一瓶，而那些熱情好客的原住民們也絲毫不吝嗇，不但送上一瓶冰涼的啤酒，還直接用打火機一推一敲，幫她先打開了瓶蓋。

「妳今天不太對喔。」劉吉人瞧著她，「說真的，是不是哪裡不舒服？」

「是呀，」指著心口，可美說：「這裡。」

劉吉人錯愕了一下，不曉得這話何來，他只是納悶著可美的舉動，正想再問，可美卻搖搖頭，說：「不要問，因為問了也沒用。」說著又喝下一大杯啤酒。

「是嗎?妳這樣很讓人擔心哪。」

「有什麼好擔心的?哪，現在換我問你，你談過幾次戀愛？」可美不想理會劉吉人的關心，卻硬要轉個話題。

「大概三五次總有吧。」

「這麼濫情？」

「什麼濫情？我今年都快三十歲了，從國中暗戀女同學的經驗開始算的話，合計起來一共五次，這應該不算太多吧？」劉吉人抗議。

「好吧，姑且相信你的人格，」可美已經微醺，她把手肘撐在桌上，托著下巴，又往自己杯子裡斟酒，再問劉吉人，那五次戀愛中，可有讓他因為分離而痛不欲生的感覺，如果有，那後來又是怎麼化解的。

「分手嘛，難過是一定的啦，可是還有什麼化解的辦法？」劉吉人想了想，舉起杯子，也將裡面的啤酒一口喝乾，「反正自己的苦只能自己嚐，不就是這樣？」

「那就對了。」於是可美也又乾了一杯，「自己的苦只能自己嚐，誰也分擔不了。」

天氣很熱，小街道上洋溢著人家新婚的喜悅，一大群賓客不斷來回穿梭，到處找認識的人喝酒聊天。自從入席前先去跟劉吉人那位住在這村子裡、很會醃番茄的阿姨打過招呼後，可美他們就一直窩在角落邊，只是此刻誰也接不上對方的話，只能一杯接一杯地喝著悶酒。這樣的酒宴直鬧到夜深，眼看著清醒的人已經愈來愈少，那對新人不知何時早已醉倒，新郎新娘都不像可美以前看過的婚禮主角那樣，穿著西裝或白紗，他們一個趴在桌上，一個則斜躺在椅子上，桌邊、腳邊堆滿了空酒瓶。而順利擺平了新人後，其他的賓客們還在繼續喝著，有人則唱起歌來，一派歡樂的樣子。可美已經喝了不少酒，醉眼歪斜，看著那邊的喧譁，嘆口氣，她問劉吉人：「其實每個笑得開心的人，心裡一定多少都藏著一些自己的苦，說也說不出來，對不對？」

「或許是吧。」一樣也喝了不少酒，但精神卻還很好，劉吉人自斟自飲著，他說：「人活在這世界上，那麼漫長的一生，怎麼可能都是快樂而沒有痛苦呢？」

「為什麼會放不下呢？快樂會過去，痛苦為什麼卻過不去呢？」

「那是因為痛苦的感覺總是比快樂來得深刻呀。」

「所以其實所有的安慰都是屁話對不對？」可美點點頭，又問：「人如果自己放不下那些痛苦，那麼不管誰來說了多少安慰，其實都只是屁話而已，對吧？那根本一點用處都沒有呀！」

「按照這個邏輯來看，我不得不承認妳說的是對的，因為任何快樂或痛苦，如果只有當事人自己一個人面對或經歷，那麼這經驗確實別人是無法體會的，所以經歷過那些後，這個人要花多久時間才能從快樂中平靜下來，或從痛苦中解脫，一切都靠這個當事人來決定，至於別人，很抱歉，愛莫能助。」

「所以你才會不懂我的感覺。」可美忽然瞪了劉吉人一眼。

「我？」他傻了一下，不曉得自己究竟說錯了什麼。

「你覺得我被逼著去大陸工作，那是因為我爸媽疼我、照顧我？不，你錯了，就算他們的出發點真的是這樣，但我想不想？我願不願意？我為什麼會拒絕？這個你永遠也不會懂，因為你根本不知道我的家庭環境與背景，甚至你也不懂我心裡要的是什麼，對不對？我好不容易才逃出來，在台灣念完大學，我跟自己說，既然逃了出來，就絕對不要再回到那裡去，那個公司是我爸媽花了一輩子時間經營起來的，那是他們的夢想，但他們不能強迫我去接受那個夢想，因為做夢的人根本不是我。」一長串地說完，可美又灌下一杯酒，說：「你在這些個部落中，有那麼多的朋友，你們從小就認識，大家就算隔得再遠，那也不過是這座山跟那座山的距離而已，就像你說的，手機拿出來，不只可以講電話，甚至還能把自己菜園裡的樣子拍下來，直接將照片傳送給對方，好方便，是嗎？可是我的朋友呢？他們一旦離開了，走進一個新的環境後，要過多久才會再想到我？要過多久我們才會再見面？那種難過的感覺你懂嗎？或許你懂，但你只是用自己的觀點來解釋這一切，所以可以說得輕描淡寫，可是同樣的感覺發生在我身上時，也許比你所感受到的還要強烈幾百倍，這你知道嗎？」沒等目瞪口呆的劉吉人解釋什麼，可美搖頭，指著心口，又說：「今天下午，我接到他的簡訊了。內容很無聊，非常無聊，可是我卻難過了很久，我知道那並不是因為兩個人之間還有愛，也知道自己是不會再愛他了，可是為什麼我這裡還痛著？痛到我連路都沒辦法走？為什麼？如果就像你說的，這只是人生中一次小小的挫折，為什麼我逃了這麼遠、逃了這麼久，可是卻依然痛得受不了？這是愛，你知道嗎？不是高麗菜生了一點病，我們把農藥噴上去，或把受損的菜葉給摘了，這麼輕而易舉就能解決的，你明白嗎？」

「我明白。」劉吉人點頭。

「明白個屁！」可美的情緒忽然爆發，她哭著，激動地指著劉吉人的鼻子，「你怎麼可能會明白？你這個只在乎明天太陽有沒有從東邊升起來的傻瓜，你怎麼可能會明白？你明白什麼是真正的愛嗎？你這個大笨蛋怎麼可能會明白嘛！」

這一聲吼讓附近幾桌的客人們全都愣住了，大家不約而同地安靜下來，看看這邊所發生的狀況。可美大叫了那一聲後，忽然也自覺失態，一時間不曉得該怎麼辦才好。

「看什麼看，有時間看熱鬧，還不快點來幫忙想辦法？」劉吉人忽然也嚷了起來，他對著那群盯著看的傢伙們，指著其中一個人，說：「豆子，你說說看，什麼是真正的愛？」

「把榮耀歸給上帝？」那個綽號叫作豆子的原住民愣愣地說，然後劉吉人轉頭看看可美，等她評斷。

「錯！我不是基督徒！」可美嚷著，於是劉吉人立刻又指向下一個，叫道：「何老師，你說說看，什麼是愛？」

「對天地萬物一律包容的心？」何老師戰戰兢兢地回答。

「不行！包容那麼多幹什麼？我這麼小眼睛小鼻子，我像那麼大方的人嗎？」激動地搖頭，可美又否決了這個答案。劉吉人趕緊再指向下一個人，喊著：「二姊，妳說說看！」

「扶老先生過馬路？」那個叫作「二姊」的女子應該是劉吉人的親戚，在宴會開始前還來打過招呼。

「關老先生什麼事呀！我們這裡路那麼小，還需要扶嗎？不行不行！」可美已經失去理智，她大叫大嚷著，甚至舉起杯子，叫這些被她打了回票的倒楣鬼通通都得罰酒。逼著大家都陪飲一杯後，可美把矛頭對準了劉吉人，問他：「你說你明白什麼是愛？那好，你現在馬上給我說說看，如果胡說八道的話，我就……我就……」自己也不曉得究竟能把劉吉人怎樣，可美站著，一手抓著酒杯，一手比來畫去，最後卻在半空中舉著，不曉得該怎麼辦才好，但也就在這當下，劉吉人跟著站了起來，他是真的不懂可美滿腦子想的那些什麼愛或不愛的問題，生活在這樣的深山部落裡，人與人之間的情感交流是那麼理所當然，要他具體地定義什麼是愛，這可比當年在台北工作時要計算出什麼數據或開發軟體困難百倍。於是乾脆也別再吵下去了，劉吉人拉開了腰包上的拉鍊，那是他隨時掛在身上的包包，裡面裝著他最不能割捨的法寶，而這法寶可以滿足他一天工作的疲勞，當然也能讓可美安靜下來。打開玻璃瓶的瓶蓋，用小叉子叉了一塊甜中又帶點微酸的醃番茄，直接塞到可美的嘴裡，劉吉人說：「好好把握跟享受這當下妳所有的，這就叫作愛。」

20

夜車開得緩慢，在顛簸的山路上搖搖晃晃，縣政府方面幾次派人修繕，但始終沒能有效改善路況，劉吉人一邊開車，心裡忍不住抱怨連連，山上工作的車子經常需要送修，有時不是因為過度載重，反而是被這些破爛馬路給害的。

而在這種路況下，可美居然還能睡得著，劉吉人也忍不住要佩服萬分。他開著車，偶爾轉過頭來看看，可美整個人癱在副駕駛座上，正在呼呼大睡，而即使睡著，但眼角似乎還有淚光。那一口醃番茄真的讓她平靜下來，只是雖然不吵不鬧了，卻反而哭了起來，弄得現場大家驚慌失措，誰也不曉得該拿她怎樣辦才好，從南部被派到這裡來教書的何老師在大致了解狀況後，挺理智地下了一個結論，他告訴劉吉人，最好的辦法就是以後千萬別再讓這個小女生喝酒，免得她再次失控。

車子一路開過蜿蜒的山路，經過幾處去年颱風後就一直沒能補好的路基流失處，在搖晃中，可美忽然嗯哼了兩聲，劉吉人本以為她要醒了，沒想到她一個轉身，縮在椅子上又繼續睡著，沒關上的車窗有涼風不斷吹進來，可美的頭髮不斷飄舞著。車子一路開回到部落，早已安安靜靜，幾乎大家都睡了，看看時間都接近凌晨一點。他把車停在屋子旁邊，自己先走了下來，再繞到副駕駛座旁，打開車門，把可美輕輕拍醒。

「要睡覺就上樓再睡吧。」劉吉人叫醒她，可美一臉惺忪，揉揉眼睛，還問現在到了哪裡。「到家了。」劉吉人說。

「是誰的家？」在那將醒未醒之際，可美的眼神很淡然，卻問了一個讓人難以回答的問題，而劉吉人也不囉唆，他一把扶著可美的肩膀，讓她穩穩地下車，然後告訴她：「這裡可以是妳暫時的家，也可以是妳永遠的家。」

「可以變成我永遠的家嗎？」

「只要妳喜歡，這個部落永遠都會張開手歡迎妳。」劉吉人給她一個微笑。

夜涼如水，有微風緩緩吹拂，這時再抬頭，雖然有幾盞小路燈稍微影響了視線，但還是可以看到滿天星斗。可美放開劉吉人原本扶著的手，站在菜園子邊，仰頭上望，「我們再去看星星好嗎？去上次看流星的那個地方。」

「今天不行，太晚了，」劉吉人又把手扶了過來，他生怕這女孩一個重心不穩就會倒下，「而且妳喝多了，走路不穩，要是掉到山谷裡怎麼辦？」

「會有人在乎嗎？」可美轉頭問他。

「會。」

「誰？」

「我。」劉吉人很認真地說，可美看著他的雙眼，有種讓人溫暖的感覺。

不肯乖乖地回家上樓睡覺，既然去不成看流星的那地方，可美要求至少也在附近走走。劉吉人其實已經累得很了，但偏偏又拗不過她，於是只好小心翼翼地跟著，眼看著可美歪歪斜斜，從家門口朝著外面走去，這條小路很安靜，水泥混著柏油鋪成的路面十分粗糙，每一步都踩得出聲響，可美一邊走著，而劉吉人則跟在後面，雙手隨時準備伸出去扶住這個可能倒下的女孩。

「那時候呀，我一天到晚都在想，自己活著到底有什麼意義，人不像人，鬼也不像鬼，活在這個世界上，一點屁用也沒有，不如死了算了。」可美一邊走，一邊自顧自地說著，「很奇怪喔，古人不是說嗎，說天生我材必有用，那我到底有什麼用呢？我怎麼變成一個在父母眼裡是一點成就也沒有，完全不懂得該怎麼爭氣的小孩？又怎麼會變成朋友眼裡非常需要人家照顧的那種人？甚至連我男朋友都沒把我看在眼裡，說變心就變心呢？我到底是不是個人呀？或者其實我應該乾脆一點地死了算了？」

「妳只是還沒找到適合自己的舞台而已。」劉吉人在後面搭腔：「妳看在這部落裡，妳不就是非常有用處的人嗎？村長想要平息祖靈憤怒都得靠妳呢。」

「別開玩笑了，你以為我會傻得當真嗎？」可美轉過頭來笑了一下，笑容裡充滿無奈，說：「我是認真的，過去二十幾年來，我爸媽花了大把銀子才塑造出來的夏可美，到底有什麼價值？老實講，我現在真的很懷疑，去幫牧師帶夏令營，本來我還想教小朋友用用電腦的，結果你知道嗎，教會裡面沒有電腦也就算了，小朋友居然跟我說他們學那些也用不到，比起文書作業軟體的操作，他們比較想去學校操場打躲避球。」

「至少妳已經學會了怎麼收割高麗菜，也知道怎麼生火，甚至也順順利利帶完夏令營，那些小鬼一個也沒缺、一個也沒少，這就是妳的成就了。」劉吉人也笑，而就在這時候，可美停了一下腳步，臉色頓時一變。

「怎麼了？妳還想到自己有什麼貢獻要補充的嗎？」劉吉人還沒會意過來，只見可美把手指比在嘴邊，要他暫時安靜，而就在這當下，劉吉人忽然也聽到了，那是一陣很低的呻吟聲，聲音像被什麼悶住了一樣，隱隱約約，斷斷續續。

「在那邊，聲音從那邊來的。」劉吉人的耳力極好，他側耳傾聽了一下，立刻辨認出方向，「是潘婆婆的聲音！」

可美不太認識潘婆婆，在村子裡只見過她幾次，不過她的小孫子倒是有來參加夏令營頭兩天的活動，那個孩子在活動第三天被父母親接回台北時，臉上還哭哭啼啼的。就像部落裡很多家庭的情形，年輕人在城市裡工作，村中就只剩老人與孩子，潘婆婆年紀不算大，大概六十幾歲。劉吉人心想，或許是因為沒有孫子為伴，她心裡大概也很難過，所以晚上才在自己的屋子裡哭泣，他問可美要不要等天亮後一起約潘婆婆出去散心，但可美卻搖頭，說：「這是哭聲嗎？不太像，我們去看看！」說著便邁開腳步，小跑了過去，而劉吉人再仔細聽了一下，似乎也覺得有些不太對，於是加快速度跟著過來。

那一幢小屋裡還透著微弱的燈光，門也沒有上鎖，可美沒有敲門，直接推開就走了進去，她還來不及出聲音打招呼，就先看到潘婆婆倒在客廳裡，地上有一灘血跡都已經快要乾了。

「快去找人來幫忙！」可美一驚，本來的醉意瞬間全都嚇醒，她手一揮，叫劉吉人立刻去呼救，跟著在客廳的電視上找到一包衛生紙，抓出一把就直接往潘婆婆的額頭抹，那傷口在額頭的髮際線附近，看來撞得很嚴重，現在還在一點一點地冒出血來，被扶起時，潘婆婆又呻吟了一聲。不敢輕忽，可美急忙扯出整包的衛生紙，按在傷口之上，不到兩分鐘時間，劉吉人已經把貨車開了過來，他一跳下車，立刻衝了進來。

「怎麼沒找人？」

「這時間哪有人可以找？只能先送下山去醫院了。」劉吉人接過可美的位置，抱起了潘婆婆立刻就往外面走，一邊走，他叫可美拿出手機，先打電話到位在霧社的仁愛消防隊尋求協助。

刻不容緩，劉吉人不像晚上開車載可美回來時那麼小心翼翼地避免顛簸，他簡直像發了狂似地猛踩油門，幾個彎道過得都十分驚險。跟潘婆婆一起擠在副駕駛座，可美看得心驚膽顫，但這當下她不能叫劉吉人放慢速度，因為懷裡的婆婆已經連呻吟聲都沒了，眼看著就要昏迷。

車子飛快地從部落裡衝出來，沿著山路不斷往下奔馳，跑了好一段路後，終於來到霧社街上，劉吉人直接把小貨車開到消防隊前面，接到可美打來通報的電話後，這裡已經做了準備措施，有一輛救護車正閃爍著紅色燈光停在路邊，幾個救護人員也已經在待命。

「婆婆受傷了，應該是跌倒撞到，傷口在頭上，有做簡單止血，但她意識好像很模糊……」一口氣把狀況陳述完，那兩名救護人員一邊聽著，一邊接手做，很迅速地將婆婆送到救護車上，準備轉送往埔里鎮上。劉吉人跟可美沒一起搭上救護車，就怕影響人家車上的急救工作，回到小貨車上，劉吉人拿出手機，叫可美從中找到村長的電話號碼，請村長代為聯絡潘婆婆的家人，然後發動車子，油門一踩，跟著救護車又往山下的方向衝。

「我們也要一起去嗎？」可美問他。

「當然，」劉吉人換了檔，貨車引擎發出轟隆巨響，他只轉頭看了可美一眼，說了一句話：「我們都是婆婆的家人，這時候她最需要的是我們。」

那是一種什麼樣的情感羈絆？為什麼劉吉人會這麼說呢？當貨車又繼續往前奔馳，追著已經開遠了的救護車，循著那在山谷中隱約閃爍的紅色燈光不斷前進時，可美一手抓著車門上方的把手來穩定身子，一邊忍不住轉頭看看劉吉人。她心裡充滿了疑惑，卻不敢問出口，就怕談話會影響了行車安全，這當下，小貨車的速度飛快，經過山谷的彎道時，可美都提心吊膽不已。從霧社下來，一路飛奔過了人止關後，距離埔里鎮上已經不遠，劉吉人的車速沒有減緩，但他總算輕鬆一點，一瞥眼，看到可美的眼神始終怔怔地望過來，他也愣了一下。

「怎麼了？妳別緊張，婆婆不會有事的。」他說。

「我知道婆婆不會有事，她現在應該已經到醫院了。」可美點頭，說：「我只是不懂，你好像非常緊張，好像婆婆真的是你的家人。」

「雖然沒有血緣關係，但我們都住在同一個部落裡，不管今天是誰受了傷，大家一定都會有相同的緊張跟擔心，這是很理所當然的事情呀。」劉吉人說：「我記得國小的時候，有一次我跑到那個看流星的地方玩，結果摔傷了，從樹上掉下來，那天我媽不在家，她給人家做工去了，我拐著腳還沒回到部落，就被村長發現了，他也是那樣大呼小叫，幾乎全村的村民都跑出來，大家七嘴八舌討論了半天，最後還把我扛到霧社的衛生所去治療，對我來說，他們就像家人一樣呀。」

於是可美開始有點明白了，為什麼劉吉人沒辦法很具體地對她解釋究竟什麼是愛，又為什麼他對可美的很多人生遭遇都能看得輕描淡寫，對他這樣的人來說，生活裡其實就包含了無數的愛了吧？物質的便利性上或許貧乏困難，但他與他的「家人們」卻擁有比平地的都市人更豐富的情感與心靈，在他們的世界裡，從來沒有愛或不愛的問題，因為愛從來也沒有消失過，正因如此，所以他們根本無須浪費時間與精神去思考這些，就好像活在地球上的人，平常絕不會去思考空氣存在與否的問題一樣。

小貨車一路開到埔里基督教醫院時，村長打來電話，說已經聯絡到潘婆婆的家人，而部落裡因為這件事，大家紛紛從睡夢中被驚醒，現在組織了車隊，正浩浩蕩蕩要下山來探視潘婆婆，預計半小時後就會抵達。可美一邊將村長滔滔不絕的說話內容轉達給劉吉人，而劉吉人則從醫生那邊得到消息，說潘婆婆的傷口總共縫了二十幾針，目前止住了血，只是還需要留院觀察，怕會有腦震盪之類的問題，他叫可美趕快回報給村長，好讓大家安心。

在一邊傳話的同時，不知怎的，可美一直有種想哭的感覺，她在想，倘若是自己在山上受了傷，大家也會這樣為她擔心嗎？就算沒有全村的人一起動員，但至少劉吉人也不會袖手旁觀吧？她覺得很可悲，多年來，自己的人際關係竟薄弱不堪，算一算，這世上真正關心自己的人實在屈指可數，但同時卻也感慨，沒想到自己不斷渴望與渴求的愛，竟然得大老遠地來到這偏僻的高山部落才能發現，原來，愛也不過就是這麼平凡與簡單的一件事。

「你的醃番茄還有嗎？」坐在急診室外面那硬邦邦的塑膠椅子上，在那陣急迫與緊張後，現在知道潘婆婆的狀況已經穩定下來，可美忽然覺得疲倦不堪，她靠著椅背，肩膀垂下，連頭也側了半邊，披頭散髮，一臉憔悴，看到劉吉人走過來，她問。

「剩兩顆。」劉吉人拿出小瓶子看了一下，開啟瓶蓋，叉了一顆給她，同時還給了可美一瓶咖啡，這是他剛剛在急診室旁邊的販賣機裡買的。

吃著醃番茄，可美覺得自己連咀嚼的力氣都快沒了，這真是漫長又疲勞的一天，現在已經凌晨時分，自己還坐在急診室外頭，筋疲力盡，還不能回家休息。她抬眼看看劉吉人，他同樣也是滿臉疲憊。拍拍旁邊空的椅子，她叫劉吉人坐下。

「因為你愛他們，所以你願意為了他們這樣付出，對吧？」可美呼口長氣，問問一坐下來也同樣懶得再站起來的劉吉人。

「是呀。」

「那麼，如果今天換作是我倒下了，你一樣也會這麼緊張，冒險在半夜的山路上開快車，把我送來醫院？」可美又問。

「當然會呀。」劉吉人也點點頭。

「所以，你愛我？」可美又問，但劉吉人卻愣住了。

你愛我嗎？我愛你。

不知道是不是因為這些膚色較為黝黑，總是樂天知命的族人們把「愛」這個字給無限放大了，以致於跟他們生活在一起久了，可美漸漸地能把「愛」的感覺釋放出來，甚至也能像這樣半開玩笑似地說出口。不過儘管如此，說的人心裡畢竟有點忐忑，連聽的劉吉人也一臉呆。

熬了一夜沒睡，在急診處等到黎明時分，部落裡的大大小小幾乎全都趕下山來了，大家都要來看潘婆婆，而村長非常大方，他對可美說：「本來妳還欠我四件事，看在搶救了潘婆婆的份上，特別少算妳一件，妳現在就只欠我三件事了。」

又等到早上八點左右，潘婆婆的兒女們才從台北趕來，剛進醫院，都還沒能進病房探視老人家，村長大手一揮，將他們給攔了下來，先狠狠地數落一頓。內容不外乎是年輕人光顧著賺錢、追求自己的生活享受，卻把孤單無依的老人家丟在山上之類。

不想聽那些，可美拉拉劉吉人的衣袖，問他肚子餓不餓。走出醫院，其實也不是真的很想吃東西，整夜沒睡，昨晚又喝多了酒，可美只覺得腳步虛浮。埔里基督教醫院位在小台地上，旁邊就是一段長長斜坡，大馬路在這斜坡前拔高而起，一上坡頂，一邊是醫院入口，一邊則是暨南大學附屬高中。劉吉人指指點點，說這個附屬高中以前叫作埔里高中，算得上是當地最高學府，不過他當然考不上，然後又指著斜坡，說當年八七水災時，這道斜坡可救了很多人的命。

「八七水災？你那時候住在埔里嗎？」可美有點疑惑，結果劉吉人哈哈大笑，說那是民國四十幾年的事，不但他本人還沒出生，就連劉媽媽當時搞不好都還只是個滿山遍野到處跑的少女。

「那妳怎麼知道斜坡救了很多人？」可美納悶。

「醫院的走廊上有老照片跟老故事嘛。」伸個懶腰，劉吉人笑著說。

走到斜坡下，可美看到公車站牌寫著「崎下」。就在站牌邊的早餐店裡坐著，稍微吃了點東西，兩個人都臉露癡呆，一直望著店外出神，過了半晌，劉吉人忽然開口，說：「我愛妳。」

「什麼？」寥寥三個字卻讓可美含在嘴裡咀嚼半天還沒吞下的蛋餅差點吐出來。

「我一直在想啊，我們為什麼要這樣幫助潘婆婆，因為愛；而妳問我，如果今天換作是妳倒下，我會不會也這樣做？答案是『會』。那麼同理可證，我幫助潘婆婆是因為愛，我會幫助妳也是因為愛，我愛潘婆婆，我也愛妳。」像在解說一道數學題似的，劉吉人很認真地說：「是了，這就是結論，我愛妳。」

「我也愛你。」於是可美笑著說。

這種愛應該不等於那種愛吧？參加過教會的夏令營，她已經習慣了牧師整天把一個「愛」字掛在嘴上，好像人活著做每件事都只是為了愛一樣。但這是對天地間的一切萬物所懷抱的愛，那不是只單單針對某個人，所以應該不是愛情才對。想到這裡，可美忍不住回頭看了一眼，劉吉人正張大了嘴，一邊打呵欠時，同時把剩下的蛋餅全都塞進嘴巴裡。

「回來那麼久了，不打算找個人結婚嗎？」想了想，可美問他。

「沒對象呀，我每天最常說話的對象就是高麗菜，整個部落裡跟我最熟的也是高麗菜，難道我要娶高麗菜嗎？」劉吉人聳肩。

「村子裡又不是沒有其他女人。」

「認識太久了，沒感覺。」他搖頭，說村子裡那些與他年紀相當的女性，大多都已經嫁為人婦，而沒有老公的基本上不會住在村子裡，都還在城市裡打拚。

「董二姊不是沒老公？」可美說的是住在國小附近，靠近村子邊緣的一家。

「是老公已經死了，不是沒老公。」劉吉人苦著臉說：「前幾年喝醉酒，車子掉到山谷裡。」

「噢。」可美臉上一黯，董二姊是個爽朗的原住民女子，嗓門很大，經常可以聽見她一邊做家事，一邊唱著歌的嘹喨歌聲。從董二姊家過來，依序有幾戶人家，可美跟著又想到，再問：「那陳美美呢？」

「陳美美？」劉吉人愣了一下，跟著也想到這號人物，陳美美是個很少出門的女人，就住在教會後面而已，平常很難得看到她在街上走動。

「陳美美總沒有車禍死掉的老公了吧？」

「是呀，但是她有一個因為喝酒喝太多而心臟病過世的老公。」劉吉人又搖頭，然後可美就再也說不下去了。

「很多人都對原住民存在著一點誤解，認為我們總是好吃懶做，整天只會喝酒誤事，遇到考試就靠原住民血統來加分，其實這是以偏概全的想法。」劉吉人搖搖頭，說：「不可諱言，附近這些部落的寡婦確實比較多，不少原住民男性之所以英年早逝也確實都跟喝酒有關，但那只是因為他們忙了一整天的勞務後，習慣跟幾個一樣樂天開朗的朋友喝酒取樂，讓自己的身體跟心靈得到舒緩或釋放，但山上的醫療或交通安全都不足，所以也許妳喝了一點酒，在台北只是撞上電線桿，在山上卻可能就掉進山谷裡。」

「可是留下的卻是孤苦無依的女人跟小孩。」可美皺眉。

「這就是教育的重要。」於是劉吉人點頭，「也是我想繼續留在山上的原因。」

本來只是好奇，想知道劉吉人的愛情觀的，沒想到聊著聊著，卻聊到了如此嚴肅的話題，可美覺得有點沮喪。劉吉人沒察覺到這些，早餐還沒吃完，他已經長篇大論地說了一堆如何以學校與家庭教育來導正部落裡的孩子的觀念，讓他們知道生活消遣除了喝酒之外，還有很多管道跟方式。可美幾乎都快打起呵欠，但也覺得這男人可真認真，他說起這些時，臉上有著神采奕奕的朝氣，好像連眼神裡都帶著光。

「妳到底有沒有在聽？」劉吉人說到一半忽然停下來，轉頭看她。

「有。」可美點頭。

「那妳認為我說的對不對？」

「對。」

「是不是很有道理？」

「是。」

「那妳願不願意留在山上陪我一起努力？」劉吉人又問。

「好。」可美根本沒在聽，只是傻傻地一直點頭，一個「好」字出口，自己才覺得哪裡不對，一愣，抬頭看看劉吉人，發現他也似笑非笑，正興味盎然地瞧著自己。

傻乎乎地中了計，白白讓人家佔了便宜，可美只覺得萬分丟臉，從早餐店離開時，劉吉人臉上還充滿了得意的笑。走下坡時不覺得陡，但現在回頭時，仰望那高度才發現原來絲毫並不低緩，本來劉吉人要可美在早餐店等著，自己走過去開車就好，但可美拒絕了，她堅持要一起走。

「噢，我願意接受妳。」

「先接受我的一頓拳頭吧。」可美捏起拳頭來嚇唬他，劉吉人笑著躲了開去。

坡道不算太長，只是稍微陡了點，走不上幾步，可美已經開始後悔，早知道乖乖在早餐店等車就好，只是她還來不及抱怨，卻忽然看到坡道中段的地方有些古怪，一輛輪椅卡在那兒不上不下，左右晃動，還一度倒退滑行，差點就要翻覆，嚇得她伸出手去，抓著劉吉人就趕緊往上跑。

那是個年紀大約四十來歲的中年人，只見他滿臉驚慌，雙手不斷抓著輪椅兩側的輪子，卻怎麼也無法維持平衡，若不是劉吉人趕上來，一把抓住了椅子後方的把手，這輛輪椅大概很快就翻車了。而可美低頭一瞧，發現輪椅一邊的輪子，那黑色橡膠的輪胎跟金屬鋼圈原來已經脫離，難怪它會顛簸不穩，搖搖欲墜。

在那個中年大叔驚魂未定的連連道謝聲中，可美抓著輪椅，劉吉人則彎下腰去，將輪胎一點一點地重新安裝回金屬輪框上，然後兩個人各居左右，幫那大叔把輪椅慢慢送回到坡頂，一路推進了醫院。在醫院門口，這個因為工作意外而受傷住院的大叔充滿感謝，說：「年輕人，你們是夫妻吧？謝謝你們，祝你們幸福快樂唷！」

「我……」可美正要開口解釋，劉吉人居然笑著揮手，打了個招呼，還說：「沒問題。」

那是個晨光慵懶而寧靜的早晨，長長的醫院走廊，大叔用手抓著輪椅，慢慢推向了長廊盡頭，而可美跟劉吉人還站在門口這邊，過了半晌，劉吉人才說：「看不出來妳是這麼熱心的人。」

「是嗎？」

「我還記得妳去夏令營的第一天，一回來就說很想殺了那些小孩。」劉吉人說。

可美笑了出來，如何對付愛搗蛋的小鬼，這一直是她很頭痛的問題，即使到了夏令營的最後一天，這種感覺也絲毫沒變，不過當劉吉人這麼一說，可美也偷偷地感到一點詫異，還記得一兩個月前，當她騎著機車離開家時，在台中市區迷了路，正團團轉時，為了避雨而躲在一個檳榔攤前，對那個力求上進想多學點英文，卻只會土法煉鋼而不得其門而入的檳榔西施，可美只能在內心裡充滿拉扯，她很想出聲指點，然而幾句話卻怎麼也說不出口。當時為什麼不說？是因為怕自己太多事、太雞婆？還是怕些什麼呢？可美搞不清楚，從小到大，她好像總是這樣，對方究竟是不是真的需要她的幫助，這是另外一回事，但自己有沒有勇氣往前踏出一步，主動給予別人關心或幫助，那則又是另外一回事。

她自己也清楚，就是因為這些緣故，所以朋友才這麼少，那麼多年來，那麼多的同學，最後也只有王漢威跟狗骨頭能算得上是朋友，那其他人呢？他們是否曾向自己索求過友情的溫暖？而自己有沒有付出過什麼？大概沒有吧？可美想了想，她想不起來自己還給過別人什麼幫助，也不記得自己還對多少人說過什麼關心的話。

「妳站著睡著了嗎？」劉吉人用手肘輕輕碰了她一下。

「我好像開始明白一些事了。」可美還怔怔地望著長廊盡頭出神。

「早點明白是好事。」劉吉人說：「幸福本來就是一個不太容易搞懂，又很常被忽略掉的字眼，確實是需要時間思考跟用力體會的。」

「幸福？」可美愣著，「哪裡出現過這個關鍵字嗎？」

「從這一行字開始，往回推個大概二十四行左右，那個大叔的最後一句台詞有提到，而我們還說沒問題。」劉吉人點點頭，非常認真地說。

「幸福」是很常被忽略的關鍵字，但只要用點心就會發現，它都在。

22

天氣一天比一天熱，可美很快就發現自己需要下山去採買了，有兩件從台北帶出來的雪紡材質衣服根本禁不起折騰，才在菜園子裡走個兩圈就已經被勾花，而其他幾件也都已經破破舊舊。

下山去，埔里街上繁榮熱鬧，多的是可以逛的服飾店，起初劉吉人以為她會一家一家跑，沒想到車子一停妥，可美卻直接走向對面的成衣大賣場，挑的也全都是樸素耐穿的款式。

「妳第一次把行李打開，拿出自己從台北帶來的衣服時，我差點錯以為看到哪裡的酒家女跑到山上來，然而現在……」劉吉人皺著眉頭說：「酒家女變成村姑了。」

「少囉唆，走開，」可美瞪他一眼，說：「你現在到隔壁的文具店去，去那裡逛逛，別在這兒礙事。」

「我又不缺文具。」

「但是我缺內衣、內褲呀！」指著賣場角落販賣女性內衣褲的專櫃，可美又瞪他。

車子停得有點遠，劉吉人提了大包小包走在路上，可美卻兩手空空，悠哉地欣賞起街景，劉吉人問她信不信佛教、道教，還說埔里這個小盆地四面環繞的山上多的是有名的大寺廟，如果有興趣，可以去走走瞧瞧。

「你不是基督徒嗎？」可美問他。

「我是基督徒不代表我就不承認其他宗教的存在呀，而妳當然也可能有自己的宗教信仰，不是嗎？」劉吉人說：「放心吧，埔里這附近呀，神威顯赫，妳要什麼教都有。」

「免了。」苦笑著，可美搖頭。她本來就不對哪個宗教特別虔誠，也沒有任何偏好，對寺廟參訪的行程更是一點興趣也沒有。一路走到車子旁，把東西先放進車內，又走到附近的小飯館來，劉吉人特別介紹，說這雖然不是一家有名的店，卻有好吃的排骨飯，還有香噴噴的味噌湯。坐在店裡，點過餐後，劉吉人本來還要介紹附近的美食，卻發現可美盯著他看。

「我臉上沾了什麼嗎？」他一愣。

「沒有，倒是覺得你今天比往常體貼，像個有禮貌的男人。」可美說。

「我不介意妳現在也用更白話一點的口吻來說明，謝謝。」劉吉人皺眉頭。

「你跟前女友交往時也會這樣嗎，幫她提東西，走路也讓女孩子靠內側，過馬路的時候還會幫女生擋擋路上橫衝直撞的車子？」可美笑著說：「你平常在山上不像這樣呀。」

「那是因為妳在山上也沒多少東西好提，路上也沒有車子會撞到妳呀。」劉吉人想了想，說：「怎麼了，這給妳什麼樣的啟發嗎？」

可美微笑著搖頭，談不上啟發，她只是想到了一些與前男友有關的事，印象中，前男友好像沒有這麼體貼，尤其當兩個人逛街時，他只會露出不耐的臉色，頻頻抱怨，卻不像劉吉人這樣，會陪著走進服飾店、幫著提東西，甚至還偶爾出點意見。

「或許這就是男孩跟男人的差別，是不是？」可美想了想，問他。

劉吉人哈哈大笑，說這應該是優質的男人跟不夠優質的男人之間的差別，還自豪地說，雖然那只是最基本的禮貌，不過倘若這樣就讓對方非常感動的話，那也實在是沒有辦法的事，說著，他一攤手，「怎麼樣，妳是不是對我感到心動了呢？」

「吃你的排骨飯吧！」指著老闆剛端上來的飯菜，可美哈哈大笑。

要說好感，劉吉人當然是給了很多好感沒錯，如果心裡存著抗拒或排斥，她也不可能留在劉家，冒充劉吉人以前的同事，還住上這麼長一段時間。但這能算得上是喜歡嗎？可美心裡清楚，這種感覺其實有更多可能只是自己的誤會，她已經非常了解劉吉人那套部落裡無私大愛的觀念，今天如果換作是別人，他也許也會一樣好心地收留。而自己本來就是為了療一個心裡的傷才出門的，想知道這世上還有沒有真正的愛，卻不表示有要在旅途中再愛一次的必要，況且她朋友雖少，但在校園裡，在班上、社團中，她已經看多也聽多了那種因為心裡有傷，又碰巧遇到一個更體貼的人，就轉而愛上對方的故事，可美告訴自己，不要成為這樣的人，因為那只是在找一個替代的愛人，卻不是真正的愛。再抬頭看看劉吉人張開嘴巴大啖排骨的模樣，很自在、很純真，可美想了想，她又提醒一次自己，是的，經過這些日子的相處，她對劉吉人確實很有好感，但這種好感會不會只是一時的誤會還很難講，而且這種情況下發展出來的愛情也看不到什麼未來，就算兩個人一天到晚把「愛」這個字掛在嘴上，說自己有多愛對方，但那只能當作玩笑話，還是別想太多、別當真了比較好。

「怎麼了，這回換我臉上沾了什麼嗎？」腦袋周旋了半天，可美忽然發現劉吉人也盯著自己瞧。

「沾了點東西在嘴角。」劉吉人抽出一張面紙，在可美的嘴邊輕輕一擦。

「是什麼？」她摸摸嘴邊，似乎什麼也沒發現，忍不住探頭過去看看面紙上究竟沾了什麼，卻什麼也沒有。

「顆粒很小，妳視力不夠好，也許看不到，要我們這種住在山上的原住民才看得見，這叫作幸福的粉末。」劉吉人煞有其事地說，結果被可美用筷子敲了頭。

吃過飯，也買好衣服，又到市場去採買了一堆肉品魚鮮，這一回不只自己家裡需要備貨，連村長都開了張清單，派可美一併買齊。下山前可美問他這算不算第五件事，但村長搖搖頭，說事情那麼好辦、整人那麼簡單的話，村長早就換妳來當了。

採辦完畢後，劉吉人把車開到小鎮南邊的住宅區，拐彎穿街地來到一戶人家前面，原來他的外甥女小叮暫時寄居在此，那是劉媽媽的一個親戚家，這趟下山除了採買之外，劉吉人還奉命扛了一整簍的高麗菜要來送禮。

「那籃菜很不美耶，怎麼拿這來送？」送完東西後，又回到車上，可美問。

「颱風快來了呀，最好是趁早採收，不然要是賭輸了這一把怎麼辦？」劉吉人說。

前幾天就有聽聞，一個颱風正在緩緩進逼，不過劉吉人看了看氣象，說應該沒有大礙，台灣地區的颱風大多由東岸登陸，這對中央山脈屏蔽著的南投深山部落並不會有太大的危險，他們在意的是西南氣流引進的雨水可能造成土石坍方或道路中斷的危害，「簡單地說，颱風吹呀吹，再會吹也吹不到我們山上來，那不太要緊，菜也不怕被吹壞。不過要是雨下太大或太久，把路給沖斷了，那就算採收了漂亮的菜，運不出來，還是麻煩得很。」說著，劉吉人提起幾個月前的梅雨季節，也就是可美剛到山上的前一天。

「妳都不知道，在那一天之前，我們有多苦惱。不只菜運不出去，有些更偏遠的部落還差點連飯都沒得吃了。」劉吉人說的是他阿姨居住的那地方，也就是上次可美跟著一起去喝喜酒的部落。

「感謝我吧，因為我才放晴的。」她自豪地說。

「是嗎？那這次也順便拜託妳一下了嘿。」劉吉人嗤之以鼻，指指外頭陰霾鉛灰的天空，對可美說：「這次要是有什麼損害的話，就通通算在妳頭上了。」

短短兩天的時間，颱風的消息很快就佔據了各大新聞頻道，這一回可美沒有幫著劉吉人參加割菜軍團，她苦候已久的第五道命令終於下來，一大清早，村長就來敲門，叫她拎起鐵鎚跟釘子，挨家挨戶去幫忙修補屋頂之類，要確保每一戶都做好防颱準備。

「要爬高爬低的，這我哪有辦法？」乍聞這項任務，可美張大了嘴。

「不然村長換妳當，屋頂我去修，這樣妳說好不好？」這句話已經成了村長的新台詞，他說：「把嘴巴閉起來，妳偷吃的麵筋都快掉出來了。」

連偷吃麵筋的事都被知道了，這可真是尷尬無比，想必是那個該死的劉吉人到處宣傳的吧？可惡，那明明是他自己從貨架上偷下來的，現在居然賴到別人頭上來？再怎麼說，自己頂多只能算是收受贓物而已吧？不過話又說回來了，雖然是白吃白住，但也不是完全沒有貢獻呀，瞧最近劉媽媽多麼安閒自在，她不需要打點家務，連雜貨店也不用看顧，可美一個人把這些雜務全都包下了。

把一整袋五金工具都揹出來，臨出門前，她心念一動，還跑回樓上房間裡，從行囊中找出當初在台北買的那把小刀，把它也塞在工具包裡，心想或許用得到。她在路上走了兩圈，村裡很多男人都下田去了，不管颱風來不來，該做的活兒還是一點也不能少，從教會前面過去，碰巧遇到一輛載滿農藥與肥料的小貨車，原來是春陽部落的農藥店老闆趁著風雨前趕緊送貨來，打過招呼，人家也不囉唆，好像她夏可美早已理所當然成了這部落的一份子似的。

先去了教會一趟，可美把幾個螺絲鬆脫的窗子固定好，再幫忙將一些容易被吹翻的小花盆搬到角落，這就已經花費了好半天工夫。跟著又去潘婆婆家，婆婆在醫院住了幾天之後，暫時被兒女接到台北去了，現在空屋杵在那兒。可美幫忙確認門窗已經上鎖，又周遭巡視了一回，這才再走了回來，繼續往下一家去。

那颱風來得很快，雖然登陸後的直接影響都在北台灣，部落裡確實感受不到什麼強風，然而到了下午，雨勢卻忽然大了起來。可美爬到哈士奇家的二樓，跟哈士奇的老婆努力將中華電信的衛星天碟用鐵絲給綁好，牢牢固定後，兩個人都已經淋了半濕。她匆匆回到家裡，卻發現劉吉人還沒回來，而劉媽媽則一臉焦急地拿著電話不斷撥打。

「怎麼了？」

「二姨呀，說家裡漏水了。」劉媽媽氣急敗壞，也不管這是在跟晚輩說話，直嚷著：「老早叫她別待在那裡，先來我們家住幾天的，就是不肯，現在屋子漏水，她一個人還說要自己修，不知道是能修個屁！那麼老一個女人，她還以為自己是誰哩！」

簡直啼笑皆非，要換作是自己的母親，在那樣重視身分地位的商界裡，她是絕對不可能這麼講話的。但這裡不是什麼商業大會，眼前的也不是珠光寶氣的夏太太，只是一個活在當下，非常自我的劉媽媽，她捋起袖子，轉身就要去找雨衣。

「妳找雨衣做什麼？」可美一驚。

「還能做什麼？她不肯出來，我就去扛她出來，管她愛走不走！」劉媽媽急著打開抽屜，抓起機車鑰匙，居然就真的打算出門。可美知道這位老太太的氣概一點也不輸給年輕人，但即使如此，也不能讓她一個人冒然出去。

「我去吧。」於是可美自告奮勇，拍拍自己肩膀上那一袋工具，說：「如果她不肯走，至少我也能幫忙修修漏水的屋頂。」

「還有沒有王法？讓妳去？讓妳去的話，要是出了什麼事，我怎麼跟吉人交代？怎麼跟村長交代？」劉媽媽歇斯底里地嚷著，也不管可美哭笑不得的表情。都什麼時候了，全村大概只有劉媽媽還重視這個跟祖靈的約定。打開門，微風細雨已經刮了起來，劉媽媽大步邁了出去，但走不到兩步就先滑了一跤，摔在自家門口。

「我說真的，還是我去吧。」把劉媽媽扶起來，讓她在椅子上坐好，又拿起紙巾幫她擦擦身上的泥巴，可美苦笑著說。

「那該死的劉吉人呢？他為什麼還不回來？妳去打電話，馬上叫他回來，跟他說如果不回來幫忙，以後就不是我們家的小孩了！」劉媽媽不理會自己屁股的疼痛，轉而罵起了劉吉人。

真是老當益壯、巾幗不讓鬚眉呀！可美心裡真是這麼想，劉媽媽平常話不多，但是極具威嚴，在村子裡是具有一定地位的，大家都非常尊敬她，就算她老人家不在店裡，大家來店裡買東西，投放的金額也從來不敢短少。雖然劉媽媽堅持，但自己怎麼能在這種天氣裡，放任一個老人家騎著一輛破機車，大老遠跑到一個更偏遠的部落去呢？可美穿戴起雨衣，把鑰匙插進鑰匙孔裡，發動時，她聽到睽違已久的引擎聲，當初就是這個單調卻沉穩的聲音，一路陪著她來到這片山脈中，而今終於又騎上車了，只是現在她還沒找到自己這趟旅行所求的答案，也還沒搞懂什麼是真正的愛，再騎上這輛車，她是有任務的，要嘛把劉吉人的阿姨給綁架過來，要嘛就幫忙把阿姨家的屋頂給修好。這到底是什麼匪夷所思的任務呀？雨水打在臉上，她往一片泥濘的路上騎過去時，心裡這麼想著，而剛騎出不到幾公尺，口袋裡傳來震動，卻是劉吉人打電話來。

「我剛接到電話了，」劉吉人的聲音聽來很著急：「不管我媽說什麼，總之妳絕對不能自己去，尤其是在這種時候。」

「不是我想要逞強，問題是你阿姨的安全吧？」可美一邊說話，一邊用手遮掩雨水，就怕手機被水淋濕。

「我媽只是喜歡嚷嚷，我阿姨家也沒誇張到會被颱風吹走，妳別被她們給騙了！」劉吉人大聲說：「我們現在還在收菜，但是路比較遠，今天會晚一點回來。明天啦，明天我再去接阿姨就好，妳給我乖乖待在家裡，哪裡都不准跑！」

「我可以等，你媽可以等，你阿姨跟你阿姨的房子也可以等，但要是那條爛馬路不能等了怎麼辦？」可美沒有跟著嚷，卻用一個問題讓劉吉人啞口無言。「放心吧，距離也不是真的有多遠，我搞不好還比你早到家。」她說。

「那萬一路上出狀況怎麼辦？」劉吉人的語氣中還是難掩焦急。

「你愛我，不是嗎？」可美笑著說。

不怕，因為我知道你愛我，我就是知道的。

又隔了好一段日子沒騎車，有些搖搖晃晃，她身上穿的是劉吉人當初拿給她的雨衣，雖然又髒又臭，但總好過沒有。順著山路往前走，本來還有鋪上柏油的，但轉過岔路後就沒了，儘管大部分路面都還有水泥，可是卻也破破爛爛，有幾個地方忽高忽低，全都是因為地基流失後補強所致，但這工程品質也未免太差了吧？可美心裡咒罵著，上回跟劉吉人來喝喜酒，坐在小貨車上，還不覺得這條路的情況有這麼糟，現在自己騎車跑一趟，才發現根本就爛得可以。

不敢騎太快，太多山路上都沒有安全防護，如果一個打滑，滾進了山谷裡，那可就什麼都玩完了。她小心翼翼地換檔，左手握著離合器，集中精神，連風景也不敢看，而這時候山區其實也沒有風景，厚重的雲霧籠罩了一切，連眼前的視線都很有限。

眼前的風雨雖然不大，但雨水順著臉龐不斷滑進雨衣裡的感覺卻一點也不好受，有好幾次她都忍不住想伸手把雨衣的領口給拉緊點，又怕單手抓車會太危險，好不容易騎了大半段路後，雖然天色漸黑，霧氣也更濃了點，但遠遠地已經看見教會的十字架，那就表示目的地已經不遠了。

那個小部落的人口數極少，阿姨看來比劉媽媽蒼老些，她的女兒則是可美上次見過的，劉吉人要稱她「二姊」。家裡只有兩個女人，一個老了，一個又懼高，而村子裡的男人們則跟劉吉人他們一樣忙於農務，大家都趕著出去搶收蔬果，所以眼見得雨水從天花板上滴落下來，但兩個女人竟只能楚囚對泣，一籌莫展。

打過招呼後，可美請二姊幫忙打個電話給劉吉人報平安，她自己則二話不說，揹著工具，沿著一個鬆鬆垮垮，看來就很不牢固的竹製梯子往上爬。爬到屋頂上時，可美心裡感謝著村長今天惡補的一堂課，他告訴可美釘子應該怎麼釘，要是釘歪了，又該怎麼撬起，同時也指點了鐵線的纏繞方式，要從哪個方向才能纏繞得緊，又該怎麼把破舊的木板小心翼翼地敲下來而不傷害到其他完整的部分。這是她一生中唯一學過的大約三十分鐘的木工技藝，但現在卻憑著這一點本事，成為跟著冒雨走出來，站在門邊仰望著的阿姨的關鍵救星。

這本來只是一個小工程，然而當她修好了阿姨家的屋頂後，卻看到一個臉上滿是蒼老皺紋的婦人跑過來求援，原來那是上次也有過一面之緣的豆子的母親，她說豆子外出工作未歸，但風雨已至，同樣需要幫手，本來以為阿姨這邊找來的會是個壯丁，殊不知跑來一看竟是個女孩子。

「沒關係，我一樣幫得上忙的。」看著老婦人臉上滿是雨水又一臉惶急的模樣，難道自己還能拒絕嗎？可美爬下梯子後，她決定幫忙幫到底，反正修了一個屋頂是修，修了全村的屋頂也是修，還有什麼差別？

阿姨對可美的積極熱血由衷感激，當下也不浪費時間，幫著提起工具包，陪可美挨家挨戶走了一圈，其實這些部落人家的問題也都大同小異，不外乎是屋頂屏蔽功能的缺失補強而已，那並不需要太專業的施工技術，幾塊木板跟鐵釘往往就能輕鬆搞定，只是這麼一來時間就拖得晚了，眼見得天色漸黑，雨勢也慢慢大了起來，到處都飄著看似浪漫但其實惱人的水霧，可美忙完最後一家的屋頂後，回到阿姨家來，她還沒脫下雨衣，也還沒卸下身上的裝備，手機忽然又響了起來，劉吉人劈頭就問她回家了沒有。

「我還在阿姨家，剛忙完而已，等等就回去。」不想挨罵，也不想讓對方擔心，可美保證路上不會再耽擱，一定會趕快回去。

「不行，不行，」結果劉吉人反而說：「天黑了，妳這樣騎車更危險，今晚別回來了，妳在阿姨家住一晚，我明天一早回去了再過去接妳就好。」

「你也還沒回去？」可美一愣，劉吉人說他們一群人今天趕場，跑了三個菜園，採收了為數不少的高麗菜跟青椒，卻也因此延誤了下山時間，現在雨勢正大，又擔心道路坍方，所以決定全體窩在山上的農舍過夜，等天亮了再下山。

「這裡的房子沒什麼大礙，該修的幾乎都修好了，阿姨有二姊陪著，不會有問題，但是你媽一個人在家，比較有安全顧慮呀。」可美說。

「那麼大一個村子，左鄰右舍都在，有什麼好顧慮的？」劉吉人嚷著：「妳自己一個人騎車又跑回來，才讓人擔心安全吧！」

「有危險我會大聲叫你的。」可美試圖用輕鬆的口氣說話，但劉吉人卻一點也開心不起來，他不斷提醒可美，告訴她這兒的颱風有多可怕，一個住慣了都市的人是絕對無法想像的，同時也再三強調，山路很長，途中如果哪裡出了意外，就算想救人，只怕也無從救起。

「我已經在這裡住了好幾個月了，好嗎？」可美有點生氣了。

「妳已經死過一次，我可不希望妳在這裡又死一次。」劉吉人著急著，說：「這時候拜託妳千萬別變成以前那個夏可美，好嗎？」

「不好！」生著氣，可美直接把電話給掛了。

為什麼這麼不相信別人呢？可美嘟著嘴，真想大聲罵他幾句髒話，真的被這個劉吉人給看扁了嗎？她今天騎車過來時，路上雖然也飄著一點雨，但還不到會嚴重影響行車安全的地步，趁著現在回去應該還來得及，要是等到隔天，萬一雨真的下得更大，把路給沖斷了，那才是天大問題。可美心想前幾天才稱讚劉吉人的好男人作風，沒想到今天他就專制起來了，實在太可惡，她決定回去後一定要好好教訓一下這傢伙，要他別小看了別人，就算從小在城市裡長大，她夏可美也絕對不是個膿包。

不過想著想著，她腦海裡又浮現畫面，想起劉吉人說今晚會留在農舍過夜，山上的農舍長什麼樣子？大概是一幢結構不會太牢固，裡面可能沒水也沒電，甚至連張床都沒有的小型鐵皮屋吧？屋子地板不會鋪上磁磚，頂多只是水泥地面，到處堆放著農耕用具，或者暫時用不到的什麼肥料或農藥，是這樣子的吧？這樣的地方要怎麼過夜呢？一大群男人，澡也沒洗，飯也沒吃，噢，他們採收了一堆蔬菜，也許會直接拿來生吃，但那地方該怎麼睡人？十幾個男人怎麼可能睡得下？就算他們過慣了這種日子，但橫七豎八的，怎麼也躺不下去吧？可美擔心起來，她知道劉吉人身體強壯，卻不知道有沒有壯到這樣睡覺也不怕感冒的地步，又覺得以他那樣其實還挺重視乾淨整潔的人，怎麼可能拿起一包肥料或什麼東西就當成枕頭，聞著那不通風的屋子裡，整群男人們滿身汗臭味，他會不會徹夜難眠？

一想到這裡，她就覺得自己更有今晚趕回去的必要，一來她想證明自己不是個軟腳蝦，二來她希望早先一步回去，也許可以幫劉媽媽弄一桌飯菜，讓為了躲颱風而狼狽一夜的劉吉人有個驚喜，這也算是對他長時間以來如此照顧的回報，一舉兩得，面子裡子全都贏回來！

想得多了，整個人就傻得出神，阿姨在旁邊忽然貼心地安慰了一句：「放心吧，吉人不會有事的。」

「啊？」可美有點驚訝。

「他啊，雖然以前有很長一段時間不在山上，但是現在回來也幾年了，沒問題的啦。那麼大個人了，難道還不會照顧自己？他從小就很聰明，本來呢，我大姊死了老公以後，很多人勸她改嫁，可是她就是不肯，說要好好工作，把孩子栽培好。起初我們也這樣想，是嘛，妳看一個聰明活潑的好孩子，要是留在山上的話豈不是浪費了？當然要送他下山去讀書，以後才能做一點輕鬆的工作，別像山上這些男人一樣，只能到處幹些粗活。可是說起來就是那麼怪，人家都拚了命想往山下去，想往城市裡擠，結果吉人偏偏就回來了。」

「他為什麼會想回來？」儘管已經聽劉吉人自己說過，但可美現在更想聽聽其他的觀點。

「這孩子說聰明是聰明，要說傻也挺傻的，他回來那一天，就跑到我這兒來要醃番茄吃。我問他回來是放假還是怎麼樣，他居然說已經把工作給辭了，還說什麼台北太多人、太多車，擠來擠去，日子過得不舒服。我就問他啦，又不是擠不過別人，他不是都已經當上了什麼工程師了嗎？結果那小子搖搖頭，跟我說公司裡這種工程師隨便抓都有一大把，一點意義也沒有。」

「至少他的薪水不比別人差吧？」可美搭腔。

「可不是？這樣說放棄就放棄了，回來以後，他老媽可氣死囉！」阿姨笑著說：「不過我聽說他好像還在幫人家寫什麼程式賺錢，而且不必去公司上班的樣子，也不曉得那是什麼東西。反正就是這樣子囉，哎呀，小孩子有小孩子的想法嘛，不要勉強他比較好。」陪著可美一起站在門口，望著外頭的雨霧，阿姨忽然又問：「對了，你們哪時候結婚？」

「結婚？」瞪大了眼，可美懷疑自己有沒有聽錯。

「怎麼，你們還沒確定日子嗎？前幾天我大姊打電話來，還講起這件事，她說妳以後一定是個好媳婦，結婚前還上山來實習一下，實在很難得。妳知道，很多都市女孩子都不肯做工了，不會種菜、不會養雞，哎唷，笨得跟什麼一樣。」

「我……」可美真不曉得該說什麼才好，她一直以「劉吉人以前的同事」的身分留在山上，但怎麼到了劉媽媽的嘴裡卻徹底變了個樣？

「不過當然也沒關係啦，結不結婚都一樣，別以為我們原住民住在山上就一定很保守喔，我們有些人的觀念其實也很新潮的啦，你們如果很愛對方，那就算不結婚也沒有關係呀，對吧？說什麼基督教反對婚前性行為的，那只是見仁見智的嘛，沒關係啦。」說著，阿姨還貼心地拍拍可美的肩膀，說：「飛鼠可以飛，飛鼠也可以走，都可以嘛，重點是時代要往前進，這樣就對了。」

有些時候，與其努力辯白，想證明一點什麼，最好的方式未必就是要與人爭得面紅耳赤，反過來什麼也不講，等待時間來讓一切真相變得清晰，這也不失為更好的辦法，尤其是在這樣的地方，可美知道這些原住民朋友們總是直腸子個性，他們既然相信了第一套說法，那就不必她費心再用第二套說法來解釋，反正時候到了，大家就會明白了，現在要是費勁地澄清，那只會讓別人更霧裡看花而已。不過就算是這樣，自己也不能一整晚陪著阿姨就聊起「婚事」吧？趁著二姊正要開始做飯，可美急忙收拾起工具包，準備就要告辭。

「妳現在要走？那怎麼行？天都黑了！」阿姨大吃一驚，還說她幫村子裡的大家都修好屋頂，今晚不管風雨再大，大夥聚一聚總是必要的，她剛剛還吩咐了二姊，打電話去召集大家，今晚肯定是要不醉不歸的。

「如果不回去，怕我們村子那邊有什麼狀況，大家的工具都還在我這兒呢。」可美急著想脫身，連「我們村子」都說出口了。而阿姨一點也不擔心，還說那麼大一個部落，難道連把螺絲起子或老虎鉗都找不到，非得等她回去不可？說著，她把可美拉進了屋子裡，要她乖乖坐下，什麼也不用想，什麼都不用管，只要飯來張口，酒來也張口就對了。

「這個……」情急之下，可美念頭瞬轉，趕緊又說：「上次我們來喝喜酒，我喝醉了還胡鬧半天，劉吉人不肯讓我喝了啦，他說除非他在，否則我是一滴也不能碰的。」

「自己不喝，還管別人喝不喝了，這小子是誰家的小孩呀！」阿姨立刻生起氣來。

「沒關係，我今天先回去，這樣他才不會擔心。明天，或者後天，我跟他再一起過來好嗎？」又站了起來，可美就怕這整個村子的大家輪流灌酒，那她可受不了。千推萬阻，好不容易才勸阿姨打消了今晚要辦宴會的念頭，可美拎著工具袋，一小步一小步地退到門口，嘴裡還不斷應付著阿姨的熱情。

「那妳至少帶點東西回去，不可以空著手回家。」阿姨靈機一動，轉個身就要往廚房跑，還不忘回頭交代：「妳在這裡站好，不可以偷溜喔！」

莫可奈何，最後可美帶上的，除了那一包工具之外，車子的小置物箱裡還裝了一整袋的青菜，那些都是阿姨自己種的，另外又有一個玻璃罐，裡面裝得滿滿的，全都是劉吉人最愛的醃番茄。阿姨先拿報紙將番茄罐子厚厚地包上幾層，再塞到可美的背包裡，以免一路上碰撞，那些工具會敲壞了玻璃罐。

「叫劉吉人慢慢吃，今年就只剩下這一罐，要是太快吃完了，我可沒東西再給他啦。」阿姨笑著交代，幾乎把家裡能給的都給了，這才站在門口，看著可美已經穿好雨衣，騎在機車上，載著豐盛的戰利品準備出發。

「跟他說，這麼好的女人哪，如果他最後膽敢不娶妳，以後他也別想再吃到醃番茄了。」最後，阿姨還補上這一句。

愛情不是旁人敲了邊鼓後就能半推半就而成了事的，我們愛不愛才是重點。
但我們愛嗎？或者，我們那也能算是愛嗎？

路況比可美來時顯得更糟糕了，雨勢不斷變大，道路泥濘不堪，而更糟的是，可美才騎出來不遠，立刻就遇到一小段的土石流，黃色的泥漿沖開了石頭，流過了本來就滿是坑洞的路面。可美想起阿姨說的，雖然颱風才剛來，但其實山上早些天就已經下過雨，雨水滲透到土壤裡，鬆動了原本的結構，現在再加上一場颱風，有些地方肯定會有災害。

就算真的有也不必急著現在證明給我看吧？看著那一灘泥濘，可美皺起眉頭，她維持在二檔的緩慢速度，雙腳幾乎貼著路面，兩隻手用力抓著機車把手，小心翼翼才越過那一灘泥水，但轉過山坳不遠，第二道難關立刻接踵而來，順著山脈的走勢，那一整片向內凹的地方居然全都卡滿了霧氣，再加上天色又暗，可美這輛車的大燈根本無法有效照明，能見度頂多不過幾公尺遠。她倒吸了一口氣，只覺得不如還是折返算了，至少在阿姨家還能安全地度過這一夜。可是轉念又想，如果回到那裡，就算沒人會嘲笑她的懦弱，面對一杯杯村民們斟上來的酒，那是喝或不喝？而阿姨滿心以為她是劉吉人的未婚妻，這又該怎麼澄清交代？一想到這裡，她硬著頭皮對自己說，再怎麼難的難關也會過的，人家住在這山上幾十年、幾百年，面對的天災人禍還怕少了？可人家不也一樣挨過來了？自己這種養尊處優的都市小孩幾曾吃過一點苦？冒過一次險？是了，自己踏出家門的目的，不就是為了展開新的生活、追逐新的夢想、體驗一下冒險的滋味？如果現在就掉頭龜縮回去，那乾脆哪裡也不用去了，就躲到父母的保護傘下就好了，還談什麼走自己的路？

鼓起勇氣，她慢慢地催動油門，但依然保持著極慢的車速，雙腳也還是不敢踩上踏板，唯恐一個打滑會來不及應變。慢慢地騎進了霧氣中，可美本以為路上至少會遇到什麼進出的車輛，可以稍微安點心的，不料又走上一段路，不只沒有來往人車經過，甚至連一點什麼小動物都沒看到。

雨勢似乎有稍稍變小的跡象，但這片霧氣卻更麻煩，可美不斷伸手揩拭安全帽鏡片上妨礙視線的水氣，最後她索性把罩子給掀開。而入了夜之後，儘管還是盛夏季節，身上卻不斷冷了起來，尤其鞋子進水之後，她不斷動動腳趾，想確定雙腳依舊安然，一邊慢慢騎著，一邊仔細看路。這條山路的路面極為狹窄，有些地方緊鄰山谷，若是好天氣時，可以看見壯闊的景色，而有些地方靠著山坡邊的茶園，同樣能帶來輕鬆自然的好心情，只是現在不管往哪個方向看，全都是黑鴉鴉的一片，唯有一束從自己車上發出去的燈光，不斷在霧氣中搖曳，看來就非常微薄軟弱。可美在心裡想著，自己這一生中可有歷經過這樣的遭遇？她忍不住拿前陣子那段低潮的心情來比對，要說黑暗，那可真的是同等黑暗，差別只是一個是心理，而眼前這個則是實際的遭遇。那段經常流連在酒吧裡買醉的日子好像已經很遙遠了，她雖然還記得自己最常喝的是一種名叫「長島冰茶」的調酒，但現在卻怎麼也想不起來那是什麼滋味，咂咂嘴巴，全都是冷冰冰的雨水，一點味道也沒有。

不過就算是這樣，也總好過繼續沉淪在酒精與悲傷裡頭吧？只要騎完了這段山路，她會回到一個再安全不過的地方，首先會經過一片櫻花樹林，然後就會看見十字架在樹影中忽隱忽現，跟著小村落便呈現眼前，像世外桃源一樣，沒有塵世中那麼多的繁瑣與煩惱，有的只是雞犬相聞的寧靜自在，還有一個看似老實天真卻總能帶來溫馨體貼的劉吉人，雖然住在他家斜對面的村長有點可惡……一邊想著，手中沒有抓緊，車子輾過路中的樹枝，忽然打滑了一下，讓可美嚇了一大跳，急忙用力抓住把手，驚魂都還未定，跟著前輪又掉進一個坑洞裡，濺起了黃色的泥水，也讓可美雙手虎口發痛。

好吧，還是專心一點好，本來想藉由無邊無際的想像來舒緩自己緊張的情緒的，沒想到反而差點摔車。可美收起雜亂的思緒，重新緊盯著眼前的路況，但這段路實在太糟了，根本看不清楚。好不容易騎出了重霧深鎖的山坳，偏偏雨又大了起來，她趕忙把安全帽的鏡片又蓋下，但雨水很快又模糊了視線，最後在蓋與不蓋間，可美選擇再次掀開，儘管雨水打在臉上又冷又痛，但至少還能看得見路面。

自己也不曉得到底騎了多久，感覺上像是已經走了大半段的路程，但也許只不過幾分鐘而已，繞過幾個山口，四處都是黑濛濛的一片，可美依稀記得自己來的路上有些什麼景致，然而夜幕籠罩時卻一個也瞧不見，剛騎過一段下坡，原本就已經流失的路基現在更慘了，黃黃褐褐一大灘，根本無法辨認哪裡有坑洞，她硬是騎了過去，劇烈的顛簸讓她全身骨頭都快散了一樣。而今天來到這裡時，好像有看到坡道邊有棵很特別的大樹，那棵樹的樹幹幾乎是橫著長，拚了命地想掙扎往一個能照耀到陽光的方向，只要看到那棵樹，就表示距離已經不遠。

左顧右盼著，可美很想快點看到那棵樹，但瞧著瞧著，卻什麼也沒發現，而就在那時候，她偏偏沒注意到一個本來老早就該被她注意到的坑洞，前輪毫無預警地陷下，重重的撞擊下，車子瞬間一偏，可美連尖叫都來不及，右手跟右腳同時煞車，結果車子反而打滑，寬大的後輪原本應該要具備的強大抓地力全都不見了，一個甩動，車身往旁邊傾斜，可美還沒反應得過來，就看見車燈前面正對著一棵大樹，卻不是她找呀找的那一棵。車頭撞上了樹身，她也跟著摔了下去，而滾落山坡時，她本能地抓住了安全帽，想護住頭部，但背上卻不曉得撞上什麼，一陣直達心扉的劇痛強烈襲來，她連哼都沒辦法哼出一聲，只能幾近昏迷地癱了下去。

她不知道自己躺了多久，也不曉得是否受了什麼傷，反正全身都痛，痛得她站不起來。沒有人家說的那種躺在草叢上的輕軟舒適，只有不斷打在臉上的雨水讓她連昏迷都昏迷不了，自己到底摔到了哪裡？是還在路邊？還是已經掉到了山谷裡？應該不會摔出太遠吧？不然哪裡還有命在？但現在怎麼辦呢？全身都濕透了，一陣陣冰冷的感覺讓她知道自己還活著，但現在這樣跟死了又有什麼差別？不，這應該比死還慘，如果一摔就摔死了，那倒還一了百了，但如果只摔個半身癱瘓，那以後才是大麻煩，不只自己會很煩，對所有人而言也是莫大負擔，自己的爸媽就不必說了，要怎麼跟鳳姨、王漢威，還有狗骨頭他們交代？出門前還信誓旦旦地說絕對不會有事，結果卻摔成了殘廢。還有劉吉人，他一定會非常自責吧？可是他為什麼要自責？這一切又關他什麼事？不對，劉吉人不是那種會把責任撇得一乾二淨的人，他會責怪自己疏於保護與照顧，千不該萬不該讓一個女孩子在這種颱風天裡還騎車出門。那以後呢？他會不會因為這樣就陪在對方身邊一輩子？有需要補償到這種地步嗎？應該沒這麼誇張吧？不過那也難說得很，畢竟每個人的想法都不同，如果換作自己是他的話……

躺在原地，連動也不能動，但可美卻察覺到自己的意識竟異常清晰，她看不見天空，漆黑的夜色裡只有雨水不斷落下來，有時直接落到眼裡，她便眨了幾下，所有曾經在身邊出現過的人這時候一個個輪番登場，但想來想去，可美忽然又奇怪了起來，前男友呢？這個傷她最深最重的人怎麼又不見了？前幾天還因為收到那一封簡訊而低潮老半天的，現在怎麼完全沒想到他？可美動也沒動，可是卻皺著眉頭，一方面因為身體的疼痛，一方面則因為想不起前男友的長相而困惑。該不會把腦子給摔壞了吧？還會記得那麼多人跟事，就表示一點記憶也沒摔出腦袋，那怎麼會想不起那個人的樣貌呢？可美很想摸摸自己的頭，卻沒有把手舉起來，她試圖思索一下跟前男友有關的事，但除了想不起來他的長相之外，也不記得他常穿什麼顏色的衣服，甚至想不起來他喜歡吃些什麼。

一想到吃，可美忽然全身震動了一下，自己背上那一袋工具呢？還在嗎？裡面被厚厚的報紙給裹住的玻璃瓶該不會破了吧？那可是今年最後一批醃番茄了，萬一打破，劉吉人就什麼都沒得吃了。她可以想不起來前男友的事，但這個可不能忘。一想到這裡，也不曉得哪裡來的力氣，可美輕輕扭動一下身子，發現自己原來還能動彈，她勉強支撐著身體坐起來，只知道這是一片斜坡，害她摔車的路面就在上方，但不曉得有多高多遠。那機車呢？左右張望，一片漆黑中什麼也沒看到，車子大概已經熄火了吧，所以也沒聽見引擎聲。

努力掙扎著，她很想攀住一點什麼，哪怕是樹木或石頭都好，有了支撐點才能站得起來，也才有機會走回去。不過才一使力，可美的左腿就奇痛無比，黑暗中摸著都是濕的，也不曉得是雨水或血水，又怕滿手污泥弄髒外傷傷口，所以不敢冒然。而再一摸背後，發現工具包沒丟，稍微探手，裡面的厚報紙也還在，甚至沒有濕掉。如果那罐醃番茄倖存的話，那可真是老天爺給面子了，可美心想。

這一躺就躺了大半夜，她忽然有種不如昏倒也好的想法，昏死過去，就不會這麼胡思亂想，更沒什麼好擔心受怕。在那漆黑的雨夜裡，雨水落在身邊、落在身上、落在附近，發出了各種不同的滴答聲，大概已經過了半夜了吧，聽說黎明前的夜晚是最黑暗的，但事實上她從沒仔細留意過，而在這山上的部落裡，哪裡有分什麼程度的黑，到了晚上，只要燈火都熄了，不管怎麼看都是一片黑呀。躺在原地，可美嘆了口氣，發現肚子餓了起來，她有些後悔，就算不吃大餐，至少在阿姨家應該多少填個肚子的，現在飢腸轆轆，更讓她感到萬分不舒服，很想打開那罐醃番茄來吃，但想想卻作罷，那是要給劉吉人的，而且已經是今年的最後一批，吃了可就沒了。

為什麼劉媽媽會說自己是他們劉家未來的媳婦呢？她並不質疑劉媽媽的心態，只是覺得好笑，一個五十來歲的婦人，長年住在山上，她到這年紀了，還會有什麼放不下的牽絆，或者有什麼樣的期待？想來也不過就是看著兒子成家而已。但自己怎能當得上他們的媳婦？即使不考慮到自己現在對愛情的保守心態，她伸出手掌，這夜裡雖看不真切，但可美知道這雙手掌並不粗大，力氣也小，根本就是個沒經過鍛鍊的柔弱樣，在山上打打雜，幫忙做點小事還可以，但如果丟著一片菜園給她，她拿什麼去耕作？連高麗菜的種苗長什麼樣子都沒見過，要不是跟著劉吉人東跑西跑，增添了一點見聞，她還一直以為高麗菜其實是灑灑種子就能種下的。

那劉吉人怎麼想？可美忍不住猜了起來：他對我是什麼感覺？一個正常人應該不會把另一個來路不明的女孩收留在家這麼久吧？就算他們是好客的原住民也不應該這樣，那未免太誇張了點。不收房租、沒算飯錢，還經常偷拿貨架上的罐頭來給自己，這算不算是喜歡一個人的表現？但這種程度的示好會不會太弱了點？也在都市裡打滾過的劉吉人不像這麼迂腐的人吧？他示愛的方式難道只有這種小學生的等級？但如果沒有喜歡的感覺，那難道他是開辦慈善事業的？或者劉家其實就是流浪動物收容所？可美忽然覺得荒謬，兩個人一天到晚吵著對愛的定義，也常把一個「愛」字掛在嘴上說個沒完，但她卻完全不懂劉吉人內心深處的想法！

想到這裡，她忍不住笑了出來，她喜歡部落裡簡單的生活，喜歡這些人單純的想法，也喜歡劉吉人不經意間流露出來的關心。在田裡，他會認真地介紹每一種植物的栽種與照顧細節；在家門口，他會指指點點，告訴她哪個方向通往何方，還說等改天有空要帶她去一睹清境農場跟合歡山的樣貌，甚至也會告訴她每個部落之間的歷史淵源。也許說著說著，就會跑來哪戶人家的小孩，劉吉人喜歡跟小孩子玩，他們不像可美想像中，只能玩些跳格子、爬爬樹的活動，在這麼偏遠的山區部落裡，有些人的家裡照樣有現代化的電動玩具，劉吉人偶爾還會跑到那些小孩的家裡，跟他們一起玩遊戲。

那他喜歡我嗎？可美有些懷疑，有些不確定，但更多的卻是懊惱，懊惱於自己沒有好好了解這個男人。她想知道劉吉人的心裡想些什麼，卻半點也摸不著頭緒，她只知道劉吉人永遠有各種古怪的工作可以找她一起去，哪怕只是修修家裡的門窗，或者到田裡去幫忙清理清理雜草，他總能適時地發現可美偶爾會出現的低落，那都是因為她想起了一些從前所致，但劉吉人不太讓她有時間想這些，伸出手來，他會說：「喂，台北人，田裡的草長得比高麗菜還茂盛了，咱們拔草去！」或者他會說：「飛鼠都已經跑得滿街都是，快要比人多了，妳還有時間睡覺嗎？快點起來打獵吧！」

可美從來也沒有真的看過飛鼠，更不知道原住民是怎麼打獵的，不過劉吉人諸如此類的話永遠說不完，他總是稀鬆平常的模樣，就算田裡的高麗菜都生病了，他也只是拿出手機來拍幾張照片，傳送給農藥行的老闆就能輕鬆解決，又或者當他親自下廚時，總會少放一把刺蔥，或者少放一點馬告，因為他知道可美還是吃不慣這些。

或許這就是一種愛了吧？為什麼愛非得要轟轟烈烈不可？人活著才短短幾十年，每份愛都要轟轟烈烈，那能有多少腦細胞可以消耗？難道非得哭著痛著才叫愛？從貨架上偷偷拿一罐麵筋罐頭下來，這應該也可以算是愛不是？想著，她忽然又笑了，笑自己還是執迷不悟，為什麼凡事總要確定出一個界線，又為什麼情感明明是存在的，卻非得要將這份情感畫分歸類不可？她不知道這是否能算得上是一份愛，但其實明明就在這樣的愛裡安全著、享受著，這樣難道還不夠嗎？

或許自己在都市裡生活太久了，或許自己太習慣精明挑剔的日子了，以致於到了這個很多事情都能模稜兩可的環境裡面時，總忍不住要去細細思索、辨個明白。可是話又說回來了，親情可以這樣將就將就，友情如果不太計較的話也能涵蓋得過去，但愛情呢？兩個來自不同家庭、有著不同背景的人，卻要賭上自己的一生來廝守，這也可以隨便敷衍帶過嗎？什麼都可以看得不在乎，但這總不行才對吧？可美自顧自地點點頭，是了，這一點不該任其矇矓，總有釐清的必要才對，等天一亮，就一點光就好，她要好好看清楚周遭的環境，試圖爬回路面上，然後回家把問題給搞清楚。

只是搞清楚之後呢？可美胸中已經充塞著一股氣勢了，但順著問題想下來，她卻忽然又是一滯，只去想著人家愛不愛她，那她愛不愛對方？如果不愛，這些問題問了又有何意義？萬一雙方都不愛對方，證明好感只是誤會一場，難道可以握握手，假裝什麼事都沒發生過就繼續過日子？那萬一劉吉人有愛，可美自己卻沒有，這又怎麼辦？婉拒，然後收拾收拾就趕緊下山走人？還是要死皮賴臉繼續在人家家裡住下去？這種事自己可做不到。又換另一個情況吧，或許劉吉人根本沒這個意思，只是自己單方面的想像過度呢？她甚至還不能確定自己是否只是因為上一段愛情的挫敗、傷痛，才在這裡對一個願意疼她的人產生移情作用。她已經開始有點搞混，不知道該從什麼角度去思考，從少不更事的少女時代至今，她一直以為愛情就是一種非理智性的衝動，人要是沒有那份對愛的衝動，那肯定是成不了事的，而自己現在怎麼成了這樣子？思前及後的，搞到後來完全弄不清楚方向，卡在一個模糊的地方，還呈現無可自拔的窘境，就跟現在一樣？

最後她還是放棄了，也許想那麼多是沒用的，有時間想這些，還不如保留一點精神，稍微休息一下，等天亮再試著求生比較實際，人可以有千百種死法，但她一點也不想這麼孤零零地死在一場自己沒把車給騎好的窩囊意外中。只是現在自己坐在山坡邊，一點遮蔽也沒有，這雨不曉得要下到何時，淋著雨，說什麼也睡不著。摸摸口袋裡的手機，螢幕早就是一片黑，也不曉得是摔壞或被雨水淋壞了，她嘆口氣，正想看看有沒有辦法能讓自己休息片刻，但稍微動動身子，左腿就是一陣痛，百無聊賴地又坐了半晌，最後總算看到天空出現了一點灰白。對長時間坐在這裡，已經習慣黑夜的她，那一點白色的光線已經非常足夠。可美抹抹臉上的雨水，用力睜開眼睛，稍微確認了一下自己的位置，這才發現其實距離道路邊坡也不算太遠，只是這裡陡峭了點，然後她再往下看，卻發現機車的位置很遠，看來是重力加速度的關係，讓它滾落到更深的山谷中。

騰出手來，把工具包給除下，先將裡面所有的五金工具都取出，這些東西只能修修屋頂，要用來野外求生顯然並不合適。丟了工具，只留下小刀，不過她小心翼翼的，將那罐醃番茄又收了進去，然後再把包包揹好。儘管左腿依舊疼痛，但總不能躺在這裡等待救援，即使劉吉人不放心要找上山來，那大概也是下午以後的事了，而可美懷疑自己的體力能否撐到那時候。

左手抓住一截突出在外的樹根，右手則用小刀拄地支撐，借助兩手的力量把身體往上拉，再勉強用右腳不斷踩蹬，好不容易才攀上了一小段距離，可是臉孔因為在地上磨蹭，到處都疼痛不已，而最慘的是，在兩手一腳都派上用場之際，自己已經沒辦法空出手來，所以臉在泥水上又沾又磨，滿鼻子裡都是泥水的味道。她花了一點時間才稍微往上爬了一公尺左右，很快地就感到疲倦，熬夜加上飢餓，根本無力支撐，又唯恐力氣耗盡，搞不好會滾落更深，所以儘管痛苦，但還是伸出雙手，在大雨中繼續往上攀爬。這一番折騰讓她在中途幾度想要放棄，只是既然都鼓起勇氣了，她不願半途而廢，更不想因此而看輕了自己。掙扎許久，當她極力伸出的右手終於抓到路邊的一根樹幹時，心裡有種想要大聲歡呼的快感，不過張大了嘴，除了雨滴打落地面，濺起黃色泥水噴進她嘴裡之外，卻是一點聲音也發不出來，原來自己早就累壞了。

九牛二虎之力全都用盡，右腿已經發麻，她慶幸著自己沒有中途力竭，跪在地上，眼見得天色漸亮，但還是濛濛的一整片，這一天雨根本沒有變小。可美喘夠了氣，在路邊撿起一根手臂粗的樹枝當拐杖，慢慢拄著起身，儘管跛腳難行，可總算已經回到原本的路面上。依據她在山上住了這段時間以來的經驗，大約早上五點出頭就天亮，而因為天氣的影響，頂多也只會略晚一個小時，換句話說，現在應該是清晨六點才對。

劉吉人那邊現在情況如何？他昨晚在農舍裡有睡好嗎？沒吃沒喝也沒洗澡，看來應該跟自己差不多狼狽吧？天亮之後，希望他下山的路途是平安順利的。等他回到家，再發現自己一夜未歸，一定會非常擔心才對。而可美不想讓他擔心，顛著步伐，她想加快一點速度，只要早個十五分鐘就夠，她不想被劉吉人看見這副模樣。

剩下的路應該不遠，可是卻異常難行，可美在泥水中滑倒了幾次，樹枝也折斷了，她咬著牙站起來，就算拖著左腿也不能停下來，但約略又走了不到百來公尺，才轉過一個山坳，她站在路中間卻傻了眼，本來只有大約兩公尺寬的產業道路已經不見了，取而代之的是一堆從山坡邊滑落的土石，直接覆蓋了道路，而這堆土石粗大的縫隙中還不斷滲出泥水來。

看到這種景象，可美心都冷了，既不知道這段土石滑落的面積有多大，也不曉得自己是否還能有力氣攀爬過去，儘管知道眼前這堆泥土砂石並不高，如果是個正常人，只要鼓起勇氣，總可以小心闖過的，但她實在懷疑自己的能力與現況。四周除了雨聲之外，並沒有其他聲響，或許還沒人發現路斷了，可美嘆了口氣，環顧四下，又撿了一根更粗的樹枝，她知道自己沒有其他選擇了，只能走一步算一步。

那些從山上崩落的土石遠比剛剛爬上山坡時所遇到的更為銳利，原本跌傷的左腿沒有明顯外傷，但現在為了爬過這堆土石，手腳反而被割得鮮血淋漓，忍著痛，她仔細看著腳下，慢慢往前進，慶幸的是那堆土石的坍方情形並不嚴重，有些地方還看得到路面，只是忽高忽低，崎嶇難行。走過一小段路後，已經氣喘呼呼，到了這裡，她再也支撐不住，把那根樹枝往旁邊一擱，一屁股坐了下來，就算離得這麼近，待會還會有土石坍下來，把自己就此活埋，那也只能說是命了。可美發現自己臉上儘管滿是泥水雨水，但居然一滴眼淚也沒有，原來人到了絕境反而會顯得淡然是吧？她望著因為土石坍方而顯得扭曲的整座山，忍不住竟然苦笑了出來。

「這裡可不是睡覺的好地方喔。」一坐下去後，可美就覺得自己再也沒力氣站起來，背上靠著一顆顯然不久前才滾落下來，橫躺在路中央的大石頭，她眼睛幾乎快要閉上，但就在精神逐漸渙散之際，忽然聽到熟悉的聲音，那人將一條毯子蓋在可美的身上，跟著一把將她拉了起來，直接揹到背上。

「路在很前面的地方就斷了，車子根本開不過來，我走呀走的，走了大半夜才走到這裡，結果居然看到妳睡在路中間。會睡在路中間的是什麼動物，妳知道嗎？」他問。

「是什麼？」可美感受到對方身上傳來的體溫，讓她整個人都鬆懈了下來，在那人的耳邊，可美有氣無力地問。

「村長家那隻一到冬天就喜歡流鼻涕的大胖狗，那隻鼻涕狗才會睡在路中間。」

「但是鼻涕狗不會幫你把醃番茄扛回來。」可美忍不住笑著說。

「有醃番茄可以吃嗎？」他笑了一下，「看在妳好心幫我帶回醃番茄的份上，我許妳一個願望，妳想要什麼？」

「可以有什麼？」

「一百顆高麗菜？或者一箱麵筋罐頭？再不然，妳想要什麼都可以。」

「我想去上次你帶我去看流星的地方，去那裡，我要問你一個問題。」失溫後的可美幾乎快要睡著，裹著毯子，無力地趴在劉吉人的背上，隨著他的腳步，不斷往回家的方向走。

「什麼問題？」

儘管腦袋裡有千頭萬緒不斷糾纏，但此時的她已經無法仔細分辨那些什麼愛與不愛，或者真愛假愛之類，一個最簡單的問題，她問劉吉人：「你愛我嗎？」

「這個上次問過也回答過了，而且不必再大老遠跑到那兒去，我現在就可以立刻回答妳。」劉吉人不像在開玩笑，他的體力真的很好，儘管背上揹著一個人，又走在這麼崎嶇危險的路上，卻一點也不喘不累，他彎著腰，伸手拍拍可美的手，用平靜而沉穩的聲音說：「我雖然不太明白，到底在妳的認為中，什麼才能算得上是愛，但反正我知道我愛妳，所以我愛妳。」

「當我說了我愛妳，就表示其他的妳可以不用再問了，我愛妳，這就對了。」可美昏迷前，聽到劉吉人的最後一句話這麼說著。

25

再次睜開眼睛時，可美已經躺在這段時間來睡慣的小床上，小床貼著牆，牆上就是閣樓小窗，有陽光照耀進來。從床上仰看窗外，只看得見藍色的天空，湛藍，一點雲也沒有。颱風呢？雲雨呢？怎麼都不見了？自己在這裡躺了很久嗎？是一天一夜？還是兩天兩夜？身上的傷口現在怎麼樣了？左腿應該還在吧？可美沒有移動身子，只是深深地呼吸了一口氣，很涼爽，很輕，那口氣吸進了肺裡，彷彿連整個人都要飄起來似的。

房裡沒開燈，但非常明亮，她沒出聲叫喚任何人，只是這樣靜靜地躺著，腦海中想到的是自己昏過去前，劉吉人最後說的那幾句話。

如果是在平常時候，聽到他這樣說，自己的心裡應該會滿有感觸才對，但不知為何，現在再想起自己趴在他身上，隨著他的腳步，在堆滿坍方土石的泥濘中前進的畫面，想起那時他說那幾句話的聲調語氣時，心裡卻平靜如斯，她感覺自己好像真的睡了好長一覺，好像所有曾經發生過的事都離她好遠，遠得好像上個世紀的歷史。

稍微抬起頭，把身子撐高，可美舉起左手，看著手上的那道疤，帶點陌生，她還清晰記得那些事，只是缺乏臨場感，沒有悸動，好像那一切都是發生在別人身上的故事，跟自己毫不相干，為什麼會這樣呢？可美不懂。

「我覺得妳應該改名了，別再叫作夏可美了，我把我的名字讓給妳，妳以後叫作夏吉人好了。」房門忽然被推開，劉吉人走進來，手上端著一碗稀飯，他說：「都說吉人自有天相，而妳居然死了兩次都沒死成，這個名字妳才是當之無愧。」

「那是給我的粥嗎？」可美微笑，聞到食物的香味，原本沉睡中的腸胃瞬間醒來，開始有了飢餓感。

「不是，」結果劉吉人搖頭，拉過椅子坐下，自己喝起粥來，還說：「誰知道妳哪時候才會醒，妳想吃的話，待會我再去盛，這一碗可是我自己要吃的。」

「小氣鬼。」可美瞪他一眼。

躺在床上，聽著劉吉人說話，原來颱風來的那天，本來一群男人都窩在農舍裡避風雨，但劉吉人終究放心不下，他一個人開了小貨車冒險下山，一路回到家裡，知道可美未歸，打電話給阿姨，阿姨又說可美早就走了。心裡著急，也不管雨勢正大，開了車又急著出門，沒想到才到半路就發現道路已經出現坍方，他把車停在路邊，徒步走了好遠一大段，才遇到已經體力不支而癱坐在路邊的可美。

「幸虧發現得早，要是再晚一點，山上的土石繼續垮下來，搞不好妳就被活埋了。」劉吉人喝完了粥，說：「陳美美以前念過幾年護校，村長派她來給妳做過簡單的檢查，很狗運呢，居然只有左腿骨折而已，我也請霧社那邊的醫生過來看過了，哪，石膏都給妳打上去了。」

「該不會要躺很久吧？」可美皺眉。

「起碼幾個星期是跑不掉的。」劉吉人聳肩，說：「不過至少命還在，這就算走運了。」

坐在椅子上，劉吉人與小床上的可美只有極近的距離，但兩個人想起了那一天，不約而同都安靜了下來。

「怎麼了？」隔了一會兒，劉吉人發現可美正望著他，臉上像在等待什麼似的。

「事情變成這樣，你不打算罵我嗎？」

「妳應該不是那種還需要別人來罵上幾句，才會學到教訓的年紀吧？」劉吉人聳肩。

「好像也是，」可美一笑，又說：「那不然是不是也應該有些別的什麼話要對我說？」

「是我嗎？我以為應該是妳有話要說才對吧？」劉吉人一臉認真地說。兩個人對看了片刻，忍不住都笑了出來。只是各自淺淺的一陣微笑後，他們又沉默了下來，依舊看著對方，又看了片刻，可美才問他：「怎麼，你還不說嗎？」

「我？我一直在等妳先說話呀！」劉吉人一愣。

真不曉得該拿他怎麼辦才好，可美只能搖頭苦笑，過了半晌，她轉頭看看窗外，問劉吉人這天色是何時放晴的。

「昨晚還有點雨，到今天就完全出太陽了。」他說。

「大家的菜園子都還好吧？」

「搶收得快，還好，不過有幾條山路斷了，現在要等搶通之後才能把菜運下山。妳也知道，我們的政府沒有太高的辦事效率，光靠鄉公所的救災能力又不足，今天有些人已經拿著鋤頭圓鍬自己挖路去了。」劉吉人說。

可美想要點點頭，但躺在床上，脖子很難動彈，劉吉人說這兩天裡，幾乎全村的村民都來過了，每個人都很擔心，有些人還送了補品來，村長尤其大方，一得知可美受傷的消息，立刻派他兒子開車冒雨下山，買了一整盒的人蔘跟燕窩補品來。

「他是怕我死了，剩下兩件事沒人幫他搞定嗎？」可美皺眉頭。

「其實我也是這樣覺得。」劉吉人點頭。

不知怎的，有些話就像哽在喉嚨間的魚刺般，怎麼也吐不出來，但又怕太過寧靜反而顯得尷尬，只好盡量聊些沒邊際的話。可美心裡很想問問劉吉人，那天說的話還算不算數，她想知道兩個人在那一問一答間所提到的「愛」，指的是不是同一件事情。可是這話她問不出來，也不曉得該怎麼問才好，本以為劉吉人會自己說的，沒想到他喝完粥之後，說肚子還有點餓，起身就要下樓再吃一碗，還問可美是不是真的想吃。

「你只能問我這麼傻的問題嗎？」可美有點懊惱。

「傻？聰明人難道就不餓，就不需要吃飯了嗎？」劉吉人愣了愣，還理直氣壯地說：「我問的可是天底下最重要的問題呢！」

什麼是天底下最重要的事？這問題對每個人來說，都各自有不同的解答，或許劉吉人心目中最重要的問題就是肚子餓不餓、有沒有東西吃，但是對可美而言，尤其是這當下，她在乎的才不是有沒有食物能塞進肚子裡。有沒有什麼辦法可以把話題接續回那天的那一刻呢？她很想知道這個骨子裡其實一點也不老實的男人內心最深處的想法，然而那傢伙雖然一臉憨厚純樸的模樣，腦袋卻精明得很，繞了半天，就是什麼也不肯講。她想著想著，一點辦法也沒有，正無奈，房門又推開，可美賭著氣，本來想乾脆裝睡就好，連這碗粥也不吃了，然而門開後傳進來的卻是個女人的聲音，這聲音可美很熟悉，但她怎麼也不應該出現在這裡才對呀！那女人還沒走進來就已經開始囉唆，一路講到可美的身邊，「醒來了？終於願意醒啦？妳可真是好命喔，大家都叫妳小天使是吧？起來啦，小天使，妳的白馬王子已經被嚇得不敢再上來了，只好派我這個老媽子來服侍妳。要喝粥是吧？那有什麼問題，我以前幫妳改小考考卷、幫妳拿營養午餐的便當，現在還得餵妳喝粥。」

可美瞪大了雙眼，儘管轉頭不易，但還是轉過了脖子，她瞠目結舌，半晌說不出話來。狗骨頭走到床邊，坐在劉吉人剛剛坐過的椅子上，舀起一湯匙的白粥，說：「不用怕燙，白馬王子剛剛已經幫妳吹涼了。」

「妳為什麼會在這裡？」眼裡完全看不到那碗粥，可美盯著狗骨頭，心裡懷疑自己是不是還在夢中。

「說來話長，簡單講，就是王子在妳摔車的現場找過一回，撿回妳的手機，還把裡頭的卡片換到自己的電話上，本來他是想聯絡妳家人，告訴他們這個消息的，沒想到卻先接到了我的電話。颱風天哪，有個傻子還騎著機車滿台灣到處去追尋真愛，害我跟王漢威整天擔心受怕，偏偏電話打了很多次都不通，好不容易打通了，結果居然是個男人接的。」狗骨頭說著，那湯匙居然送進了自己嘴裡，咂了一下，還自顧自地說：「唷，吹得可真涼，還真的一點也不燙耶。」

「繼續說呀，別光顧著吃。」可美想伸手打她，無奈手腳還不太有力。

「說完了呀，他給了路線，我男朋友負責開車，我在車上睡了一覺，然後就到這裡了。」狗骨頭一派稀鬆平常的模樣，說：「雖然我還不是很認識妳那個王子，不過感覺上人還不錯，很客氣，也很禮貌，還請我們吃飯呢。」

「劉媽媽在不在？她有沒有拿酒請你們喝？」可美想起的是很久以前，當她在這裡過夜的第一個晚上，劉吉人對她說過的話，他說請對方喝酒，是一種將對方接納為「自己人」的表現。

「什麼酒？」狗骨頭好奇地問。

「噢，這地方的小米酒還不賴，晚上我請你們喝。」可美笑了笑，原來劉媽媽也不是看到誰都會請喝酒的，當初自己可真是深蒙青睞了，只是劉媽媽是依據什麼標準來請喝酒的呢？這個也許有機會可以打聽看看。

不知道可美心裡在想這些，狗骨頭又說：「怎麼樣，妳要不要說說看這是怎麼一回事呢？」

「什麼怎麼一回事？」可美一愣。

「王子呀！」

「妳不要誤會了，不是妳想的那樣啦！」可美苦笑，她不知道該怎麼把這麼漫長的故事在三言兩語間交代清楚，也不知道應該怎麼陳述自己內心的感覺，面對狗骨頭強烈的好奇心，她那還沒完全清醒的腦袋真的有點招架不住，想了又想，只能簡單承認：「好吧，我確實對他很有好感，但他還不是我的王子，我也不是什麼小天使，那些都是大家隨口亂叫的，懂嗎？」

「為什麼？」

「又有什麼為什麼？」可美皺起眉頭。

「都已經有好感了，這不就是故事最好的起點嗎？為什麼沒下文？」

「我不想因為自己在一段愛情裡跌倒，就懷抱著找替身的念頭，去愛另一個願意給我溫暖的人。」可美搖頭，說：「這對他不公平，而且也不是真愛吧？」

狗骨頭哈哈大笑，把碗放下，椅子稍微拉近一點，她說：「第一，妳上次跌倒，那已經是將近一年前的事了，隔了一年，妳絕對有權利、有資格再去愛另一個人了；第二，就算妳真的只是因為心裡缺了一個洞，需要另一個人來填補才找上他，那又怎麼樣？反正妳如果確定他是個不錯的對象，那就趕快插旗子做記號，先搶先贏呀，備取也可以變成正選嘛，不是很好嗎？」

「就算我想跟妳一樣沒良心，但是也不曉得該怎麼開口，總之這件事並不急，妳不要瞎操心啦！」若不是現在左腳有傷，行動不便，她還真想把這根狗骨頭抓起來，直接扔出二樓窗外，懶得再聽這些歪理，可美現在只想趕快結束話題。

「那我知道了，」但是狗骨頭完全沒有要結束討論的打算，一拍手，她說：「妳一定是老毛病又發作了。」

「我有什麼老毛病？」皺著眉頭，可美問她。

「愛情老花眼呀！叫妳站高一點、看遠一點，別老困在眼前的問題裡，妳怎麼老是聽不懂呢？雖然這裡的山是真的有夠高了，但毛病卻沒真的治好。以前妳有一個傷口在眼前，沒學會跑遠一點去躲避也就算了；現在有一個不錯的男人出現了，妳卻又傻傻站在原地，在這裡想東想西，浪費時間。怎麼樣？瞧妳一點不服氣的樣子，想打我是嗎？別妄想了，妳現在只能像個植物人一樣躺在那裡啦！

「言歸正傳，妳只要仔細想想就會發現我說的其實很有道理。愛情呀，如果距離太近，全都是特寫畫面，看不清楚完整的局勢，妳就只能在一堆無關緊要的小問題上糟蹋青春，一定要稍微拉遠一點，妳才會看到完整的幸福長什麼樣子，懂了嗎？」說著，她自己表演起忽遠忽近的樣子，一會兒把頭往後仰，跟著又把脖子向前伸，一張臉直湊到可美的面前來。

聞到狗骨頭身上淡淡的香水味道時，可美確實也發現了，當兩個人湊得那麼近時，果然她能看見的就只是局部特寫，狗骨頭臉上的黑眼圈這時就清晰得很，看來真的非得拉出一點距離，才能看見彼此的全貌，不過也就在這瞬間，她的手一揮，狗骨頭靠得太近而閃避不及，腦袋被她拍了一大下。

「誰是植物人？老娘只是摔斷腿而已。」可美哼了一聲。

幸福的模樣不是鑽研幾個特寫角度就能描繪完成的，看遠一點，才是治療愛情老花眼的正確方法。

26

可美的機車連「撿」回來的機會都沒有，劉吉人在帶回可美後，曾一度回到坍方的現場，在那裡，他只能撿回幾樣五金工具跟可美那支摔壞的手機，而機車落在更下方一點的山谷草叢裡，本來劉吉人還打算等颱風過了之後，找部小吊車來運起的，沒想到山上的土石繼續坍塌下來，很快就把機車給埋掉了。不過那也罷了，反正可美現在左腳踝上還打著一層石膏，一跛一跛，連走路都不太方便，更遑論騎那種打檔車了。

劉吉人開著小貨車，可美坐在副駕駛座，她不時回頭去看看，確定那兩個搬了板凳就窩在車斗上的觀光客有沒有在蜿蜒崎嶇，充滿危險彎道的山路中被甩出車外。一路開到清境農場，兩個觀光客興高采烈地買了門票，立刻跑到裡面去踏青餵綿羊，但可美看看票價表後，卻搖搖頭說不想進去。

「這不是妳一直嚷著想來的地方嗎，怎麼都到門口了，妳卻反而不進去了？該不會是因為票價的關係吧？」劉吉人問她，還搔搔頭，自言自語地說：「這應該不算太貴吧？」

「跟價錢無關，就只是忽然不想了嘛。」可美嘟著嘴說。

從部落裡出來，走了好半天的山路，然後轉上這條省道，在抵達清境農場前，可美看到途中有好幾家蓋得極其氣派又充滿歐式風格的民宿，有的甚至跟歐洲古堡一樣宏偉，還有即將結婚的新人穿著西裝與白紗在那兒取景攝影，雖然很美，但不知怎的，看著看著，可美的心情卻沉了下來，她原本以為來到嚮往許久的清境農場，能映入眼簾的將會是滿山的青翠與大自然的清新，沒想到竟會是這種畫面。看到後來，她一點玩興也沒了，到了清境農場的入口，遠遠眺望那裡頭，有些遊客正忙著與零星的幾隻綿羊合照，但她卻完全提不起興致。狗骨頭並不曉得她的想法，只是希望能讓這兩個持續曖昧不明的人有更多時間相處，一到這裡，立刻拉著男友逕自買票，兩個人興沖沖地就進去了。

對劉吉人而言，這地方已經成了觀光勝地，並沒有太多意義，更何況他是當地人，自然也沒有非得進去走探一番的新鮮感，開著小貨車，載著可美又往更山上走，到了清境農場附近的山頭，走下車來，除了他們之外，這兒沒有遊客，也沒有什麼觀光設施，倒是遠遠地可以看見農場裡整理得非常漂亮的草坪。他告訴可美，這裡最早的時候是羅多夫社放牧的地方，羅多夫社也是霧社事件中參與抗日的六社之一，後來土地被日本人徵收，闢建成農場，幾經更迭才有了現在的規模。

「太商業化，太觀光了。」可美搖頭，「我敢打賭，這些民宿的老闆一定都不是原住民吧？」

「大部分都不是。」劉吉人說：「一般的原住民不太有那麼大的財力，能蓋得起這種豪華民宿。」

「你不覺得很悲哀嗎？」

「悲哀？」劉吉人笑了笑，說：「看待一件事情可以有很多種角度，妳要說原住民們沒有能力發展屬於自己族群的觀光產業，甚至連跟原住民文化有關的小商品都是平地人開發跟販賣的，錢都讓別人賺去了，所以很悲哀或無奈，這的確也無可厚非，但如果換個角度看，因為有他們的努力，才讓更多人了解到原住民的文化，這不也是我們要感激人家的地方？如果沒有那些豪華的民宿，妳認為清境農場會有今天的熱鬧與商機嗎？而在清境農場外面這些賣著小吃的原住民們，他們會有生意可做嗎？」

可美點點頭，一時無語，過了半晌，她才說：「如果當初就知道這裡其實是這樣子，或許我就不會大老遠跑來了。比起來，我們去看流星的那個地方應該更美，對吧？」

「如果妳指的是大自然原始的美，那當然。」劉吉人點頭。

「而且你答應過我，要讓我在那個地方再問你一個問題。」說著，可美轉頭看他。

「我不是已經回答過了嗎？」

「雖然狗骨頭覺得我這樣做很蠢，但每個人的想法都不一樣，她說面對感情這種事，應該把眼界放遠一點，但我認為自己就是有必要在這種近距離的小事情上鑽牛角尖。」不想提到「愛情老花眼」這麼低能的名詞，可美用很認真的表情問：「針對平地人把清境農場這附近變得很觀光、很商業的這件事，你提出了兩種觀點，卻沒有說明自己傾向哪一種，這個無所謂，因為我不在乎，老闆是不是原住民，或者原住民有沒有因此改善了生活，都未必與我有直接關係，對吧？可是你說你愛我，這句話我是清清楚楚地聽到的，但你的那種愛既可以是男女之間，只屬於對方的那種愛，卻同時也可以包含在你們對天地萬物、對這世界的一切都一視同仁的友善裡，請問，你那天說的究竟是哪一種？」可美一個字一個字地慢慢說著，就怕講得急了，會讓對方有所誤解，她問劉吉人：「我指的是刮颱風那天，你來接我時所說的那句，可不可以告訴我，那是什麼樣的愛？」

「這句話指的是什麼，對妳而言真的很重要嗎？」劉吉人語氣平靜地問。

「是的。」而可美篤定地點頭。

並肩坐在草地上，很近的距離，可美幾乎可以看見劉吉人雙眼裡映出自己的模樣，原住民特有的深邃，長長的睫毛也掩不住的光采，但可美卻瞧不見劉吉人藏在那裡面的想法。

「妳有沒有懷疑過，這也許只是一場誤會？」依舊沒有回答可美的問題，他說：「又或者，如果這不是一場誤會，那接下來該怎麼發展？」

「這次換我要拜託你用白話一點的方式來說明，好嗎？」可美說：「我需要的是一個明白的答案。」

「妳帶著心裡的傷，離開了原本的世界，走上好長一段路，終於來到這個充滿新鮮與未知的環境，在這裡有了一番體驗，也走出了一段自己的故事，可是這個世界並不能成為妳最後落腳的地方，不是嗎？妳終究有一天會離開的吧？等妳內心裡的傷口全都痊癒之後，是不是遲早都得回到原本的世界去？如果是，那現在問這個問題還有意義與必要嗎？」不慍不火，也不疾不徐，劉吉人緩緩地說：「甚至，妳有沒有想過，也許發生在這個對妳而言幾乎跟桃花源、烏托邦一樣的地方，所有的故事都只是南柯一夢，夢裡的一切都可能隨著清醒了、回到現實了就變質？在這裡妳無憂無慮，不用費心去管很多現實世界裡的煩惱，所以才有心思跟心情在這些愛與不愛的問題裡煩惱，但回到現實世界後呢？妳將用什麼樣的角度來回首這段在這裡萌芽的種種情感？在這裡，在這當下，整個部落，或者妳看到的這一切都是一張巨大的保護傘，躲在保護傘裡，妳可以無風無雨，但妳不可能躲在傘下過一輩子，妳必須記得這一點。」

說到這裡，他伸出手來，輕輕握著可美的手，帶著安慰的語氣，又說：「我知道在原本的那個世界裡，妳過得並不開心，也受到了很大的傷害，所以一路逃得很狼狽，心裡很難過、很害怕，這些我都看得出來。在這段陪妳療傷的日子裡，也許我也可能做了一些舉止，所以讓妳產生了比較，也產生了誤解，但事實上我只是我，我沒辦法代替任何人，而我不希望當某天妳真的能夠拋開那些悲傷時，再回過頭來，卻發現其實我也不過如此平凡無奇，原來我所為妳做的，跟任何一個願意陪伴妳走過低潮的人都一樣，沒什麼了不起的，到了那時候，妳恐怕會懊惱不已，而我搞不好也得落得一個回家自己吹口琴、吃番茄的悲慘下場。」

聽完這麼長的一段話，可美忍不住心中詫異與欽佩，她從沒想過，原來劉吉人在心裡考慮的事情有這麼多，一層又一層，交織重疊在一起。比較起來，她自己所想的好像變得很膚淺，也一點都不切實際。儘管現實問題是可美不在意的，她當年既然敢爭取回台灣的機會，又膽敢為了男朋友而延畢，後來還有膽量走出家門，出來闖蕩了這一圈，當然以後也就未必會把家人的觀點與看法放在眼裡，而即使她相信自己未來依然還有這樣的勇氣與膽量，但現實情況會不會允許她這樣做呢？可美並不擔心劉吉人說的第一個問題，現實世界也好，或者在這深山部落裡也好，她並不擔心兩者之間的差異會是一道不可打破的藩籬，她所思考的，是劉吉人提到的第二跟第三個問題，這種心動，也許只是因為躲在這道保護傘下，無憂無慮才有心思發展出來的感覺？可美自己確實也曾這樣懷疑過，這種對劉吉人的好感，或許只是在心裡有傷的情況下，剛好有人適時填補，才造成愛情好像又回來了的錯覺。

但真的是那樣嗎？望著劉吉人的雙眼，她沒有開口，可是心中卻想，在這次車禍意外後，雖然身體到處都有傷，但清醒後的心裡卻莫名地踏實，她好像不再感受到心中原本一直存在的痛與難受了，就像那天摔車，倒臥在山坡上時，她想到了好多好多，可是卻想不起前男友的臉孔，反而是劉吉人的輪廓在她腦海裡如此清晰，而她拚了命地掙扎求生，為的也不是怕死在山裡會讓誰難過，她只是不想讓劉吉人擔心而已。

難道這樣還不是真正的愛嗎？她摔斷了腿、弄傷了臉，到現在手腳上還滿是包紮著的傷口，可是心裡卻清清朗朗，只剩下眼前這男人的身影，難道這還不算愛？

「我們再去那個地方好不好？去看流星的地方。」莫名其妙的，可美忽然問。

「現在嗎？」

「都好，愈快愈好。」可美點頭，「去那個地方，我還是想在那裡問你，如果我不去考慮你說的那些問題，或者那些都已經不再是問題，那麼，你愛我嗎？我說的是只屬於彼此，不會再分給任何人的那種愛，你愛我嗎？」說著，可美眼裡流下了淚，「這是你答應過我的，我只想要這個願望就好，好嗎？」眼淚滴落，滴到了可美的手背上，淚水滑下，也溫暖了握著可美的手的，劉吉人的手。

我想要的，只是一份僅屬於彼此，再不會分給任何人的那種愛。這樣就好。

她從來不覺得自己是個能如此坦蕩去問出這種問題的人，但為什麼現在卻會真的這麼做了，自己也不明白。劉吉人沒有回答，他擦擦可美臉上的眼淚，一句話也沒有說。

狗骨頭他們在部落住了兩個晚上，第三天一早，又要循著原路回去，這段路程其實非常遠，先下山到埔里，再轉上往北的高速公路，繞過北台灣，然後再回宜蘭，狗骨頭現在是一家鞋店的店長。本來他們可以省下不少路程，直接走橫貫公路就好，只是颱風剛過不久，就怕中途還有鬆動的土石，容易造成危險。

「妳到底想通了沒有？」離去前，狗骨頭的男友被劉吉人他們拉著一起去搬菜，部落中的人們拿了為數不少的蔬菜，裝成好幾大箱，全都要讓他們帶回去。趁著空檔，狗骨頭把可美叫到一邊來問。

「現在恐怕已經不是我的問題了。」可美苦笑著搖頭。

「什麼意思？」

「我這輩子從來沒幹過這種事，真的很荒謬。」持續搖頭，可美說：「昨天去清境農場，我什麼話都跟他說了，只想要一個答案，結果他屁也沒放一個。」

「什麼話都跟他說了，這句話有語病。」狗骨頭說：「妳到底說了什麼？」

「因為有個狗頭軍師給我亂出主意，叫我跳開一點，別去管那些被特寫放大的小細節呀，所以我就問他，如果一切都不要考慮，就只是最單純的愛與不愛，我想要他給我一個答案。」

「他不肯給？」狗骨頭一臉詫異。

「妳說現在是什麼情形？」可美攤手。

「要嘛他瞎了，要嘛他腦袋有問題，」狗骨頭難以置信地說：「再不然就是他本來對妳有興趣，可是因為我來了，看到我，他就臨時改變主意了，這是唯一的可能。」

「快點滾回去吧妳！」隨手抄起箱子裡的一顆高麗菜，可美已經準備砸過去。

為什麼會沒有答案呢？劉吉人那時臉上的表情很複雜，他眼睛裡傳達出來的，絕對不只是簡單的拒絕之意，難道那些問題真有那麼重要嗎？可美想要的只是一個最直接的愛或不愛，二選一的答案而已。

送走了狗骨頭他們，站在路邊，可美稍微側頭，看看站在身邊的劉吉人，他一如往常，臉上帶著笑容，雙手叉在腰間，正目送著遠去的車子。

「你現在有空嗎？」可美問他。

「還好，等一下要去農藥店一趟。」劉吉人說那個老闆家裡有喜事，正需要人手幫忙，他還得趕過去。

「噢，那就算了。」可美臉色有些黯然，她本以為這會是悠閒的一天，想找劉吉人一起去那個看流星的小山頭的。

眼看著劉吉人朝著小貨車走去，正把一堆雜物通通往車斗上搬，可美很想跟著一起去，但才剛跨出一步，卻又忽然氣餒了下來，她知道劉吉人一定是故意找事推託，甚至是故意迴避，不肯跟她獨處。沒有答案，這個男人給不了一個答案，如果給得出，那時他早就回答了，對吧？又何必要可美再三逼問？但問題也就在這裡，可美不懂，為什麼那麼簡單的問題，劉吉人會答不出來，還得這樣推三阻四。

「妳的腿還要多久才會好？」一個聲音在可美的背後響起，低沉而沙啞，回頭一瞧，正是村長。

「大概再一陣子吧。」除了劉吉人，整個村子裡最讓人摸不透也猜不著的，大概就是這個村長了，可美看看腳上的石膏，說：「你可別亂出主意整人喔，我現在別說跑了，連走路都有困難。」

「說話客氣點，什麼叫作亂出主意整人？我是那種人嗎？」村長嚴厲地瞪了她一眼，可美唯唯諾諾，不敢反駁，但心裡想：對，你當然是那種人。

村長哼了一聲，見四下無人注意，這才壓低了聲音，又說：「不用擔心，我現在派給妳的可是一個最輕鬆的工作，手不用抬，腿不用跨，妳只需要按照我的吩咐，用點小腦筋，再動動嘴巴就可以輕鬆搞定。」

「難道是要叫我去說相聲？」

「囉唆，不要打岔！」村長說：「妳剛剛聽劉吉人說了，賣農藥的老何他家有喜事，對吧？」

「對呀。」可美不曉得這與她的第六件工作有何關係，傻愣愣地點頭。

「我跟妳說，老何是個平地人，單身漢跑到山上來工作，娶的也是我們原住民，而且一樣是賽德克人，所以也算得上是自己人。他老婆前幾天生了個女兒，昨晚剛回來，今天就要在家裡宴客，但是人手又不足，就是這件事，他需要劉吉人去幫忙。至於妳，我要妳現在跟著一起去，陪著去何老闆他家。」

「但是我的腳……」

「閉嘴，不要打岔！」村長又瞪了她一眼，說：「妳現在快點跟上去，去那裡跟何老闆多說幾句好話，也叫劉吉人多帶一點東西去，看要什麼青菜水果之類的，不然小米糕或小米酒也可以，我家還有一堆竹子，妳也扛去，還可以做竹筒飯。這些通通準備好，到那邊之後，妳不必自己動手，叫劉吉人去做就可以，而妳要負責講話，要盡量討好何老闆，多說點讓他開心的好話。」

「為什麼……」可美一頭霧水，完全不懂這麼做的意義，村長又瞥眼四下，再確定一次無人偷聽，這才靠近可美的耳邊，對她悄悄地說了幾句話。

車子從山上下來，村子距離農藥店不算太遠，只是路況不好，沿途顛簸。農藥店今天雖然休息，但照常開了大門，人們川流不息，有些三三兩兩聚在一起聊天，有些搬張塑膠板凳，坐著抽菸喝茶，還有一群人則在店門口的角落忙活著，要整治今晚的菜色料理。

劉吉人在路上問了幾次，但可美堅決不肯透露，她說這是村長的交代。「妳什麼時候變得那麼聽村長的話了？」劉吉人指著可美腳邊的燕窩禮盒又問：「那不是村長送妳的嗎？自己不喝，難道要拿去送給何老闆？」

「我自有妙用，這個你別管，我現在只是不想把任務給搞砸了而已。」可美橫了他一眼，「就剩這兩件事了，早點辦完，我就可以早點走人，省得留在這裡，妾身不明，多麼尷尬。」

「別老愛記恨好嗎？我只是……」

「東拉西扯的理由就不必浪費時間再說了，等你願意講答案的時候再約我去那個地方就好了。待會你忙你的，我忙我的，誰也不要妨礙誰，好嗎？」手一擺，可美不讓他再繼續囉唆下去，本來她一直擺著低姿態，想跟劉吉人好好把話說完的，但既然人家不領情，那麼她也不想再這麼低聲下氣，免得有碰不完的軟釘子。

一到農藥店，人們立刻簇擁上來幫忙卸貨。不必劉吉人解說或指揮，大家都知道竹筒飯應該怎麼做，許多農婦們比他還擅長掌握火候，人家立刻開始動工，而劉吉人則負責幫忙做點其他的雜務。

走進了店裡，何老闆還是那個滿臉橫肉的流氓樣，要不是已經見過幾次，算是稍微有些認識，可美其實還挺害怕這種長相的人。打過招呼，喝過一杯茶，還走進他們的臥房去看了新生兒的模樣，也跟何太太打過招呼。她知道如果想搏得何老闆的歡心，最好的方式就是稱讚這小嬰兒可愛，講了一長串的好話，一會兒說小女嬰白胖可愛，以後一定健康漂亮，一會兒又說女孩子大眼靈動，將來肯定聰明伶俐。這幾句簡單的場面話若是從其他大人嘴裡說出來，也許還顯得缺乏誠意，但從可美這一臉還算青澀的女孩子口中說出，似乎就動聽許多，說著，她還掏出了一個由村長準備好才交給她的小紅包，塞到何老闆手上，說這是要給小朋友的。

「那妳可以直接給她，沒關係的。」何老闆笑得合不攏嘴，很客氣地說。

「怎麼會沒關係？當然有關係呀，何老闆，你不知道鈔票上面有很多細菌嗎？雖然隔著紅包袋，但萬一小朋友把袋子弄破了，碰到那些鈔票怎麼辦？所以你這個好爸爸就幫幫忙，先替她收著吧！」可美故作誇張的表情，把紅包又塞回何老闆手裡，跟著提起燕窩禮盒，一併也交給何老闆，她說：「我看今天很多人都帶了禮物要給小寶貝，可是這盒燕窩不一樣，這是要給媽媽的。」說著，她綻開溫馨的笑靨，「媽媽哺乳很辛苦，一定要先把身體照顧好，才能給小寶貝營養，對不對？」

何老闆真是心花怒放，對可美深深感激，退出房間後，走回一樓的店面，可美指著店裡的各種瓶瓶罐罐，好奇地詢問起用途，何老闆心情一好，說起話來也特別有勁，各種山上種菜的用藥與施肥方式，以及他自己是如何在山上幫大家調配藥物、協助改善病蟲害的貢獻全都鉅細靡遺地講了一遍。

可美不是來這裡上課的，雖然臉上始終帶著興味盎然的表情，但聽著聽著，趁何老闆講話的空檔，她伸手指指牆上，故作驚訝地問：「這真是太有趣了，怎麼會有這東西呢？」

何老闆順著可美的手指方向看過去，頓時一笑，原來那面木板牆上寫的是附近幾個部落中，跟農藥店有帳款積欠的名單，可美仔細一瞧，劉吉人這個部落裡的欠帳名單還不少，只是大家所欠的金額都不算太大就是了。

「以前人不都這樣嗎？欠了錢就寫在牆壁上。」何老闆笑著說，這原本只是一種開玩笑的戲謔做法，但後來寫著寫著就寫成了一種習慣，久而久之，大家都知道何老闆是個寬容大方的人，可以接受農民們在阮囊羞澀時必須賒帳的無奈，而且他這人脾氣好，修養好，連度量都好，平常也不會急著追債，總是帶給大家無數方便。

「這樣做生意不怕虧錢嗎？」雖然剛剛的演出難免誇張，但這是可美第一次看到這塊板子，心裡是真的有些詫異。

「能虧多少呢？頂多只是少賺一點而已啦，妳瞧瞧那些金額呀，其實真正會欠大錢的都嘛是平地人，原住民很少有欠下大筆款項的，而且最多也只是拖上幾個月，通常不必我去催，他們收成後，賺了錢還是會來把帳目結清呀。」何老闆說。

「噢，那你這次可能有得等囉。」可美指著自己部落的那一欄，說：「您瞧，黑貓的欠款有八千多塊錢，哈士奇也欠了四千二，還有後面那幾個，他們的菜園在這次颱風都受到了影響，有的人搞不好都血本無歸了，要等他們把菜園給恢復，再等新的菜苗種下去，恐怕還要再過幾個月，有收成了才能還錢呢。」

「這次颱風有那麼嚴重嗎？」何老闆疑惑。

「可不是嗎？」嘆口氣，臉上露出哀悽的神色，可美說：「雖然我只是個外人，但是好歹也在山上住了幾個月，幾乎每天都跟著大家一起下田工作。我這兩天特地去菜園裡看了一下，唉，真是慘不忍睹，他們的未來該怎麼辦，實在很讓人擔心哪。」

「沒跟政府申請補助嗎？」

「政府？天高皇帝遠，有哪個官員管得到這裡來嗎？何老闆你又不是不清楚大家的困難，對吧？」說著，可美又喟然長嘆，說：「現在整個村子裡，大家愁眉苦臉的，誰也不曉得該怎麼辦才好，看到他們那樣，真的很讓人鼻酸哪……」說到這裡，她的眼眶一紅，還真的泫然欲泣。

「好，既然這樣，那我們也不囉唆了，一句話！」何老闆豪氣頓生，拍拍胸口，說：「政府不幫，別人不幫，沒關係，我來幫！」

「你幫？你要怎麼幫呢？」可美露出疑惑的眼光。

「待會妳在這裡休息一下，我拿桶油漆來，把你們村子的欠帳都塗掉，也不用他們還了！」

「天哪，這怎麼可以呢？」假作驚慌的模樣，可美趕緊阻止，但何老闆豪情萬丈，又哪裡是可美能勸得住的，他挺起胸膛，說：「妳夏小姐雖然只是個外人，但今天卻對我老婆小孩這麼關心，又願意幫村子裡的大家下田耕種，妳都有這樣的心胸了，我怎麼可以落後呢？輸人不輸陣呀，對不對？」

「何老闆，您真的是個好人呀！」可美的眼淚真的快要流出來了，「我代表村長，代表整個部落辛苦耕種的農民們向你致上十二萬分的謝意，您真的是太偉大了！」

有些辦法不是正確的辦法，但有些不太正確的辦法卻往往可以是好辦法。

「這種偷搶拐騙的事你們都幹得出來，我看妳乾脆嫁進村長家算了。」劉吉人知道真相後，這麼對可美說。

幾乎不敢相信，但事已至此，劉吉人就算覺得荒謬，卻也已經來不及阻止了，而雖然他不太能苟同可美這種跟村長串通了去唬人的做法，然而他們說的卻也不全然都是謊言，這次風災對山區農業的影響確實不小，尤其像黑貓他們幾家的菜園都受創嚴重，在原本就有負債欠款的情況下，要想把菜園子整理好，又重新耕耘施肥，那肯定會是沉重的經濟負擔。

「這種事無論如何妳總該先跟我商量商量吧？」劉吉人皺起眉頭問她。

「跟你商量？跟你商量什麼？你願意給我一點商量的時間嗎？好吧，就算有時間好了，那請問有商量的空間嗎？如果時間跟空間都沒有，那還叫作商量嗎？」可美瞄了他一眼，轉過頭來，眼睛看著前面的道路，卻一句話也不再說了。

「可美……」一邊開著車，劉吉人忍不住叫她。

「注意開車，別撞山了，我可不想再斷另一條腿。」口氣冷淡至極，可美看也不看他一眼。

順利完成第六件任務，村長那張嚴肅剛毅的臉孔居然也露出了一點微笑，還誇可美是個聰明伶俐的小天使，很難得看到這個老人有笑容，雖然不是很光榮的一件事，但總算是幫村裡很多貧苦的農民解決了燃眉之急，可美心裡多少還是高興的。

這段時間以來，她對村民們大致都有了一定程度的了解，誰家有些什麼人、從事什麼職業，或者家境怎麼樣，她或多或少都清楚。村長已經快六十歲了，早年喪偶之後一直沒有續弦，每天認真工作把兩個兒子養大，長子現在人在外地工作，卻將一個小鬼留在山上讓爺爺管教；次子就是燒餅，他娶了鄰近部落的女孩後，選擇留在山上務農，也是劉吉人的堂兄弟兼好朋友。

「我還是覺得這種手段真的不太光采啦，好像是存心去騙人一樣，有點在良心上過意不去，但你們怎麼一副無所謂的樣子呢？」到了第二天，看到可美一臉開心地從村長家跛呀跛地走回來，劉吉人忍不住說。

「這些話你留著去跟村長說吧，我只是個跑腿辦事的小人物而已。」可美索性把頭撇過去，寧可看著附近的風景，也不想再繼續這話題。

「不關妳的事？妳好意思說不關妳的事？拜託，這種偷搶拐騙的事你們都幹得出來，我看妳乾脆嫁進村長家算了。」劉吉人也不太高興了。

「村長家現在只剩村長跟他孫子還未婚，不管要嫁哪一個，只怕年紀都差太多了，不好意思，不方便。」可美哼了一聲。

已經不曉得還能拿她怎麼辦，劉吉人充滿無奈地嘆了口氣，他早上剛接到一個案子，以前任職的公司主管打電話來，商討了好半天，有個以前由他設計撰寫的程式現在需要補強跟進階，以論件計酬的方式談好條件，劉吉人要負責這件工作，而時間非常急迫，近日內就必須快速完工。看著可美拎起小菜籃子往後院走去，他知道這不是多所糾纏的時候，不管死過幾次，夏可美其實還是夏可美，她要真鬧起脾氣來，看來一時三刻是沒辦法和解的。無奈地轉身，回到自己的房子裡，他還是繼續乖乖修改程式比較要緊。

但是對可美而言，她的心裡一樣很不好受，那麼多感覺卡在心裡，原本閒適的日子變得一點也不輕鬆，她從來沒想過，在這樣的地方，對一個屬於這裡的男人有了悸動的感覺後，接下來要面對的，竟然是那麼多的現實考量。這到底算什麼呢？可美想起自己當初離開台北的目的，她想找的那份愛至今沒有收穫，甚至在劉吉人的身上還遇到更複雜的問題。難道愛情不能像這樣簡單嗎？她站在菜園裡，這裡種了一整排的九層塔，彎著腰，她將一片片葉子摘下來，這動作千篇一律，愛情不能像這樣嗎？要或不要、適合或不適合，一眼就能看得清楚，不是很乾脆爽快嗎？為什麼要故弄玄虛呢？

「那些九層塔跟妳有仇嗎？」冷不防的，一個聲音從背後傳來，村長好像很不喜歡走到別人面前來說話似的，總愛在別人背後發出聲音，他說：「妳這樣子看起來一點都不像在摘菜，比較像在折斷別人脖子。」

「我的企圖有這麼明顯嗎？」沒什麼好心情，她伸手在摘好的九層塔堆裡撥了撥，準備拿去水槽邊清洗。

「是不是有什麼心情不好的地方？妳告訴我，如果是劉吉人欺負妳，村長可以幫妳出氣，處理處理。」他跟了過來。

「處理？」可美冷笑，「您老人家趕快想到最後一件事，讓我從此解脫，這就算是最好的處理了啦。」

「急什麼呢？難道妳很急著走嗎？這村子裡的每個人不是都很喜歡妳嗎？一個人能在一個陌生的環境裡，還得到大家的支持與認同，那不是一件很值得開心的事嗎？為什麼妳還有那麼多的不愉快，還想急著離開呢？」村長這時又變成一個充滿哲理與智慧的老人，把手負在後腰，他問可美。

「每個人都對我很好，這個我當然非常高興，也很感激大家，可是就是有些討厭鬼呀。」可美哼了一聲，說：「那種討厭鬼講起話來神神祕祕，做起事又拖拖拉拉，弄半天一個決定也沒有，白白浪費別人青春，你不覺得這種人很討厭嗎？」

「噢，那倒是。」村長點點頭，又問：「但我們村子裡有這樣的人嗎？」

可美不回答，下巴一努，朝向了劉家，村長順著那方向跟可美一起看過去，碰巧劉吉人正好從自己的窗子裡探頭出來，也瞧見他們兩個正往這邊看過來。

「看什麼看！」村長在那瞬間恢復原本的威嚴，沉聲一喝，嚇了旁邊的可美一跳，也讓劉吉人趕緊又縮了回去。

那一晚，可美躺在床上，不斷聆聽著外面很嘈雜的蟲鳴聲，她以前曾在國文課本上看過這樣的形容，說夏夜的田野間就像一支交響樂隊在演奏，現在回想起來還真有幾分貼切。但她同時也清楚，自己之所以輾轉難眠，也絕非因為這些幾個月來早已聽慣的聲音。在那此起彼落的蟲鳴聲中，她還聽到樓下傳來的聲音，劉吉人正在挨罵，劉媽媽就算刻意壓低嗓門，但這房子的隔音實在太差，她還是聽得一清二楚。劉媽媽說她傍晚遇到村長，偶然聽村長講起，好像自己家裡的小倆口鬧了彆扭，希望劉媽媽這位準婆婆幫忙調解調解。

小倆口？準婆婆？可美很懷疑這兩個詞到底是不是村長說的，或者只是劉媽媽靈機一動才加上去，但總而言之，劉媽媽非常不高興，還說自己生的兒子比村長家的鼻涕狗更笨，鼻涕狗就算不知道自己流了鼻涕，但鼻涕真的滴到地上時，起碼還懂得要到處抹上幾下，把那些鼻涕給揩掉；而自己的笨兒子不知道把握得來不易的機會，人家都不高興了，也不會去安慰或挽回，難道真的要等到女孩子都氣跑了才後悔莫及嗎？

剛聽到劉媽媽罵人時，可美心裡有點不好意思，本想下去寬解幾句，或者稍微解釋解釋，但後來轉念又想，其實劉媽媽罵的也很有道理，要是永遠守在這山上，劉吉人搞不好這輩子都別想結婚了，現在還不好好把握，那不是真的很蠢嗎？可美不用走到門口去偷聽，她光是躺在床上就能聽得清清楚楚，劉媽媽很生氣地說：「我不知道你們倆到底吵些什麼，也不管你們到底吵些什麼，更不想再聽到你們還要吵些什麼，總之這件事情一定要立刻分出個對錯來。」

「說得那麼簡單，分？怎麼分？」

「就是那麼簡單，」劉媽媽非常果斷爽快地說：「她對，你錯。」

「我錯？」劉吉人聲調極高，像是非常不可置信的樣子。

「你這個人難道我還不清楚？你以為自己一直在替別人著想，結果呢？結果只是害了自己也害了別人而已。」劉媽媽說：「這叫什麼？這叫作雞婆！那麼誰有錯？當然就是雞婆的那個人有錯，這還有什麼好懷疑的？」

「我不是雞婆，我只是考慮得比較多。妳有沒有想過，如果我把可美留下來了，那她父母會怎麼想？而且可美真的能永遠住在山上嗎？她要怎麼放棄自己以前的一切？拜託，人家不像我們一樣，本來就住在部落裡面好嗎？」

「她不能留下來，難道你不會陪她一起走嗎？」

「我當然可以陪她一起走，但是妳怎麼辦？妳一個人住在山上，如果哪天跟潘婆婆一樣摔倒了，誰要來救妳？」劉吉人也很激動，他說：「我不是不愛她，可是我要怎麼愛她？我只是一個人，沒辦法切成兩個耶，我們在一起，其實對誰都沒有好處，弄到最後只會兩個人都難過呀。而我住在這裡，這裡是我的家，我心情不好可以躲在家裡喝酒睡覺就好，但可美怎麼辦？她都已經無家可歸了，要是在這裡又受了傷，妳叫她要往哪裡去才好？」

「村子這麼大，我還怕死在家裡沒人發現嗎？這也輪得到你來操心？她在我們這裡還會受什麼傷？她在這裡如果會受傷，那也一定是你幹的好事，帳都要算在你頭上。反正不管她往哪裡去，你都得陪著她去就對了！你以為自己還有得挑嗎？也不看看自己長什麼樣子，再看看自己多大年紀了，又黑又醜的男人還想怎麼選老婆？你姊姊的小孩都那麼大了，而你居然連女朋友都交不到，要是這輩子都結不成婚，我以後死了怎麼跟你老爸交代？現在天上掉一個新娘子下來，人長得漂亮又個性好，你還拚命把她往外推，你是不是喝酒喝多了，腦袋變蠢了？還是你種菜種久了，腦子裡只裝高麗菜了？」劉媽媽好像抄起了什麼傢伙，用力甩在桌上，發出「啪」的一聲，她喝罵著：「奇怪耶，老娘幾十年沒打過你，你大概忘記挨揍的感覺了，講不聽是不是？還敢在那裡頂嘴，真的講不聽是不是？」還沒罵完，又是「啪」的一聲，跟著居然就是劉吉人發出的慘叫聲。

真的打起兒子了？不會吧？可美無法想像一個五十幾歲的婦人還抓著籐條痛毆快三十歲的兒子的畫面，這未免太難堪了，急忙打開門，正想衝出來阻止，結果就聽到劉吉人推開樓下大門，拔腿狂奔的逃命腳步聲，劉媽媽還追了出去，嘴裡兀自大罵著：「你有種就不要回來！」同時夾雜著幾句可美聽不懂的原住民族語，顯然她已經用中文罵到詞窮，連母語也用上了。

三步併作兩步地跑下來，站在樓梯口，可美剛好看見劉媽媽手上抓著雞毛撢子，怒氣洶洶地走了回來，她顫著聲音問：「沒……沒事吧？」

「什麼事？怎麼會有什麼事？」劉媽媽瞬間表情一變，非常和藹親切地笑著說：「我剛剛煮湯，又有一隻不勇敢的鰻魚給我逃出來，剛剛逃到外面去了，我很生氣跑去追呢，結果卻沒有追到，真是太可惜了。」

「鰻魚……鰻魚逃掉啦？」可美哭笑不得，非常佩服能夠睜眼說瞎話到這麼神色自若的劉媽媽。

「要是給我抓到，那傢伙就知道厲害了。」一握拳，非常熱血的劉媽媽說。

你只承認過一次你愛我，而那是不夠的，女人在愛情裡，要的是一次一次又一次，還要再一次再一次地直到永遠。

第二天早上，可美很想給劉吉人幾句安慰，但一看到他臉頰上烏青的痕跡就忍不住先笑了出來，根本一句話也沒辦法好好說完。劉吉人沒好氣地瞪她一眼，捂著傷口，他也無話可說，只能啞巴吃黃蓮，有苦自己吞。

「你的臉沒事吧？」笑了好久，可美忍不住還是想故意撩撥撩撥他，「昨晚我看到你媽抓著雞毛撢子要去追打一條逃出鍋子、很不勇敢的鰻魚，怎麼卻誤傷了你呢？」

「妳再囉嗦的話，我就永遠不帶妳去那個看流星的地方。」劉吉人惡狠狠地一瞪，這一招居然有效地讓可美趕緊閉上了嘴巴。

其實昨晚讓可美輾轉難眠的，除了劉吉人的問題之外，還有另一件事一直縈繞在可美心頭，只是那件事的重要性不但低得多，而且一旦辦好了，也許可美就真的連留在山上的理由都沒有了。昨天剛過中午不久，就在可美情緒暴躁，雙手粗魯地搓洗著九層塔葉子時，村長從口袋裡拿出了一樣東西要交給可美，還放低聲音，小聲地交代著，要她把這當成第七件事。

「這件事非同小可，絕對不能輕易洩漏出去，懂嗎？」那時，村長壓低聲音說。

「跟第六件事一樣要保持低調，是嗎？」

「不錯，連劉吉人也絕對不能讓他知道，懂不懂？」村長非常戒慎，一再叮嚀可美，說這件事傳出去了可大可小，賭上的可是他這個村長一生的榮譽。

「可是我不明白耶，」可美關掉水龍頭，把手擦乾，接過村長手上的信封，她很納悶，不過就是跑腿去寄一封信而已，這種事有什麼好鬼鬼祟祟的？她指著小學的方向，說：「你從這裡走過去，不到兩百公尺，郵筒就在校門口旁邊，你直接把這個丟進去就好了，不是很簡單嗎？」

「不行。」村長搖頭，他說這封信非同小可，必須要拿到埔里鎮上，直接到郵局去寄才可以。

「給我一個理由。」可美挺起胸膛，她說為了幫村民減免農藥店的負債，她已經被劉吉人形容成偷搶拐騙的歹徒了，現在可不想再輕易淪為什麼惡行的共犯。

「因為……」村長想了想，說：「這封信有時效性，要是遲了就麻煩了，而我們這地方，妳也知道，郵差不是來得很勤勞，萬一放在小學旁邊的郵筒，郵差沒有按時來收，那可就錯過時機了。」

「錯過什麼時機？」可美繼續追問。

「抽獎，這個是要寄去參加抽獎的，要是過了期限可就抽不到了。」村長極為古怪的表情讓可美心裡更添疑惑，她看看信封，上面的收件人可不是什麼公司企業，而是一個名叫「邱美珠」的人，這應該是女的吧？可美心想。「那個是負責收發抽獎信件的人。」像是察覺到可美的懷疑，村長趕緊補充說明。

「這是抽什麼獎？哪家公司辦的抽獎活動？怎麼公司不是在什麼台北或台中之類的都市，卻在這個……」看得更仔細些，可美照著唸出來，那是在嘉義縣鹿草鄉的一個地址，可美連聽都沒有聽過這地方。

「製造商嘛，妳知道那種大公司在很多地方都有設廠，在台北的可能是分公司或聯絡處之類的，但是製造廠卻在原本註冊登記的老地方呀。」村長裝出一派鎮定的模樣。

「但我還是覺得很可疑。」可美掂掂那封信，說：「這個重量也不太對的樣子，裡面好像還裝了什麼東西……」她沒注意到村長已經臉色大變，還把信給拿起來，對著陽光就想窺探裡面有些什麼祕密。

「再囉嗦妳就試試看！」結果村長就真的生氣了。

現在那封信還躺在可美的包包裡，很想趁著村長沒注意，拿到學校旁邊的郵筒去投遞就好，但可美總覺得有些不對勁，一來郵差其實每天都會來，哪有什麼不準時的時候？二來那封信裡面似乎還有個類似硬幣的東西，小小的扁圓形，但重量又沒有硬幣那麼重，況且尺寸也不太對。誰參加抽獎活動的信件裡會多放一枚這樣的東西？

「妳整天在這裡發呆耶。」忽然走到她身邊來，劉吉人說：「大白天的，年輕人就這樣浪費生命，不覺得很不應該嗎？」

坐在雜貨店門口的小板凳上，偶爾有幾個零星的客人，可美也不怎麼招呼，反正大家都習慣了自己拿東西，再把錢丟進喜餅盒子裡。她懶洋洋的，看著劉吉人，再指指依舊打著石膏的左腿，說：「我這是在養傷。」

「一點說服力也沒有。」劉吉人伸出手來，問她：「要不要出去走走？又到了應該下山補貨的時間了。」

「唷，你居然敢把手伸過來，不怕我抓了就不放嗎？」可美故意冷笑著問。

「還不知道誰會先受不了呢。」劉吉人居然也是輕蔑地一笑，指頭一勾，叫可美快點把手伸出來。

再一次觸碰到他的手，還是很溫暖的感覺，只是可美知道這不夠真實，他們即使不再針鋒相對，也不再爭執或冷戰，但問題依舊沒有解決，彼此之間還是卡著一層隔閡。因為這樣，所以他們不是情侶，不是愛人，勉為其難或許可以算得上是朋友，卻更像是食客與被依附者之間的奇怪關係。

小貨車一路搖晃著下山，經過昨晚劉媽媽訓子事件後，可美決定不再提起那個太尖銳的話題，劉吉人一天不願帶她去那個看流星的小山頭，就表示他一天不想碰到這個麻煩的選擇題，除了等待之外，她沒有其他辦法。可是這麼不斷耗下去，到底要耗到什麼時候？可美擔心著，這是第七件事了，完成後，她該怎麼辦？

埔里鎮上沒有什麼大型超市，但車子跑了幾個地方後，總算把該買的東西都補齊了，一堆需要保鮮的魚肉類都放在小貨車後面一個攜帶式的小型冰箱裡，也不擔心會酸敗。埔里鎮上艷陽高照，劉吉人問可美想不想吃冰。

「不想。」她搖頭。

「埔里米粉如何？」

「沒胃口。」

「還是妳想去看場電影？埔里也是有電影院的。」劉吉人指著前面的方向。

「除了吃喝玩樂，我們真的沒其他事好做了嗎？」可美轉過頭來，皺著眉。

「因為我希望如果有一天妳終究要離開了，那麼當妳回想起這段與我有關的日子時，都是快樂的回憶。」非常誠懇而坦率的，劉吉人如是說。

「你知道我不是只愛追求這種快樂的人。」然而可美搖頭，嘆口氣，她往前走了去。

跟在後面，劉吉人沒有多說話，他當然知道這不是最適合的相處方式，埔里的冰果店所賣的冰品未必比得上那些電視介紹過的，位於台北的知名冰店；也了解埔里米粉儘管出名，但台灣生產米粉而著名的地方也不少，這不會是什麼絕無僅有的特色；甚至台灣大部分的城市裡都有電影院，他們又何必非得挑埔里的電影院不可？可是他想了想，卻想不出什麼是自己還能做的，雖然可美曾經稱讚過他是個體貼而細心的人，但那跟現在不同，現在，他已經成了漩渦裡的主角，他的一舉一動都可能影響可美的心情。

自己已經失去陪伴她的資格了嗎？他曾經置身事外，可以在可美每一個低落的時候適時地出現，給她帶來歡樂，或者轉移她的注意力，那現在怎麼辦？走在路上，可美還跛著腳，速度非常緩慢，有幾次腳步不穩，劉吉人都有衝動想趕上去扶住她，但偏偏伸出手又縮了回來，他知道自己在害怕，怕成了這個女孩再次受傷的原因。

「奇怪，郵局怎麼不見了？」可美忽然停下腳步，左右張望著，「上次來的時候不是有郵局嗎？」

「在左邊，左轉那邊就有一家。」劉吉人把手一指，同時也疑惑地問她要寄什麼，而可美搖搖頭，說她也不知道。

站在路邊，可美打開包包，把那封信拿出來交給劉吉人，還把村長的千叮萬囑全都拋到腦後，直接告訴他：「這是村長交代的第七件事了，他說要絕對保密。」

「連我也不能說嗎？」

「是的。」可美點頭，說：「不過我相信你是那個值得讓我因為背信而下地獄的人。」

「上帝保佑，妳可真是瞧得起我。」這回換劉吉人皺起眉頭，卻也難掩好奇，想看看可美手上那封信。

「說是要參加抽獎，但疑點重重。」可美把她心裡所有的懷疑都說了，她對村長的認識畢竟不夠，如果想要揣測出什麼端倪，還是得借重劉吉人才行。然而信封在劉吉人手上掂掂，連他也萬分納悶地說：「最大的問題應該是這個，妳看信封上面，居然連寄件人的姓名與地址都沒寫，只寫了我們村子的村辦公室，天底下哪有這種事，萬一真給他抽中了大獎，人家要怎麼聯絡？」

「真的耶！」可美睜大了眼睛，她看了那封信許久，居然沒發現這個更重大的疑點。

一碰到這麼新鮮有趣的事，兩個人頓時忘了剛剛差點要發生的齟齬，反而一起研究了起來，當下劉吉人提議，別把信直接寄出去，不妨先到路邊的便利商店再商討一下。

在那便利商店裡，可美下了一個決定，她把心一橫，跟櫃檯人員借了一把小美工刀，輕輕地沿著信封封口處慢慢挑開，遇到膠水沾黏的地方，則用臨時買來的棉花棒沾水輕輕慢慢地擦，把膠水黏合處一點點地化開。

「這樣真的好嗎？我們在偷拆村長的信耶？」劉吉人沒想到會玩到這麼大，他有點緊張。

「沒關係，他不會發現的，我們看完之後，確定沒什麼不法的事，就會再把信封黏好，照樣幫他寄出去的。」可美屏氣凝神，專心地處理信封上的膠，盡量做到一點破壞的痕跡也不留下，同時又說：「如果哪天東窗事發，你就推到我頭上來吧。」

「不行，怎麼可以……」

「第一，我不是基督徒，也沒有什麼虔誠的宗教信仰，地獄什麼的跟我沒多大關係。」可美一邊動手，還一邊說：「第二，這件事辦完後，我搞不好很快就會離開，到時候就算他知道我動過手腳，反正也找不到我了，還有什麼好擔心的？」

「妳真的要走？」一聽到這幾句話，劉吉人的心裡猛然一驚，但可美沒有回答，她已經順利拆開了信封封口，也把裡面的東西倒了出來。那根本不是什麼參加抽獎的信件，只是兩張摺成四折的十行紙，另外還有一個被敲打成圓片型的鐵製瓶蓋，上面已經有很多鏽蝕，看來頗有歷史，是一款可美從來也沒見過的汽水。

「這是村長的筆跡沒錯。」還沒展信閱讀，光從薄薄的十行紙背後浮印出的文字，劉吉人已經認了出來。

「既然拆了，那就看吧。」可美深呼吸了一口氣，轉過頭問劉吉人：「如果真的有地獄，要不要陪我一起下，你現在快點決定。」那當下，劉吉人看了她一眼，沒有說半句話，也沒有猶豫，他接過可美手中的信，把它攤了開來。

會陪妳上天堂的男人滿街都有，但願意陪妳下地獄的，才是真正適合妳的男人。

30

上個星期，我一個人靜靜地過了生日，孩子們想慶祝慶祝，但我說等明年六十整數了再慶祝就好。五十九歲生日那天，我一個人想了很多事，當了三十多年村長，這個部落裡的每個人、每件事都與我有關，我從早想到晚，想了一天也想不完，但想著想著，後來卻想起了四十年前的十九歲生日那天。

四十年前的生日那天，我這輩子頭一次喝到汽水，那種汽水在嘴裡跳著的感覺到今天都還記憶猶新，打開汽水瓶時，我們一口一口慢慢喝，還捨不得一次喝完。妳說瓶蓋很好看，我答應了要把它敲平再送給妳。所以，五十九歲生日過完前的最後一件事，我翻箱倒櫃把這小玩意兒找了出來，它還收在一個小鐵盒裡，就在我床頭櫃的最裡面。很多年前，我老婆過世後，床頭櫃就沒再翻開來過，那天再打開，裡面一堆東西都發霉了，就這個鐵盒沒事，裡面的這個瓶蓋片也沒事。我想把它送給妳，因為這是我四十年前就答應過的事。

我老婆過世到現在都快三十年了，兩個兒子也都結婚了，大的那個在台北，小的留在山上，還有一個孫子，生活很清閒，妳也知道，村長是個頭銜，部落裡沒太多事好忙。這封信我應該有更多的時間，在更早以前就寫給妳，然而每次有了想要提筆的念頭，又怕給妳寫去了，也許會造成妳的不方便，想到這裡就每每作罷。但我今年五十九歲了，妳也五十八歲了，本來還想再忍忍，也許又忍過一兩年，當我們都過了六十歲時，已經是真正的老年人了，如果那時再寫，可能就不會造成什麼誤會了。可是今年春天時，山上的神木倒了，妳還記得那棵樹吧？以前我常爬上去，每次妳都站在下面叫我。那棵樹本來就枯了，根部沒有抓地力，今年春天因為土石流，山一崩，它就這麼倒了。我在想，那麼大的一棵樹都會倒下來，那我們這兩個快要六十歲的人又怎麼知道能不能再撐上個一兩年呢？所以我忍不住還是現在就寫信了，倘若真給妳帶來些麻煩，請妳千萬要見諒。

我想了很久，在信裡也不知道要寫些什麼才好，大概是年紀大了，年紀大的人不喜歡往前走，卻老愛回頭看。我跟很多老人一樣，心裡常常拿著那些已經不可能時光倒流再發生一次的事來後悔，如果當初怎麼怎麼，或早知道我就怎麼怎麼，也許後來就不會怎樣怎樣。這種想法每天都出現在我心裡，只是沒有說出口來告訴別人。五十九歲生日那天，我也是想著這些過一天。

那個瓶蓋讓我想了很久，為什麼這瓶蓋會在鐵盒裡、在床頭櫃裡、在我這裡一放就放了四十年？是因為什麼樣的緣故，它沒有依照約定被交到妳的手上？又為什麼這件事會成了幾十年來，我那麼多的「早知道」當中，最常被想起的一件呢？寫這些，對我而言真的很不容易，妳是知道的，所以如果妳看到了這兒，心裡起了不高興也請原諒我，我只是希望自己能在跟那棵神木一樣倒下前，把一些藏在心裡太多年的話給妳說說，或者，至少該把這瓶蓋寄給妳，跟妳說聲抱歉。

如果那當年，我去赴了那個約，跟妳見上那真正的最後一面，說不定我們的人生就不會是現在這樣了吧？我還記得那天的天氣很好，風很涼快，雖然有大太陽，卻一點都不熱。妳說過，這是妳一來了就不想再離開的原因，沒有大風，沒有大雨，就算在其他地方是炎熱的盛夏，但在埔里跟這附近山上的部落，卻只有溫暖的感覺，是妳喜歡的暖夏。後來的妳還有來過埔里嗎？還到過部落附近的清境農場或盧山嗎？還記得這地方暖暖的夏天嗎？妳曾說這是妳一輩子最辛苦卻也最開心的一段生活，我一方面高興自己陪妳經歷過這段日子，卻也後悔自己成為妳在離開時沒畫完的句點。

在妳的眼裡，一定會認為我是個沒用的男人吧？甚至還會恨我也不一定。關於那些太久以前的細節，我已經無法一一跟妳敘述說明，也無法一一交代解釋了，我是個不勇敢的人，辜負了對妳的承諾，那時的我一定重重傷害了妳，在這裡，在這封信中，我想用簡單的幾個字來包含我將近半輩子的愧疚，跟妳說聲對不起，如果可以，請妳在心裡也說一聲原諒我，好嗎？寫到這裡，我忍不住責怪自己，原來我是個何等自私的人，讓別人帶著遺憾離開，卻在別人遺憾了幾十年後，平常都一聲不吭的，現在卻在自己臨老之時，突然希望求取別人的寬恕。對不起，這是我一生中最無禮的舉動，我也應該為此而向妳道歉。

我們已經過了那種會希望人生能夠再重來一次的年紀，不會再有這樣天真的想法，只是我曾想像過太多次，如果當時自己做的是另一個比較勇敢的選擇，說不定這後來的幾十年裡就不會有那麼多的遺憾跟愧疚了，活在一個不能坦率表達情感的時代裡，不像現代人動不動就把誰愛誰掛在嘴上，我們那時的年輕人誰敢這樣？所以妳對愛情的執著才更讓我覺得了不起，只可惜儘管妳有這樣的勇敢，但我卻沒有勇氣也把自己的想法表達出來。

如果這漫長的四十年都只是一場夢，夢醒後再回到我們最後約定的前一天，如果我早知道後來的四十年裡，不管生活有了多少變化，但總還不時會想起那個失約的約定，想起自己虧欠於妳的承諾，那麼，在四十年前約定到來的前一刻，我會跟妳一樣，勇敢地把自己的情感表達出來。

我有太多的想法，但也許並不適合再寫，而即使寫了，恐怕也無法寫得完整明白，只在漫長的一生終於要朝著終點走去時，我希望未來不久後，自己能夠懷抱著釋懷的心情死去，而倘若妳還惦記著四十年前那個因為我而產生的遺憾，我想在這封信裡向妳表達歉意，並將這個我遲了四十年沒有送給妳的禮物，一併寄到妳的手上。希望在我缺席的四十年裡，妳的人生是順利的；希望在這封信後的日子裡，妳也是充滿喜樂的。

祝　平安

那封信的一開始沒有抬頭，最後也沒有署名，若不是村長把信交給可美，而信封上寫著邱美珠三個字，一般人根本無法知道是誰寫給誰的。坐在便利商店的椅子上，咖啡瀰漫著香味，但可美跟劉吉人卻誰也沒喝上一口，一口氣看完信，再看看桌面上那個充滿鏽痕、敲平的鐵製瓶蓋，兩個人一時間都說不出話來。

「我們把信黏好，趕緊寄過去吧？」劉吉人吐了一口長氣，語氣中諸多感慨。

小心翼翼地把信摺好，連著那個瓶蓋一起放回去，再用膠水將信封摺口黏妥，兩個人離開便利商店，將信封投遞到郵局前的郵筒裡。

「你覺得那個邱小姐會收得到信嗎？」可美忍不住問。

「很難講，如果他們隔了四十年沒聯絡，那這封信就只能靠著四十年前的舊地址寄出，問題是四十年了，那位邱小姐現在是什麼樣子、是否還住在同一個地址，這誰也不知道。」劉吉人搖頭，「她也許都已經是個奶奶了。」

「很難想像這會是村長的故事。」可美嘆了口氣，她從來不覺得像村長那樣嚴肅嚴謹的人，年輕時居然也會經歷一段刻骨銘心的愛情，她站在郵筒前看了很久，心裡由衷地希望郵差能把那封信順利交到對方手上，即使這故事已經不會再有續集，但至少藉由那份遲到了四十年的禮物與一番文字上的交代，能化解掉兩人深埋心中半輩子的所有遺憾與惆悵。在那裡站了很久，她轉過頭，正想跟劉吉人再說說話，卻發現身邊沒人。

可美愣了一下，東張西望地看了看，忽然看到劉吉人站在斜對面的通訊行裡，他還回過頭來跟可美招招手，要她過去。

「你跑到這裡來幹嘛？」踏進去後，可美一臉疑惑。

「等等妳就知道了。」劉吉人說。

可美進來後，那個店員沒跟劉吉人再交談，不斷低著頭在一支手機上按來按去，過了半晌，好像設定完成，他把手機又裝進塑膠袋中，重新擺回盒子裡，再連同一些配件一起裝袋，然後交給了劉吉人。

「給這位小姐才對。」劉吉人笑著，他打開皮夾，掏出信用卡付帳。

「這是怎麼回事？」可美大吃一驚，不敢伸手去接。

「村長花了四十年的時間猶豫跟思考，最後只能靠一封信來聯絡對方，妳不覺得這就像是在茫茫大海中尋找一艘小船，成功機率近乎渺茫嗎？」劉吉人把袋子接過來，交到可美手上，說：「如果有一天妳真的離開了，不會等上四十年，我也許四天，也許四個鐘頭，甚至四分鐘，隨時都可以打電話給妳，對不對？」

「因為這樣，所以你就買了一支手機給我？」可美不敢置信，那個店員剛剛裝進去的可是一支價值將近一萬元的新手機。

「裡面已經裝上了妳的卡片，一切都設定好了，要不要現在拿出來試試看？趁著新電池還有一點電力，在妳大難不死，重新活過來後，我還可以當那個打第一通電話給妳的人？」劉吉人說著，拿出自己的手機，但他還沒撥出號碼，可美那只袋子裡的手機卻已經先響了起來。

「妳在哪裡？」簡短四個字，卻讓可美的心猛地往下一沉，那是她母親的聲音。

「我在外面。」手忙腳亂地把盒子打開，拿出手機，可美不敢相信母親居然會忽然打電話來，而且就在這麼剛好的時刻。

「我當然知道妳在外面，而且還不只一天了。」母親冷冷地說：「什麼時候回台北？我現在在家等妳。」

可美愣住了，一時間不曉得該怎麼回答才好，劉吉人也是一臉愕然，問她怎麼回事。

「如果回到四十年前，村長會做一個跟當初完全不同的決定。那你呢？如果是你，將來的你會不會感謝自己當年也曾經為了愛情而如此勇敢過？還是你要選擇在四十年後才打一通電話給我，告訴我你心裡有多少遺憾？」捂著電話，可美問劉吉人。

拿著一張感謝狀，可美不知該哭或該笑，上頭寫得冠冕堂皇，感謝夏可美小姐對本村有諸多貢獻，不但熱心參與村子裡的公益活動，還對社區學童的教育與老人照護付出良多，因此特別頒發感謝狀，做為村子裡的一點心意。

那張薄薄的感謝狀上頭只有簡短的幾十個字，卻已經包含了可美這段時間來在這裡所做的一切，然而可美卻不認為自己有過這麼偉大的付出，相反的，是這個深山部落給了她一個避風港，也給了她一個重生的機會，如果當初不是誤打誤撞地走錯路，又剛好遇到機車拋錨，她也許繞了大半個台灣都不會找到重新站起來的力量。只是，當初那個一直陪著她，讓她好不容易站起來，也有了勇氣繼續往前走的人，卻在這時候退縮了。

說是惜別晚會，其實就是喝酒胡鬧的大會，坐在教會外面的空地上，夜風吹拂，可美頭一次有了初秋的感覺，微涼，她肩膀上還有一件劉吉人剛剛拿來的薄外套。他人呢？一邊應付著黑貓、哈士奇、燒餅還有一堆人輪番勸酒，可美一邊拉長了脖子探看，只見劉吉人匆匆從屋子裡又跑出來，他手上拿著一件不曉得什麼東西，走得近了，可美才發現那原來是一個小瓶子，裡面裝滿了醃番茄。

「妳現在先別吃太多，其他的我給妳裝好，帶回台北再慢慢吃。吃完之後，等明年阿姨醃了新的，我會親自給妳送過去，好嗎？」劉吉人打開瓶蓋，幾個鄰居湊上來想分杯羹，但都被他拒絕了，還一腳把想過來搶食的燒餅給踹開，然後才又了一塊送到可美的嘴邊。

她猶豫了一下，張開嘴來吃了，贏得眾人一片掌聲，大家都說小倆口真幸福，可美不應該下山去，最好是繼續住下來，直接當劉家的媳婦。燒餅還親切地先叫了兩聲「大嫂」，又說她來住了幾個月，就已經拿到了村長頒發的感謝狀，如果再住上二十年，也許下次大家會集資送她一塊「功在鄉里」的匾額。可美大聲笑著，她說這種事雖然也不無可能，不過一想到要繼續被村長折磨二十年，那最好還是再考慮考慮。

「我看起來像是這麼惡劣的人嗎？」村長本來喝著小米酒，抬起頭來瞄了她一眼。

「外表啦，只是外表。」可美笑著說：「我知道村長其實是個溫柔而深情的人，對吧？」

「免了。」哼了一聲，村長低著頭又繼續喝了起來，只是心裡七上八下。

這一晚有很多人跟可美勸酒，但她往往都只沾唇而已，有過上一次在別人婚宴上喝醉鬧事的經驗後，她再也不敢放膽暢飲，況且今晚尤其有著非得保持清醒的必要，等這場宴會結束後，很多話她要再跟劉吉人說清楚。那個地方，她問呀問的，問了很多次，但劉吉人始終不肯答應再帶她去，然而今天傍晚，可美正在收拾東西時，劉吉人卻主動開口約了。那時可美蹲在房邊的地板上摺衣服，回頭看著站在二樓樓梯口的劉吉人，她點點頭。

要帶下山的行李非常簡單，在沒了機車之後，她所能帶著跑的家當就不能太多，而睡袋或那把小刀之類的東西也不用再帶回去，乾脆都留了下來，甚至有些在山上幹活所需要的工作服也不拿了，劉媽媽說這些她會先洗好，都收在小叮以前用過的衣櫃中，等可美下趟回來時還可以穿。說那些話時，劉媽媽紅著眼眶，淚水幾乎要滑下來，然後瞪向自己的兒子時，又轉成一副恨不得活活把他打死的怒容。

酒宴非常歡愉，但熱絡中也彌漫著一股感傷，任誰都會感到一點不自在的感覺，對幾個平常與可美熟絡的村民而言，他們已經習慣了村子裡有這個人，她也許經常出入在雜貨店與小菜園之間，或者在村長的差遣下東奔西跑，偶爾則到教會去幫忙打掃，再不就跟著劉吉人一起下田，正當大家已經快要忘記她原來不是這裡土生土長的村民時，她卻忽然搖身一變，又變回部落裡的客人，一轉眼，好像放完一個暑假，她就要回到原本的世界裡去了。很認真地跟每個人聊上幾句，或者拍下照片，可美很感激他們的照顧，尤其當村長過來敬酒時，可美更是惶恐地站起身來，畢恭畢敬地喝上滿滿一杯。

「最後那件事妳有沒有遵照指示辦好？」村長壓低聲音問她。

「穩穩當當，萬無一失。」可美豎起拇指，還童心一起，在村長的臉頰上親了一下，說：「村長您今天真是太可愛了。」

「胡鬧！」村長嚴肅的臉上頓時一紅。

鬧了一整晚，好不容易才看著這一群酒量宏偉的原住民們都一一醉倒。酒宴結束後，可美伸了個懶腰，今晚她的酒興極好，即使喝了幾杯也不覺得醉，反而精神倍增。陪在她旁邊的劉吉人幾乎滴酒不沾，現在步履輕健，跨過了幾個直接睡倒在廣場上的醉漢，對可美招招手，示意要她一起走。

「讓他們睡在那裡沒關係嗎？」可美走了幾步後，不太放心，又回頭看看空地那邊。

「比起家裡的床，他們可能更習慣那裡，」劉吉人聳肩說：「差不多是從幼稚園畢業後，他們就經常醉倒在那個空地上，習慣就好。」

沿著小徑，撥開了一堆雜草，慢慢往山上走。可美想像過不只一回，當自己再次前往那個小山頭時可能會有的心情，要在那裡再對劉吉人說些什麼，這在她心中也已經練習過很多回，每次都覺得那一定會是充滿緊張情緒的，但沒想到，當她此刻真的踏過草叢，走上緩緩的斜坡時，心中卻反而平靜許多，一點悸動或緊張的情緒都沒有。

月色皎潔，幾乎不需要仰仗手電筒，大地被映得清朗明亮，她安靜地跟在劉吉人背後，一步一步走著，兩個人沒有交談，一前一後地行進，過程中只有窸窣的腳步聲，可美覺得這氣氛彷彿充滿了宗教性，一點多餘的聲音都可能破壞了這場儀式的神聖。她知道現在什麼都不必說，也不能說，那個小山坡才是儀式正式舉行的祭壇，在抵達祭壇之前，不可以隨便開口講話。

走了大約半小時，終於來到小山坡上，今晚沒有流星，而一輪明月高掛在天邊，附近連星星都不太看得見，不同於村子那邊的蟲鳴聲喧，這裡除了偶爾從山谷裡傳來一點聲響外，幾乎是萬籟俱寂。小山坡上的草並沒有很長，跟上次來時似乎也差不多。可美環顧了一下四周，直接坐了下來。儘管只來過一次，但不曉得為什麼，她就是特別喜歡這個地方，沒有清境農場那種充滿商業氣息的設施或建築，也沒有其他遊客或路人，這兒就像一個封閉的小世界，可是從小世界裡卻能看到遼闊的風景。

「就算是住在山上，我也很少看到這麼圓的月亮。」劉吉人望著夜空，忍不住讚嘆。

「可惜月圓了之後就會變缺，這是自然定律，也是人世間最大的無奈。」可美嘆了口氣，悠悠地說。陪她一起坐下，劉吉人沒有接口，拿出小口琴，卻也沒吹，反而遞給可美。

「我不會吹口琴呀。」

「那就留著當紀念品吧。」

「你知道我想要的其實不是紀念品。」可美搖頭。

「我最近常在想，想了很久，雖然早已經有了答案跟結果，卻很難下得了決心，直到現在。我在想，一段困難而充滿挑戰的愛情，跟一段可以歷久彌新的友情，究竟自己應該怎麼選擇。如果我選了愛情，那麼，在還來不及嚐到愛情的甜美滋味之前，我們就得承受所有分離的痛苦與思念的折磨，而我們的世界有著偌大差距，就像我說過的，當妳真的復原之後，再回過頭來看待此時的心動，會不會發現那只是誤會一場？萬一真的是，那該怎麼收場？而就算不是，那麼多現實中的壓力，我們該怎麼調適？這樣的愛情，即使我們能在當下感受到短暫的甜蜜與幸福，但隨著時間與環境的不斷變化，是不是最後可能只落得兩個人都難過的下場？如果是，那我何不就在一開始的地方，就選擇第二個方案，只跟這個女孩當朋友，倘若我們從頭到尾都只是朋友，那麼不管時間過了多久、不管彼此走到了什麼地方，我們都會懷念與珍惜彼此的情誼，甚至這種情誼還能歷久彌新，也許三五十年後，我們還會再碰面，再痛快地喝上幾杯酒、吃幾顆醃番茄，一起聊聊當年。」

「但那三五十年的過程中，你也許只能跟村長一樣，懷抱著無止盡的後悔與遺憾過日子，難道這也無所謂嗎？」可美問他。

「如果能讓自己喜歡的那個人，安心地、寧靜地、專心一致地走在她該走的路上，不造成她的困擾，也不讓她受傷難過的話，那麼我認為這其實是值得的。」劉吉人沒什麼猶豫就點頭。

「但你不能只以自己的觀點來思考這件事，卻完全不管別人怎麼想，更不能一廂情願地以為別人真的都能拍拍屁股，假裝什麼事也沒發生過地回到自己原本的世界裡呀，這是不公平的。」可美說。

「公平？要說公平，在這個時間點上，我相信不管愛或不愛，對誰其實都不會公平的，我只能做到這樣呀。」劉吉人搖頭，說：「如果妳只是因為心裡的空虛剛好讓我填補了，認為這就是對我產生了愛，那對我並不公平。當妳有一天發現這樣不行，必須跟我分開，那麼妳心裡會對我有多少虧欠，要承受多大壓力？就算我可以無所謂，我也不希望妳承受這種想分手卻又說不出分手理由的為難。」

「我不覺得自己是因為這樣才愛上你的。」可美很堅決地說。

「那好，那我們現在開始正式交往，不過妳明天就要回台北，甚至很快就要跟妳母親一起離開台灣，到大陸工作，然後我們開始一段連碰面都不知道要期待何時的戀情，妳認為這樣好嗎？」劉吉人接著問。可美停了半晌，一句話也說不出來。

其實她早知道會是這樣的結果，在劉媽媽拿著雞毛撢子痛打兒子的那一晚，可美就已經知道了。而那天在埔里街上，當可美再一次問起劉吉人，卻依舊沒有得到回答時，她也早已明白，劉吉人考慮的方向與她截然不同，他是不會丟下自己的母親的。而為了不想造成兩個人的痛苦，即使情感的存在早已昭然若揭，但他就是不願親口承認，一拖再拖，終於拖到了這最後一晚上才肯把話說明。

「好，我承認你說的很有道理，你考慮得非常完整，分析得也很透徹，甚至我也可以接受你的安排與決定，這些都沒關係。只是，如果我們可以不考慮未來，不考慮那麼多現實，就只有這一個晚上、這一分鐘、這一秒鐘，」可美嘆了好長一口氣，她知道這會是自己最後一次這麼問，甚至這個小山坡可能也會是她這輩子最後一次到來，所有的心願都不再那麼重要了，她把一切縮小到只剩這一瞬間，她問劉吉人：「就算明天一早我就要走了，那至少現在，就只要現在就好，我想聽你勇敢地親口告訴我，好嗎？」

「說了，也許我們以後就只能帶著遺憾過日子。」劉吉人說。

「至少在品嚐那份遺憾的時候，臉上還能有笑容。」

「我愛妳。」於是劉吉人給了她一個擁抱，在可美的耳邊輕輕說著。這一回不需要更多解釋，可美知道，那是一份只屬於彼此，不會再給其他人的那種愛。

即使遺憾，但也還帶著笑，因為縱然只在這當下，至少我們已經愛過。

32

剛處理完一份報表，這是今天最後的工作，可美一點也不擔心這份報表會有什麼問題，因為裡面的數據已經經過幾位財經專科人才的核算，她自己也複檢過，基本上不會有任何錯漏，即使有，呈上去後負責批改這份報表的人是她親生大哥，大家都是自己人，不用擔心會被罵。

不用打卡的工作看似自由，但其實根本就是剝削，尤其當大老闆就是自己的老爸時，這種工作更沒有抱怨的餘地，人家會說橫豎都是在給自家的生意賣命，天經地義。可美嘆了一口氣，她什麼也不想收拾，把滿桌面的文具都直接掃進了抽屜裡。隔著辦公室的帷幕玻璃，外面是細雪紛飛的上海街頭，幾個同事都說可美很幸運，通常上海是不太下雪的，今年她一來就立刻有這種美景可看。

這算是幸運嗎？她一點也不認為，冷都冷死了，就算宿舍近在咫尺，又不用自己支付暖氣費用，她卻一點也不開心，誰稀罕在這裡看雪呢？她即使回到宿舍，滿陽台的雪也只能自己一個人玩，她大哥是最討厭冬天的人，才沒興趣幹這種事。

「要走了沒？」正看著外面發呆，辦公室那邊門口忽然有人探頭，才想著，可美的大哥就出現了，「快點，冷死了，我想回家睡覺。」

「你先走吧，不用等我。」可美坐在椅子上揮揮手。

「報表不是都做完了嗎？」她大哥納悶地說，「要就一起走，這種天氣呀，我可不想待會又開車出來接妳一趟。」

「我可以自己搭車就好，沒問題的。」可美說：「除了報表，我還有些東西要寫。」

「該不會又是辭呈吧？」忍不住走了過來，偌大的辦公室裡空蕩蕩的，天色暗得快，這時間大家都走了，只剩下角落的燈光，就在可美的辦公桌這邊。一張小桌，她拒絕了獨立辦公室的設置，免得別人非議，和幾個低階職員一起也輕鬆點。可美的大哥說：「我拜託妳，千萬不要害我。」

「就算害你，反正你也很習慣了不是？」

「少一個人來分財產當然是好事啦，妳如果堅決不想幹，我也可以送妳一大筆錢，讓妳現在提早退休，這樣以後整個公司都由我一個人繼承，怎麼算都很划算。但問題是這樣一來，我就立刻少了個助理，而且老爸老媽可能會打斷我的腿，到時候營業部經理只能坐輪椅來上班，那可能不太好看。」大哥笑著說：「怎樣，還是很不想做這份工作嗎？」

「比起來，我的人生跟你的腿，好像前者比較重要。」可美笑著回答。

兩個月過去了，可美經常都還以為自己住在山上，她不喜歡這種合身的套裝，不喜歡穿那種踩在地板上會發出喀啦聲響的鞋子，就算只是幾件破爛的上衣跟球鞋也好，那至少輕鬆舒服得多，而且這附近的食物真是糟透了，即使是多麼高價位的館子，吃起來就是少了一些可美習慣的味道。剛到公司時，老爸訂了一家高級餐廳，桌上滿是山珍海味，但可美卻一點食欲也沒有，她嚐著嚐著，總覺得劉媽媽那些飯菜裡馬告跟刺蔥的味道其實也不差，甚至劉吉人從貨架上偷來的麵筋罐頭都比魚翅好吃。

上班的時間是早上九點過後，可美從宿舍裡的大床上爬起來後，簡單梳化一下，八點四十分再出門都還來得及，但她很不習慣，經常在天色未亮前就已經睜眼，然後維持著姿勢，動也不動地躺在那兒盯著天花板瞧。宿舍很大，裝潢得挺舒適，兩房一聽，還有一組小吧台，主臥室的落地窗外就是大陽台，這些天還積了雪。問題是一個人需要那麼大的空間做什麼呢？從來沒有打開過那窗戶，上海的雪再大她都不稀罕，可美比較常想像的，是劉吉人曾說過，部落那兒也曾在冬天飄過幾次細雪，她很想親眼看看那會是什麼畫面。而這宿舍裡的小廚房，可美一樣從沒使用過，她每天下班後都在路邊隨便買點什麼當晚餐。結束一天的工作後，回到這地方，她一貫的動作就是先打開電視，隨便哪個頻道都好，總之只要是會發出聲音的就可以。不這樣不行，太過安靜會讓她覺得渾身不自在，甚至質疑起自己是否還活著，而這個新興的世界級大城市裡所有的喧囂全被高級隔音建材給擋住了，她總覺得自己就像住在一所設備豪華的監獄裡似的。

剛回來上班的第一週，她被安排擔任大哥的助理，可是呈給他的第一份文件卻是辭呈，大哥滿臉錯愕，而可美說與其在這裡工作，她還比較想回台灣。

「妳回台灣要幹嘛？」大哥那時候問她。

「賣高麗菜吧。」可美聳個肩說。

她知道其實就算自己真的又溜了，天也不會因此而塌下來的，這幾年父母忙於工作，誰也沒時間理她，自己只要不像以前那樣闖出什麼大禍，基本上應該都沒關係才對，公司這邊的業務穩定，她大哥儼然已經是接班人，對什麼都掌握得一清二楚，她夏可美在這裡不過混個囫圇工作而已，能有什麼實質貢獻？

那時走得匆促，可美沒時間跟朋友們碰面，再打電話給王漢威時，她已經坐在現在這個座位上，王漢威半晌說不出話來，他不知道可美在那段奇異旅程中究竟遭遇了些什麼，又是怎麼個峰迴路轉，居然搖身一變又成了上班族，而且上班地點還是在上海的自家公司。可美沒有解釋太多，只叫他自己有機會再去問狗骨頭，跟著反而聽王漢威說了一堆在研究所裡的抱怨，有個專愛佔便宜的教授一天到晚訛詐學生，成天把學術倫理四個字掛在嘴邊，要學生做牛做馬，可美勸他要看開一點，還說：「我有幾個賽德克族的朋友，如果哪天他們恢復出草的習俗，或許可以幫得上你的忙，用一勞永逸的方式來替你解決麻煩，要不要介紹你們認識認識？」

接著她打電話給狗骨頭，不過通話時間很短，狗骨頭正在她負責的鞋店門市裡舉辦活動，生意可能太好了，以至於她語無倫次的，一下子問可美現在工作是否順利，一下子又叫旁邊的員工趕快補貨，然後問可美感情的結果如何，可是沒等回答，她又被一個想辦退貨的客人給纏上了，非得立刻解決不可。笑著掛上電話，可美知道這個老朋友現在過得也很好，不用替她擔心，於是她轉而打開電腦，寫了一封電子郵件給鳳姨，向她報告了自己的近況，同時也問候她幾句，並感謝那段日子裡蒙受她悉心的照顧。

然後呢？該找的朋友都找過了，就剩最後一個，要聯絡他嗎？或許對他而言，在那一夜後，他們就定位在朋友的關係上，有些話是不能再說的了，可是，不說不想不表示情感就不存在吧？而正因為自己無法忽視這份情感的存在，所以她隔了一天之後再隔一天，隔了一週之後又隔一週，最後始終無法撥打電話，她不知道自己能否像一個朋友那樣輕鬆問候對方，也怕電話真的接通了，自己可能連一句話都說不出來。

何等諷刺呢，這支手機是他買的，說好了要用來維持聯繫，不讓彼此也像村長那樣等上四十年，但結果什麼人都找過了，偏偏就是他還沒找。可美點選了通話紀錄，所有朋友都曾聯絡過，就只差一個最重要的人，他的名字沒有出現。可美不想打給他，但也不想猜測他沒主動打來的原因，是因為害怕，對吧？可美明白劉吉人所畏懼的，因為那份畏懼，她自己也有。

沒有愛時，我們一天到晚把「愛」掛在嘴邊；真的愛了，我們卻又如此害怕著愛。

似乎已經過了很久，但其實也不過才兩個月不到，你好嗎？我很好。

33

開頭的第一段，可美這麼寫著。

上海很冷，他們說這裡難得下雪，要我好好欣賞雪景，又說台灣那點雪能算什麼，真要比，大陸這邊的雪才叫作雪，客觀來說，我覺得這句話其實很有道理，昨天上班時，雪下得到處都是，我在公司的窗邊看了很久，很美，非常美，不過卻美得令人感到陌生。

生活上的每件事都是順利的，爸媽不像以前那樣緊迫盯人，他們把我交付給我哥，在同一個部門裡，我只負責一點簡單的助理工作，如此而已。每天早上六點起床，睜開眼睛就是一陣無聊，想再睡也睡不著，偏偏得等八點半才出門上班，這一兩個小時只好到處找事來打發。沒辦法，在部落裡習慣了，總是天還沒亮就起床。我很想在宿舍的陽台種種高麗菜，不過怕過陣子天氣更冷，搞不好連菜都活不下去，所以只好作罷，但我買了一本口琴吹奏的說明書，現在已經能簡單吹出幾個音來，有點懊惱，當初應該錄下你吹的那個旋律，那麼或許我可以依樣畫葫蘆地學學。

聖誕節到了，部落裡有沒有什麼慶祝活動呢？上海變得好商業化，比起前幾年我來這裡找我爸時，實在差異很大。這個城市非常熱鬧，到處都是聖誕節裝飾，也有很多販賣聖誕節商品的店家，我很想亂買一通，全部打包寄到部落裡，相信牧師跟村長都會很開心，他們兩位最近好嗎？村子裡的大家好嗎？潘婆婆回來了沒，她好嗎？你媽媽呢，她最近過得怎麼樣？你呢？

一邊寫著，可美忍不住嘴角洋溢著笑，她想起剛到部落時，大家一邊嘴裡叫她小天使，感謝因為她的到來而趕走了雨天，同時又捉弄起這個都市鄉巴佬，還騙她吃了半截辣椒，害她辣得連眼淚都流了出來。

上星期，我們公司開了一堂訓練課程，挺有趣的，所有中低階幹部都要參加，課程中，講師要我們練習冥想，想一些自己一生中遭遇過最悲傷的事，說是藉由這種方式來逼迫自己面對內心裡最深的黑暗與恐懼，我當然也照著做了，可是想到後來，我卻忽然笑了出來，講師覺得很奇怪，大家都覺得奇怪，他們問我為什麼不但沒有哭泣或害怕，反而還這麼開心。我跟他們說，雖然我跟每個人都一樣，也經歷過許多黑暗與恐懼，但正因為那些一生中的最低潮，才讓我離開台北，離開本來所處的環境，大老遠逃到了一個世外桃源，還在那個地方經歷了我一生中最快樂的時光。聽我這麼說著，大家都感到不可思議，只能說他們對台灣的認識、對我的認識太少了，在他們眼裡，我畢竟是大老闆的女兒，就算跟大家擠在一間辦公室裡，他們也還是拿我當主管級的人物看待。

不過儘管如此，這裡的人們對我還是很好，我有幾個很嚮往台灣的同事，說不定以後可以介紹他們到部落去玩。上海的物價跟台北差不多，生活機能也很便利，而且有我哥的照顧，一切都在軌道上，所以你不用擔心，我幾乎都可以從公司大型會議的遠景規畫表上看到自己的未來了，他們預計明年要落成一個新廠房，屆時我哥負責的業務版圖也會重新分割，他說我不能永遠只當一個小助理，既然是自家人，當然禍福都要同當，他打算把一部分的業務交給我，或者調任新廠區的管理人也說不定，總之，我們一家四個人都得朝著同一個目標前進才可以，我爸更有趣了，他說只要我乖乖地在公司裡做滿一年，明年的這個時候，不管什麼車，他都可以買給我當年終獎勵。你認為我應該選什麼車才好？如果我說我要買火車，你認為他會不會生氣？

其實我對什麼車都沒興趣的，又不是男生，對不對？如果可以，我最想買的是你家那部老爺貨車。你什麼時候才能把車子裡殘留的農藥味道給清除乾淨呢？那種味道真的很糟，但我現在回想起來，卻覺得跟馬告、刺蔥一樣，有種令人熟悉而懷念的感覺。我很想再去看看大家，看看山上冬天的樣子，也看看村長家的大胖狗是不是真的已經變成了鼻涕狗，到底狗流鼻涕是什麼德性，真讓人感到好奇。

寫到這裡，可美忍不住想起劉媽媽打小孩的那一晚，她罵劉吉人連鼻涕狗都不如。咬著筆桿，笑了一笑，又繼續寫了起來。

你媽最近心情還好吧？有沒有又打你呢？我回大陸之後，認真地當了兩個月的乖女兒。在乖乖聽話工作的日子裡，也很努力地不斷問自己，是不是真的已經痊癒了？我說的可不是左腿喔，那早就已經好了，拆掉石膏後，醫生還叫我要努力鍛鍊，才不會兩條腿胖瘦不均勻。我問自己，當初那些逼得我無法面對，只能夾著尾巴逃出台北的傷口是不是真的完全都好了？那時候你不願意接受我的感情，有一部分原因也是因為這個，不是嗎？回來之後，我很努力審視自己，卻完全感覺不到任何異樣，這才真的能夠確定，原來早在那個害我摔車的颱風意外後，那道傷口就已經不藥而癒了，很有趣吧？說來你可能難以置信，但當我剛摔了車，躺在一片漆黑又下著大雨的泥巴草叢堆裡時，我一度覺得自己肯定會沒命，想趁著臨死前把所有與我有關的重要人物都想一遍，就當作是跟他們告別，那時候我想了很多人，但就是想不起那個傷害我最深的他。你能想像得到嗎？當我躺在那裡時，浮現在我腦海裡面的、輪廓最清晰的人，其實是你。

好吧，這一點似乎是你也是我多心了，但我們之間的問題還有很多，對不對？就像你說的，我們分處在不同的世界裡，有著彼此各自應該走上的道路，而即使你媽拿出了雞毛撢子也趕不走你，對不對？那天她罵人的聲音實在太響亮了，我可沒有故意偷聽。

這些問題隨著我的離開，對你應該不會再是困擾了吧？一切都會雲淡風輕，慢慢隨著時間過去的，你吃完了今年的醃番茄，剩下的全被我給帶走了，所以只好期待明年，而明年的吃完以後再接著期待後年，日復一日，年復一年，人生很快就過，轉眼間四十年，屆時你也會寫一封信給我嗎？我們不是村長那年代的人，現代科技非常方便，你站在菜園子裡都能拿著手機上網，那麼，拍張高麗菜的照片給我好嗎？

寫到這裡，可美的手已經有點痠了，用掉了兩張信紙，她的字跡娟秀，藍色的文字是自己熟悉的繁體中文，雖然寫起來費事，但總好過每天看在眼裡卻厭在心裡的簡體字。趴在桌上，安靜的辦公室裡，只有她寫字時的筆畫聲。

離開了部落，重新走進另一個世界，當我再回頭看看那段日子，心裡總有好多感覺，好像有很多話想對你說，但奇怪的是，當我現在透過書寫，想要表達一些什麼內心的想法時，偏偏又千頭萬緒說不清楚。我想故作可憐地跟你說自己過得有多麼不好，又矯情地跟你索求一些溫暖與關心，可是這些全都與事實不符，因為我在這裡一切安好，生活富足無虞，完全沒有需要擔心的地方。看到這裡，你是不是鬆了一口氣，覺得自己心上的大石頭總算可以放下了？同時也慶幸著以後不需要再提心吊膽，生怕我在父母身邊工作得不開心了？如果是的話，那麼，很不幸的，我要潑你一頭冷水。

儘管物質非常豐厚，生活非常緊湊，但在這些之外，我卻發現自己的心靈其實還是空虛的，甚至，當那些看得見的東西擁有得愈多時，我才覺得心裡反而愈發空洞。我可以不穿名牌衣服，不拿名牌包包，也可以三餐只吃粗茶淡飯，但我希望自己心裡至少能是快樂的，是平靜的，而不像現在這樣，外表看來是個積極進取的上班族，像極了最早以前那個精明能幹的夏可美，但骨子裡卻什麼也沒有，什麼也不是。

你懂嗎？我猜你一定會懂，因為這就像你當初離開了高科技產業，拋下工程師的頭銜，寧可回家務農一樣，錦衣玉食但心靈空虛的生活絕不是你能接受的，那對我而言也是一樣。你認為我應該試著走回原本的世界，但當我回來了，也擁有了足以讓別人稱羨的一切之後，卻發現這所謂的一切其實一點也不稀罕，反而只襯托出我缺乏靈魂的空無。而我的靈魂呢？我的靈魂留在山上，留在部落，留在你那裡，你有把我的畫像收好嗎？離開前，我在行李中找到的那張小畫像，那是我剛逃出台北時，在八里渡口給一個年輕的畫家畫的。你發現到了吧，那畫裡的主角眼神很空洞，似乎對什麼都沒有期待感，兩眼無光，對不對？現在的我就是這副樣子。如果可以，我真想立刻出現在你面前，讓你看一看，好嗎？等你看完之後，就不會再妄想鼓勵我離開了，你也就一定會明白，其實我在滿山遍野的菜園、茶園裡到處亂跑時有多快樂。

寫到這裡，可美的右手腕真的痠痛了，她把筆放下，站起身來，伸了一個懶腰，走到窗戶邊，看著外面的風景。氣象報告說寒流將至，接下來恐怕又會是一陣子的壞天氣，她嘆了一口氣，回頭看看自己的桌上，已經寫滿的幾張信紙歪歪斜斜地擺在桌上。

怎麼好像永遠寫不完似的？隔著一點距離，她看著，也不斷想著。都什麼時候了，又是一番人事的物換星移了，自己卻還對那個人念念不忘，這總算得上是愛情了吧？這總算得上是思念了吧？愛情一旦存在後，即使沒有真的在一起，但也不可能說不要就不要，說當朋友就當朋友呀，如果真的是朋友，哪有自從分開之後就再也沒有一通電話、一封簡訊的問候呢？劉吉人送了手機，說朋友就應該常聯絡，那他現在的表現又是怎麼回事？可美忽然有一股衝動，她想走過去，乾脆把那幾張信紙全都撕碎算了，反正你不肯找我，那我也沒必要拉下臉來主動寫信過去吧？懷著一股不平之氣走回桌邊，可美伸出手就要抓起信紙，但手指剛碰到紙張，她卻忽然停住，轉念又想：劉吉人當初擔心的那些理由是什麼？他因為那些緣故，所以儘管自己心裡一樣有愛，卻怎麼也不肯承認。現在那些理由還在嗎？她早已不再為了以前的情傷而苦，也明白自己在這個環境中究竟有多麼空虛與不自在，甚至還念念不忘地想要逃回部落，這些不都是劉吉人當初不願意接受她的原因嗎？如果這些問題都不再是問題，那故事是不是就可以有續集了？人在愛或不愛的問題點上考慮太多，或在每一次應該勇敢去愛的時候臨陣退縮，其結果往往是從此錯失了愛的機會，上一回就是因為他這些太過纖細的思考，才讓兩個人因此錯過了一次，既然這樣，那麼也許自己應該有這個必要，也去矯正矯正他原來也罹患上的「愛情老花眼」才對。想到這兒，她決定暫時不碰那幾張信紙了，轉而拿起桌上的電話，撥給了旅行社。

原來，愛情老花眼不只是女人的毛病。小眼睛又小鼻子的男人其實也不少。

尾聲

冷氣大寒，雖然沒有下雪，但也冷得讓人直發抖，這天一早，劉吉人穿著厚重的外套走出門，這一季的高麗菜還不到收成時候，但天氣一冷，就怕產生什麼寒害，雖然那不是他自己的田，但本家兄弟既然有託，他也不能放著不管。燒餅的老婆懷孕了，按照醫生的指示，每隔一陣子就要乖乖到醫院檢查，怕耽誤門診時間，他們昨晚就下山了，今天由劉吉人代勞跑一趟田裡。

去菜園走了一遭，什麼問題也沒有，他呵出一口口白煙，搓搓手，好試圖讓身子溫暖一點。開著車，在天色剛亮不久，還有雲霧繚繞的山路中穿梭，一路開到春陽的農藥店來，何老闆起得早，鐵門已經拉開，正在那兒泡茶。

「早叫你把那個女孩子留在部落裡嘛，你看，如果她留下了，你們搞不好現在都結完婚，她也挺著肚子要去產檢了。」何老闆幫劉吉人斟了一杯茶，埋怨說：「搞到現在，燒餅他老婆肚子都大了，人家開開心心等著小孩出生，你呢？七早八早要一個人起床替人家照顧菜園。」

「別跟我媽一樣好不好，嫌我被罵得還不夠嗎？」劉吉人脫下外套，拉開衣服的領口，肩膀處還清晰可見一條傷痕，他說：「我媽現在每天照三餐罵人，罵得興起還會抄傢伙，我昨天晚上跑得慢，她雞毛撣子揮過來就剛好打個正著。」

「那是你活該嘛，怪誰呢？」

「話不是這樣說，我們這種人是什麼命？換作是你，難道你好意思叫一個城市裡的黃花大閨女陪你一起吃苦？」劉吉人喝乾了茶，給自己斟了一杯。

「有什麼好不好意思的？愛情力量大嘛！」

「大個屁。」劉吉人瞪他一眼，又喝了杯熱茶，說：「人家家裡開大公司的，哪個大老闆會願意把女兒嫁給我們這種山頂上種菜的窮人？」

「話不是這樣講，」何老闆本來已經站起來要抽菸的，香菸叼在嘴上，一屁股又坐下，他說：「愛不愛是兩個人自己可以決定的事，現在都什麼年代了，有幾個年輕人還會聽父母的話，叫你不能娶不能嫁的？再說了，你這能算是山頂上種菜的窮人嗎？拜託，你坐在家裡動動鍵盤跟滑鼠就能賺錢了，種菜應該只能算是副業吧？小劉呀，不是我愛說你，你自己真的應該好好想想才對，不要想那麼多的無聊問題，天上都掉一個新娘在你家門口了，你還傻傻地往外推？拜託，這要是掉在我家，我拿漁網我都要把她給網進來唷！」

「你把她網進來？」劉吉人指著何老闆背後牆上那一幅新婚照，說：「我看你大概會被你老婆切成八大塊。」

笑了一陣，兩個人又喝了幾杯茶，何老闆問他最近是否有可美的消息。

「沒有。」

「沒有？」他很疑惑。

「我很想打電話給她，又怕影響她的生活，連信都寫好了，可是也沒寄。」劉吉人搖頭。

「不打電話是怕沒話說，這我能理解，那你信都寫好了卻不寄，這又是為什麼？」

「因為我忘了跟她要地址。」劉吉人懊惱地說。

那是一個寒風凜冽的早晨，劉吉人只是百無聊賴才跑到這兒來聊天，何老闆問他如果還有機會再遇到可美，會不會把心一橫，先愛了再說。

「你以為是在無人島上插國旗嗎，先搶先贏？」

「會不會嘛？大男人的，不要這麼龜毛好嗎？」

「遇到再說啦。」劉吉人不耐煩地說。

聊了半天，何老闆又幫他介紹了幾個臨時的工作，過幾天有些果園要收成，需要人手幫忙，兩個人講定了時間跟價錢後，劉吉人這才開著老舊的貨車離開。他前幾天幫兩家公司分別完成幾個小程式的設計，在家悶得慌，總覺得自己太缺乏勞動，好像關節都生鏽了一樣。

貨車開回到部落，早上剛過十點，平常這時間的部落裡都很安靜，街上也不太有人走動，小孩子還在學校念書，大人們都在幹活，彼此各有事情好忙，但今天卻有點不同，他先是看到哈士奇的老婆眉開眼笑地從雜貨店走出去，跟著又看到牧師攙扶著潘婆婆也緩步踏了出來，大家好像有什麼開心的事情一樣，瞧見劉吉人回來，都對他投以微笑。

「你如果有時間到處閒晃的話，可不可以專心一點，做些什麼正經事，不要再跟鬼一樣到處亂飄了好嗎？」還沒走進門，卻先看到村長從劉家門口踏出來，用很嚴厲的口氣，他說：「我都一把年紀了，還要管你們這些年輕人的小事，你不覺得這樣很不應該嗎？」

「我？」指著自己鼻子，劉吉人完全不曉得到底做錯了什麼事，他認真寫完程式就立刻開始找臨時工，這個村子裡比他積極上進的人應該不多了才對吧？村長要罵也應該去罵別人才對，怎麼會罵他呢？

「我最後一次警告你，你再給我亂七八糟、胡搞一通的話試試看，信不信我會比你先死？到時候我會跟上帝還有祖靈們都講好，保證你不但上不了天堂，甚至連彩虹橋也走不過去，只能當個孤魂野鬼！」村長生氣地說完，也不管劉吉人丈二金剛的茫然，大踏步就往外面去了。

今天是什麼日子？劉吉人站在門口思索了一下，可是卻完全想不起來，這村子裡好像瀰漫著一股躁動，有的人對他笑得古里古怪，有的人又這樣沒來由地對他發起脾氣。走進客廳，他正想伸手去拿電視遙控器，卻看到劉媽媽從廚房裡探頭，大聲嚷著：「還看什麼電視！都什麼時間了，還不快點去摘幾顆高麗菜回來！」

「摘菜做什麼？冰箱裡面不是還有昨天的剩菜？熱一熱就好了嘛。」劉吉人悠哉地說，屁股就要往椅子上坐去。

「你坐個屁！是不是還想挨揍？」連解釋都不解釋，劉媽媽雙眉一軒，嚇得這兒子差點就要奪門而逃。劉媽媽又喊了一聲，叫他把車子開過來，先在門口等一等。

「等什麼？」劉吉人一腳已經跨出了門檻，隨時準備逃離雞毛撢子的攻擊，他回頭問。

「等我。」忽然樓梯響，一陣輕快的腳步聲傳下來，可美蹦蹦跳跳的，幾下就跳到劉吉人面前。他看得目瞪口呆，好半晌說不出話來。

「剛跟村長聊完天，所以耽擱了一點時間。」可美笑著說：「快點，我們摘菜去。」

「現在去摘菜？」他還沒醒悟過來，一臉茫然著，搔搔腦袋，問可美怎麼會出現在這裡。

「村長當初答應過，只要替他辦完七件事，我就可以獲得居留權，這你難道忘了嗎？」可美挺起胸膛，說：「快點走吧，別浪費時間，沒看到我已經換好衣服了嗎？」把手張開，那是她前陣子住在部落時最常穿的粉紅色上衣，還有一件牛仔褲。劉吉人只覺得自己好像如置夢中，整個人恍恍惚惚，完全失去了思考能力，他現在總算明白為什麼那幾個村民們會在家裡出入，也聽懂了村長對他的威脅與命令，只是他還不知道可美怎麼忽然又出現在這裡，一臉茫然中，只見可美從肩揹的包包裡拿出了口琴先塞還給他，說待會要請他再吹吹以前常吹的曲調，然後再拿出一個小鐵盒，打開時，有一陣撲鼻的香味，劉吉人對那味道再熟悉不過，那是阿姨的醃番茄，可美說這是她從大陸又帶回來的，雖然只剩幾顆，不過聊勝於無。

「我知道你一定有很多話想說，沒關係，因為我也是。」拉著他的手，可美又把手伸進包包裡，這回拿出的是那幾張摺起來的，在大陸寫好的信，笑著說：「本來我都寫好信了，但想了一想，我最後決定還是把話留著當面跟你說比較好，這些信就不寄了。」

「為什麼？」

「因為我忘了抄你家的地址。」一邊笑著，把劉吉人拉出門口，可美說：「不摘菜也可以，我們去聊天，去那個老地方，我可還有話要跟你說。」

「老地方？要說什麼？該不會妳又失戀了吧？」劉吉人總算慢慢回神了。

「會不會失戀還不知道，」屋外一陣冷冽的風吹過，不知道是因為低溫，或是心情太好的緣故，可美的臉頰上紅通通的，讓劉吉人心裡反而有種暖暖的感覺。可美認真地說：「你們有你們的生命三元素，什麼菸、酒跟檳榔，是吧？沒有那三樣東西，你們就會活不下去，而我也一樣，我大老遠地漂洋過海，也是為了我的生命三元素而來。」

部落生活守則：每個人都應該擁有屬於自己的生命三元素。

「你、你、你，或者也可以說是你、劉吉人、劉媽媽的兒子。」可美說。

【全文完】

—後記—

最暖的夏天裡，最美好的愛情

在很冷很冷，東北季風呼嘯不停，手指幾乎凍僵而難以敲打鍵盤的嚴冬裡，寫一個盛夏時節的故事，真是一種奇怪的感覺。從開始計畫撰寫這故事之際，我接連跑了幾趟霧社附近的山區，去春陽拜訪我那個退隱江湖後專心做起農藥與肥料生意的結拜老大，是的，他就是何老闆。在何老闆的辦公桌前，喝了無數杯茶，聽了一個又一個部落裡的故事，在他的介紹下，也認識了幾位部落中的朋友，甚至還學了一點高山高麗菜的種植學問，如果不是他，我還不曉得高麗菜原來竟有品種之分，平地上的高麗菜品種通常是「初秋」，因為在初秋之際開始種植，而山上的高麗菜有一種名叫「雪翠」的品種，天氣愈冷它就愈美。誰沒事會去知道高麗菜竟有這種好聽的名稱？

我必須承認自己對南投仁愛鄉的原住民部落有一種難以割捨的偏愛之情，從早年我國小、國中就有一堆住在仁愛鄉部落中的原住民同學開始，到後來又看了大約兩百遍的《賽德克．巴萊》電影，我總覺得，如果有朝一日能寫下幾篇與這些部落有關的故事，那應該會很過癮，那些我們現在在地圖上所能找到的盧山、春陽，乃至於平和與平靜等部落，它們以前都有各自的原住民名稱，有些地方是馬赫坡，有些地方是波阿崙，有的是莫那魯道發動霧社事件時的同盟，又有些是道澤群親日的原住民聚落，他們之間有很多恩怨跟盟約……好吧，小說文本的字數已經接近十五萬字，後記篇幅有限，我們現在不談電影，只談小說。

大抵上就是因為這些緣故，所以我希望能寫一點與部落生活有關的紀事，而透過自己最擅長的小說形式，它於是成了讀者們所看到的內容。很多現實面上的困難，諸如政府公部門的鞭長莫及，或各種社會福利制度的照顧不周，那就不在話下，重點是我想描寫的，主要還是他們那種樂天與達觀的生活態度，在那樣的地方，沒人會大費周章去與你討論什麼愛或不愛，他們沒有愛情老花眼的問題，也不需要在這個問題上摘章逐句，他們不去懷疑愛究竟存在與否或應該怎麼呈現，事實上，他們無時無刻都活在愛裡，那是天經地義的事情，不需要用文字或模式去界定，就像劉吉人本來的觀念一樣。

如果不是因為可美的出現，或許他永遠不會改變自己對愛的觀點，也從來不會面臨必須思考什麼是「愛」的機會，這兩個各自代表其背後世界的男女，彼此具有不同的愛情價值觀，當他們要談一場戀愛時，應該怎麼談？可美剛上山時的心理並不是太健康，她要怎麼把複雜而又矛盾的情感慢慢轉移跟轉換，對我而言是個有趣的嘗試。不曉得在讀者眼裡，這嘗試是否算得上成功，但故事寫完後，作者除了修修稿子、潤潤色、挑幾個錯字之外，恐怕我已經無法再介入太多，但至少我很喜歡這種後來所發生的反差，那個本來只把「愛」當成一種大概念，認為太陽每天都會上山跟下山就是唯一邏輯的劉吉人，最後卻成了思考最複雜，在愛裡最戒慎恐懼的人，徹底輸給了勇敢表達自己想法的可美。愛情裡，沒有哪個人是絕對的精明與理智，就是這麼一回事，而且我要附帶解釋，即使劉吉人具有高科技產業的工作背景，算得上是在大都市裡浸淫過，但他原住民的血統並沒有改變，這血統的特色尤其反映在他的個性與觀念上，我在部落裡到處走走所認識的那幾個曾在都市裡打拚過，後來又回到山上的原住民朋友們都這樣，所以劉吉人也是這樣。

而在愛情裡，不管是所謂的平地人或原住民，我們每個人都小心翼翼，希望自己對愛的投資能換回最大的報償，物質或金錢事小，但求一份完整的愛。考慮得少，怕魯莽換來一身傷；考慮得多，怕每個細節都過度講究就罹患了「愛情老花眼」，究竟怎樣才是對的？我沒有標準答案，也不奢望自己能藉由書寫一兩個故事就從中獲得什麼啟發，只能希望自己跟每一個看完故事的朋友一樣，大家都勇敢去追逐自己心目中最理想的那份愛，至少努力過，那麼就不會像小說裡的村長一樣，帶著遺憾過完自己的下半輩子。愛情也好，夢想也好，都是如此，只有勇敢追逐的人才有成功的機會，就像再一次拋下一切，飄洋過海回到台灣，又來到部落裡找劉吉人的可美，他們在冬盡春來，又一個暖夏之際，會不會有更美的愛情故事？也許會，因為可美真的回來了。故事停在一個應該收尾的地方，剩下的留給大家各自想像，小說作者老愛用這種方式，希望不把故事寫死，留給讀者一些趣味，也許哪天有人興起就給寫了續集，也成為另一個小說作者。

附帶一提，我覺得最適合這篇故事的音樂是郭靜的〈下一個天亮〉跟〈在樹上唱歌〉，歌詞的意境與旋律十分動聽，真是棒得沒話說，如果你是那種喜歡先看後記再看小說的人，那你應該先把這兩首音樂準備好，相信你也會覺得這真的挺搭配的。最後要感謝春陽部落裡的何老大，噢，現在叫作何老闆，感謝他提供了好多素材，也介紹部落裡的朋友給我，並感謝王漢威小朋友在故事創作過程中，源源不絕地提供各種正經的與瞎鬧的點子，下一本書的主角就拜託麻煩配合演出了。

穹風

二〇一三年一月十日　在冷得要死的新竹

國家圖書館出版品預行編目資料

暖夏／穹風著. -- 初版. -- 臺北市：商周出版：
家庭傳媒城邦分公司發行, 2013.03
面：　公分. --（網路小說；212）

ISBN 978-986-272-329-6（平裝）

857.7　　102002025

暖夏

作　　者／穹風
企畫選書人／楊如玉
責任編輯／楊如玉

版　　權／翁靜如
行銷業務／李衍逸、蘇魯屏
總 經 理／彭之琬
發 行 人／何飛鵬
法律顧問／台英國際商務法律事務所　羅明通律師
出　　版／商周出版
城邦文化事業股份有限公司
台北市民生東路二段 141 號 9 樓
電話：(02) 25007008　傳真：(02) 25007759
Blog：http://bwp25007008.pixnet.net/blog
E-mail：bwp.service@cite.com.tw
發　　行／英屬蓋曼群島商家庭傳媒股份有限公司城邦分公司
台北市民生東路二段 141 號 2 樓
書虫客服服務專線：(02) 25007718、(02) 25007719
服務時間：週一至週五上午09:30-12:00；下午13:30-17:00
24 小時傳真專線：(02) 25001990、(02) 25001991
劃撥帳號：19863813；戶名：書虫股份有限公司
讀者服務信箱：service@readingclub.com.tw
城邦讀書花園：www.cite.com.tw
香港發行所／城邦（香港）出版集團有限公司
香港灣仔駱克道193號東超商業中心1樓
E-mail：hkcite@biznetvigator.com
電話：(852)25086231　傳真：(852) 25789337
馬新發行所／城邦（馬新）出版集團【Cité (M) Sdn. Bhd.】
41, Jalan Radin Anum, Bandar Baru Sri Petaling,
57000 Kuala Lumpur, Malaysia.
Tel: (603) 90578822　Fax:(603) 90576622
email:cite@cite.com.my

封面設計／黃聖文
排　　版／新鑫電腦排版工作室
印　　刷／高典印刷有限公司
總 經 銷／高見文化行銷股份有限公司
電話：(02) 26689005　傳真：(02) 26689790
客服專線：0800-055-365

■ 2013 年 3 月初版
■ 2014 年 8 月25日初版9.5刷

Printed in Taiwan
城邦讀書花園 www.cite.com.tw

定價200元

 ISBN　978-986-272-329-6

廣	告 回 函
北區郵政管理登記證	
台北廣字第000791號	
郵資已付，免貼郵票	

104台北市民生東路二段141號2樓

英屬蓋曼群島商家庭傳媒股份有限公司　城邦分公司

請沿虛線對摺，謝謝！

書號：BX4212	書名：暖夏	編碼：

請於此處用膠水黏貼

商周出版

讀者回函卡

謝謝您購買我們出版的書籍！請費心填寫此回函卡，我們將不定期寄上城邦集團最新的出版訊息。

姓名：________________

性別：□男　□女

生日：西元________年________月________日

地址：________________

聯絡電話：________________　傳真：________________

E-mail：________________

職業：□1.學生 □2.軍公教 □3.服務 □4.金融 □5.製造 □6.資訊
□7.傳播 □8.自由業 □9.農漁牧 □10.家管 □11.退休
□12.其他________________

您從何種方式得知本書消息?

□1.書店□2.網路□3.報紙□4.雜誌□5.廣播 □6.電視 □7.親友推薦
□8.其他________________

您通常以何種方式購書?

□1.書店□2.網路□3.傳真訂購□4.郵局劃撥 □5.其他________

您喜歡閱讀哪些類別的書籍?

□1.財經商業□2.自然科學 □3.歷史□4.法律□5.文學□6.休閒旅遊
□7.小說□8.人物傳記□9.生活、勵志□10.其他________

對我們的建議：

____

____

____

____

請於此處用膠水黏貼